대통령비서실

윤태영
비서관이
전하는

노무현
대통령
이야기

기록

노무현재단 기획
윤태영 지음

책담

차례

2부

성공과 좌절_ 봄은 땅에서 솟아오른다

<u>3부</u>

봉하, 454일간의 기록

'노무현의 진심'을 전합니다

문재인

국회의원. 전 노무현재단 이사장.

윤태영 비서관이 책을 낸다는 소식을 듣고 참 반가웠습니다. 저
도 그렇지만 많은 사람들이 기다렸던 책이기 때문입니다. 윤 비서관
은 노무현 대통령과 가장 가까운 거리에 있었습니다. 청와대 근무
시절에는 노무현 대통령의 거의 모든 만남에 배석했습니다. 공식적
인 만남은 물론이고, 공개되지 않은 개인적 만남과 일상까지 함께했
습니다. 노무현 대통령이 마주했던 시간과 상황을 가장 온전하게 전
달할 수 있는 유일한 사람일 것입니다.

노무현 대통령님의 갑작스런 서거 뒤 윤 비서관이 얼마나 힘들
어했는지 저는 잘 알고 있습니다. '대통령의 그림자'라고 불리기도
했던 윤 비서관은 아주 오랫동안 마음의 병을 앓았습니다. 한동안
사람과의 만남조차 끊고 침잠했던 적도 있었습니다. "아무것도 할

수 없다"는 얘기도 전해 들었습니다. 가끔 만났을 때 눈에 띄게 쇠약
해진 모습을 보고 가슴이 저리기도 했습니다. 지금도 그는 사람들
앞에서 거의 말이 없습니다.

아마 이 책을 쓰는 과정도 많이 힘들었을 것입니다. 여러 번 글
을 쓰다가 중단했단 얘기를 들었습니다. 노무현 대통령의 있는 그대
로의 모습, 그리고 우리가 보고 들었던 사건과 상황의 갈피에 담겨
있는 노무현 대통령의 진심을 제대로 전달해야 한다는 책임과 의무
감이 끝내 이 책을 쓰게 했을 것입니다.

꽤 시간이 흘렀지만 노무현 대통령을 다시 만나는 것은 여전히
아픈 일입니다. 이 책을 한마디로 말하면 노무현의 진심입니다. 인
간 노무현의 생생한 모습, 그 자체입니다.

32년 전 부산에서의 첫 만남을 기억합니다. 그때 '변호인' 노무
현은 깨끗한 변호사 한번 해보자는 소망을 얘기하고 저에게 동의
를 구했습니다. 그렇게 우리는 하나가 됐고, 그날은 저의 운명이 됐
습니다. 돌아보면 그때 우리는 젊었고 순수했습니다. '변호인' 노무
현에서 재야인사, 정치인, 대통령으로 지위와 역할이 바뀌긴 했지만
노무현 대통령은 그때의 마음으로 평생을 살았습니다. '바보'라는
별명을 최고의 칭찬으로 여기면서….

노무현 대통령은 따뜻한 사람이었습니다. 원칙에 충실하고 반칙
에 분노했던 것은, 그렇지 못한 현실을 누구보다 가슴 아파했기 때
문입니다. 그의 마음과 생각은 언제나 사람을 향해 있었습니다. 보
통 사람들의 소박한 삶을 지켜 주는 것이 정치라고 했습니다. 마음
이 따뜻했고, 그렇지 못한 현실 때문에 뜨거웠습니다.

그러기 위해 언제나 자신을 버리고 비웠습니다. 스스로 '낮은 사

람'이 되려고 노력했습니다. 대통령이 됐지만 윗사람이나 어른 대접 받는 것을 수줍어하고 부끄러워했습니다. 그가 그렇게 자신을 비우고 낮아져서 가고자 했던 곳 역시 사람이었습니다. '겸손한 권력'이 되고자 했고, 힘없고 가난한 사람들의 눈물을 닦아 주는 '따뜻한 정부'를 만들기 위해 최선을 다했습니다. 그 과정과 결과에 대해 부족함을 미안해하고, 오류에 대해 정직하게 성찰했습니다. "민생이란 말이 주머니 속 송곳처럼 나를 아프게 찌른다." 그가 대통령일 때 한 말이었습니다.

무엇보다, 올바르게 살아도 성공할 수 있다는 증명을 남기고 싶어 했습니다. 노무현 대통령이 남긴 가장 중요한 유산이자 과제입니다. 검찰, 경찰, 국정원, 국세청 4대 권력기관을 독립시키는 것에 대해 많은 분들이 우려했습니다. 그때 노무현 대통령은 "권력기관을 적절하게 이용하면 잘한다는 얘기도 들을 수 있고 성공한 대통령이 될 가능성도 높을 것이다. 다들 그렇게 했다. 그러나 옳게 하는 대통령이 한 명쯤은 있어야 한다"고 했습니다. 그러고는 담대하게 고난과 시련의 길을 걸었습니다.

이 책은 그런 노무현을 닮았습니다. 담백하고 정직합니다. 숨기거나 보태지 않은 날것 그대로의 노무현입니다. 노무현 대통령은 "기록이 역사"라고 말했습니다. 기록된 것만이 역사라고도 했습니다. 간혹 정무적인 문제로 구두 보고나 서면 보고의 필요성을 참모들이 얘기했을 때도 "기록에 남기기 두려운 일은 아예 하지 말라"고 했을 정도였습니다. 그런 생각이 있었기에 윤태영 비서관에게 자신의 모든 것을 보여 주었고, 이 책도 세상에 나올 수 있었습니다.

벌써 5년입니다. 강산이 반은 바뀌었을 시간입니다. 그러나 '시간이 지나도 잊히지 않는 사람'으로 노무현 대통령은 우리 곁에 있습니다. 그리움은 희망이 되기도 합니다. 노무현 대통령이 도전했던 가치, 고난과 좌절은 우리가 가야 할 희망과 미래의 다른 이름입니다. 노무현 대통령을 기억하되, 그를 넘어서서 우리는 앞으로 가야 합니다.

윤태영 비서관에게 참 고맙습니다.
막걸리 한 잔 사야겠습니다.

인간 노무현의 숨결을
닮은 책이 될 수 있기를

2003년 가을, 대변인직을 수행하던 중 대통령에게 사의를 표명했다. 그는 사의를 반려하면서 이렇게 말했다.

"큰 문제 없이 잘하고 있네. 대안도 마땅치 않으니 힘들더라도 계속해 주게."

달리 방법이 없었다. 대통령의 지시에 따르는 것이 도리였다.

이듬해인 2004년 3월, 뜻밖에도 대통령이 탄핵 소추되는 사태가 벌어졌다. 대통령이 관저에 유폐되다시피 하면서 대변인의 일상에도 변화가 생겨났다. 상대적으로 여유가 생긴 것이었다. 시간을 활용해 글을 한 편 썼다. 청와대 경내에 갇힌 대통령의 일상과 심경을 묘사한 글이었다. 외부에 공개하기 전에 '혹시' 하는 마음으로 대통령에게 원고를 보고했다. 하루 만에 대통령이 나를 관저로 불렀다. 그는 "쓴 원고는 알아서 외부에 공개하라"는 의견을 주었다. 그날 이후 대통령은 시간 여유가 있을 때, 또는 무언가 이야기를 정리할 필요가 있을 때 나를 포함한 몇몇 참모를 불렀다. 대통령은 자신을 취재할 기회를 나에게 자연스럽게 열어 주었다. 별도의 명확한 지시가 있었던 것은 아니었다. 그런 계기가 거듭되면서 나 역시 대통령의 일거수일투족을 기록하는 데 집중하게 되었다. 그것이 시작이었다. 두어 달 후, 대통령은 나의 거듭된 대변인직 사의를 받아들인 후 지근거리인 제1부속실장으로 근무할 것을 지시했다.

제1부속실장으로서의 기본 업무가 있었지만, 나는 대통령을 관찰하고 기록하는 일에 더욱 집중했다. 명확히 그렇게 업무 분장이 되어 있는 것은 아니었다. 대통령과 부속실의 암묵적 동의가 있었다. 주요 회의나 개인 일정에 배석하여 기록하는 것이 나의 주 업무가 되었다. 대통령은 나에게 특권을 주었다.

"체력과 집중력이 허락한다면, 내가 참석하는 모든 회의나 행사에 자유롭게 배석하도록 하게."

대통령은 그렇게 관찰자를 가까운 곳에 두고 싶어 했다. 의도했든, 의도하지 않았든 여러 측면에서 효율적인 방식이었다. 기록자는 대통령의 생각을 그때그때 시의적절하게 다른 참모들에게 전달할 수 있었다. 대통령이 두 번 이야기하지 않아도 되었다. 또 그의 모든 말과 행동이 기록으로 남았다. 대통령의 말이나 행동에 관해 사실관계를 놓고 갑론을박할 일이 없었다. 무엇보다 관찰자가 있다는 것, 그것도 직접 보고 들은 내용을 장차 글로 표현할 관찰자가 가까운 곳에 있다는 것은 스스로를 절제하고 동여매는 강력한 동인이 될 수밖에 없었다.

나의 입장에서는 한편으로는 특권이지만 한편으로는 고된 일상이기도 했다. 하루 세 끼를 대통령의 행사에 배석하여 해결한 적도 하루이틀이 아니었다. 욕심을 낸다면 개인 일정은 포기해야 했다. 휴일도 마찬가지였다. 쉬는 날에도 대통령의 생각이나 궁리는 계속되었고, 크고 작은 일정들이 있었다. 그렇게 시작된 기록은 퇴임 후로도 이어졌고, 서거하시기까지 다양한 형태로 남았다. 수백 권에 달하는 휴대용 포켓 수첩, 1백 권에 달하는 업무 수첩, 1,400여 개의 한글파일이 생산되었다.

2009년 5월, 대통령의 갑작스런 서거로 기록은 중단될 수밖에 없었다. 기록을 정리하는 일도 덩달아 중단되었다. 의욕도 없었고 엄두도 나지 않았다. 힘겨운 시간들이었다. 대통령의 기대에 부응하지 못하고 있다는 자책감에 틈틈이 정리를 계속하긴 했지만 만족스럽지 못했다. 건강도 받쳐 주지 않았다. 방대한 기록을 모두 훑어보는 것은 불가능했다. 우선 참여정부의 주요 흐름과 대통령의 리더십 스타일을 중심으로 내용을 정리했다. 쉽지 않은 일이었다. 어쨌든 그렇게 정리된 내용들 가운데 우선 2013년 가을부터 노무현재단 홈페이지 '사람 사는 세상'을 통해 정치인 노무현의 캐릭터와 성향을 엿볼 수 있는 글을 연재하기 시작했다. 정치적 성향보다는 인간적인 면, 리더십 스타일 등을 주요 소재로 삼았다. 거기에 퇴임 시점부터 서거하기까지 봉하에서의 생활을 담은 기록을 덧붙여 책으로 엮게 되었다. 재임 시절 대통령이 직접 작성했던 "나의 구상"도 부록으로 붙였다. 일단 큰 숙제 가운데 하나를 해결한 느낌이다. 하나의 마무리이자 또 다른 시작인 셈이다. 앞으로도 그의 흔적을 되살리는 일은 계속될 것이다. 나뿐만 아니라 참여정부 관계자, 또 그를 사랑하고 아꼈던 지지자들과 함께 이 작업은 계속될 것이다. 그에 대한 기억과 기록을 재구성하여 그를 지금 이 순간 우리와 함께 호흡하고 있는 노무현으로 그려 내고 싶은 것이 나의 유일한 소망이다.

책이 나오기까지 여러 분의 도움이 컸다. 우선 처음 기록이 시작되던 시점부터 지금까지 응원과 조언을 아끼지 않은 사람이 있다. 에이케이스Acase의 유민영 대표다. 그는 청와대 시절에는 뛰어난 언론 감각과 남다른 정무적 판단력으로 나를 보좌해 주었고, 이후에는 내가 쓰는 글의 방향에 대해 깊은 관심과 애정으로 다양한 의견을 제시해 주었다. 이 기회에 특별히 감사의 인사를 전하고 싶다. 이 원고를 정독한 후 의견과 함께 격려를 보내 준 노무현재단의 이병완 전 이사장님께도 감사드린다. 노무현사료연구센터의 김상철 씨도 홈페이지 연재와 출간 과정에 큰 도움을 주었다. 감사드린다. 아울러 첫 연재 때부터 이 원고에 각별한 관심을 갖고 출간을 결정해 주신 도서출판 책담의 정구철 대표와 김진형 인문교양팀장에게도 감사의 인사를 전한다. 아무쪼록 이 책이 인간 노무현의 숨결을 느낄 수 있는, 살아 있는 책이 되기를 바라는 마음뿐이다.

1부

노무현이라는
사람_

그가

내게로
왔다

1

이름과
역사

"그런데…
이름이 뭐였더라?"

정치인 노무현은 사람 이름을 기억하는 데
약했다. 기자들의 이름은 특히 그러했다. 참모들과는 달리 기자들은
여러 사람을 한꺼번에 보는 일이 많아서 더욱 그랬던 듯하다. 2001년,
당내 대통령 후보 경선 준비를 하던 금강캠프 시절의 일이었다. 당
시 노무현 고문을 수행하여 서여의도의 이면도로를 걷던 중이었다.
국회 출입 경력이 제법 되는 모 일간지의 기자가 노 고문과 마주치
자 인사를 건네 왔다. 정치권에 얼굴과 이름이 상당히 알려진 기자
였다.

"준비 잘 되고 계시지요?"
기자는 안부를 물었고, 노 고문은 악수를 청했다.

"네, 잘 되고 있습니다. 식사하러 가십니까?"

두 사람은 엊그제 만난 사람처럼 짧은 인사를 나누고 헤어졌다. 다시 열 걸음쯤 나아갔을 무렵, 노 고문이 나에게 물었다.

"저 사람 기자 맞지? 이름이 뭐였지?"

너무나 태연하게 인사를 나누었던 터라, 그 질문에 나는 당황한 표정을 감출 수 없었다.

정치인으로서는 약점이었다. 소위 '마당발'로 불리는 유명 정치인들을 보면, 한 번 스치듯 만난 사람의 이름도 기억해 둔다. 그랬다가 혹시 다음에 만나면 반갑게 이름을 부르며 악수를 청한다. 그런 일상이 쌓여 '마당발'이 되는 것이다. 누구든 만나는 사람을 지지자로 만들어야 하는 것이 정치인의 입장이고 보면, 이름을 부르며 친근함을 드러내는 것도 강점이라 할 수 있다. 정치인 노무현에게 그런 강점은 없었다. 오히려 보통 사람들이 쉽게 기억하는 이름조차 잊는 경우가 많았으니, 어떤 면에서는 치명적 약점이었다.

경선 캠프 시절, 몇몇 기자들과 점심 식사가 예정된 날이면 비서들은 별도의 쪽지를 준비했다. 노 고문이 앉는 자리를 중심으로 각 좌석에 앉는 기자들의 이름을 적어 놓은 쪽지였다. 식사 장소에 수행한 비서에게는 이름이 배치된 대로 기자들을 앉히는 책임이 부여되었다. 쉬운 일이 아니었다. 시간에 늦는 기자도 한둘 있었고, "여기 앉으라!" 해도 끝까지 다른 자리를 고집하는 기자도 있었다. 그러면 모든 것이 뒤죽박죽 엉망이 되고 말았다. 다행스럽게도 예정대로 자리가 배치된 날이면, 노무현 고문은 상 밑에 쪽지를 펴 놓고는 이따금 곁눈질을 하면서 대화를 이어 나갔다.

정치인 노무현에게
그런 강점은 없었다.
오히려 보통 사람들이
쉽게 기억하는 이름조차 잊는
경우가 많았으니, 어떤 면에서는
치명적 약점이었다.

치명적 약점에도 불구하고 정치인 노무현은 대통령이 되었다. 대통령이라는 자리는 이 문제와 관련한 우려와 불편을 덜어 주었다. 사람을 만나는 행사가 있을 때마다 의전비서관실에서 자리 배치표를 준비했기 때문이다. 식사를 겸하는 만남이면 수저나 포크 옆에 항상 자리 배치표가 놓였다. 사람 이름이 기억나지 않아도 자연스럽게 배치표를 참고하면 되었다. 그랬다고 해서 재임 중 치른 모든 행사에서 이름과 관련한 불상사를 면한 것은 아니다. 2004년 말 폴란드를 방문하여 정상회담을 할 때 벌어진 일이다. 대통령은 하루 전날 폴란드 대통령의 이름을 외우는 데 상당한 공을 들였다. 이름이 꽤 길었다. 부속실 직원을 볼 때마다 그 이름을 한 번 더 외우기도 했다. 정상회담이 열리기 직전 메이크업을 할 때도 대통령은 마지막으로 한 번 더 크게 그 이름을 발음해 보았다. '크, 바, 시, 니, 에, 프, 스, 키 대통령.'

정상회담이 시작되었다. 대통령은 상대국 정상의 긴 이름을 막힘없이 불렀다. 회담에 임하는 자신의 성의를 최대한으로 표현한 것이었다. 크바시니에프스키 대통령이 반가운 웃음으로 화답했다. 다음으로 양측 배석 참모들을 소개할 차례였다. 반기문 외교부 장관 등에 이어 청와대의 정우성 외교 보좌관을 소개할 차례였다. 대통령이 머뭇거렸다. 이름이 생각나지 않은 것이다. 의전비서관실이 만드는 자리 배치표에는 청와대 참모들의 경우 이름은 생략되고 직함만이 표시되기 때문이었다. 기억을 더듬는 데 시간이 지체되자, 대통령은 결국 포기하고 말았다. 대통령이 웃으며 물었다.

"우리 외교 보좌관, 이름이 뭐지요?"

정상회담이 끝나고 열린 다른 행사에서, 대통령은 그 해프닝을 일종의 유머로 좌중에 소개하기도 했다.

"폴란드 사람 이름은 외우기가 힘이 듭니다. 저는 매일 만나는 보좌관 이름을 기억 못해서 곤란할 때도 있습니다. 다행히 아내의 이름은 잊어 먹지 않았습니다."•

대통령은 그렇게 현실을 살아가는 사람들의 이름에 취약했다. 한 가지 아이러니한 면이 있었다. 대통령은 역사 속 인물들에 대해서는 단 한 번도 틀린 적이 없었다. 사람 이름만이 아니었다. 사건이 일어난 시기에 대해서도 오차가 전혀 없었다. 그의 머릿속에는 역사적 사건들이 등장인물과 연도를 포함하여 완벽하게 재구성되어 있었다. 그런 이야기들이 쏟아져 나올 때면 참모들은 혀를 내두르곤 했다. 그랬던 대통령은 지금 현실의 우리 곁을 떠나고 없다. 그의 이름도 역사가 되고 있다.

• 2004년 12월 4일, 재폴란드 한국학과 학생·교수 접견 시.

대통령은 역사 속 인물들에
대해서는 단 한 번도
틀린 적이 없었다.
사람 이름만이 아니었다.
사건이 일어난 시기에 대해서도
오차가 전혀 없었다.

2

————

비유의 달인

"사람은 원래 살과 뼈로
이루어진 것 아니었던가?"

"절구통에 새알 까기!"

노무현 대통령의 표현이다. 무슨 말일까?
'누워서 떡 먹기'라는 뜻이다. 절구통에 새알을 놓고 공이로 내리치
면…. 그만큼 쉽다는 것이다. 물론 자주 쓰는 표현은 아니다. 가끔씩
말하는 중간에 등장한다. 알아듣는 사람이 많지 않아, 대통령 자신
도 자주 사용하지는 않았다.

그의 언어 감각에는 남다른 데가 있다. 화려한 수식어는 없다. 하
지만 사람의 마음을 움직이는 힘이 있다. 우선 그의 언어는 대중적
이다. 서민적인 표현들이다. 사투리도 등장한다. 사촌이라 할 만한
토속어도 등장한다. 기가 막힌 비유들도 있다. 말을 만들어 내는 재

주도 있다. 이야기에는 고저가 있고 장단이 있다. 시쳇말로 듣는 사람들을 들었다 놨다 한다. 속담도 있고 경구도 있다. 그것이 원래 있던 말인지, 스스로 만들어 낸 말인지 헷갈릴 때도 있다. 그 많은 표현과 문구들을 어떻게 기억하고 있는지 궁금해진다. 그것이 어떻게 적절한 타이밍에 튀어나오는지 정말 알 수 없다.

"날아가는 고니 잡고 흥정한다."

대화가 되지 않는 상대방을 애써 붙잡고 어떻게든 뭘 해 보려는 상황을 빗댄 말이다.

"목욕도 안 하고 장가를 가는 격이다."

기본도 갖추지 않은 채로 무리하게 욕심을 부리는 모습을 이른다.

"물 젖은 솜이불에 칼질하는 격이다."

역시 되지도 않을 일을 억지로 추진하는 경우를 빗댄 표현이다.

"그 사람은 '풀칠이 안 된 표'를 가진 사람이다. 바람 불면 날아가는 표다."

어떤 정치인을 들어 지지층의 결집도가 단단하지 않다는 점을 지적하며 동원한 비유다.

서민적인 비유나 예화도 있다.

"젖만 짜도 될 텐데, 소를 잡자는 격이다."

"힘없는 가장이 집에 가서 마누라한테 얻어터지면 어디 가서 말도 못한다."

국내 정치의 중요성을 강조할 때 끌어 쓴 말이다. 이런 말도 있다.

"누가 지나가는 스님을 보고 '스님, 어디 가나' 하고 물었답니다. 그 스님이 속으로 이랬다는군요. '나쁜 녀석, 말을 놓을 거면 스님,

하고 높여 부르지나 말지!'"

말로는 반성한다 하면서 진정으로 참회하지 않는 일본을 두고 인용한 예화다.

언론에 대한 불만도 표현했다.

"편지 100통을 써도 집배원이 전달을 안 한다."

가끔은 서로 모순되는 속담을 지적하기도 했다.

"'쇠뿔도 단김에 빼라'는데, '무른 감도 쉬어 가며 먹으라'는 말도 있지요."

상황이 힘들고 여의치 않을 때는 예외 없이 비유가 등장한다.

"혀는 짧은데 침은 길게 내뱉고 싶다."

"폼form은 짧고 고통은 길다."

"언제나 내 밥의 콩이 작아 보인다."

자신의 심리를 말해 주는 표현들이다. 어려운 상황을 드러낸 표현도 있다.

"거지가 지나가면 온 동네 개들이 다 짖는 법이다."

때로는 억울한 속내를 드러내기도 한다.

"초소에서 자는 놈들은 걸리는데, 아예 빠진 놈들은 걸리지도 않는다."

스스로를 위로하는 비유들도 있다. 큰 욕심 내지 말자는 말들이다.

"도매시장에 아무리 많아도 우리 집 냉장고가 중요하다."

"나무에 앉은 새를 욕심내다가 친구 놓칠 일 없다."

비유와 예화는 아무래도 공식적인 자리보다는 사석에서 많이 등장했다. 준비된 연설문을 낭독할 때보다는 원고에 얽매이지 않고 자유롭게 이야기할 때 자주 접할 수 있었다. 어린 시절 고향에서 익혔던 수많은 어휘들을 풍부하게 활용했다. 거기에 깊은 사고와 사색이 어우러지면서 비유와 대구對句들이 탄생했다. 가장 많은 풍자와 비유는 역시 다양한 정치·경제의 현실을 우회적으로 설명할 때 등장했다.

"도랑 건너가면 잊어 먹는다."
"타이타닉은 선회가 어렵다."
"안방이 단결하면 머슴이 괴롭다."

2009년 봄, 혹독했던 시절에는 특유의 비유도 거의 들을 수 없었다. 두어 시간 회의를 해도 한 차례의 비유나 풍자를 접하기 어려웠다. 사저에 갇힌 채 홀로 작성한 "못다 쓴 회고록"●의 뼈대를 공개했던 5월 14일의 집필 회의. 그 뼈대를 보면서 나는 "'감성적' 이야기와 '딱딱한' 이야기가 섞여 있어 혼란스럽다"고 의견을 내놓았다. 대통령이 나지막한 어조에 짤막한 한마디로 일축했다. 그가 처해 있는 어찌할 수 없는 힘겨운 상황이 반영된 듯한 비유였다.

"사람은 원래 살과 뼈로 이루어진 것이 아니었던가?"

33

● 이 회고록은 《성공과 좌절》(학고재, 2009)로 출간되었다.

3

노무현의 화법 2_

반어법과 반전

"정말 말실수인가?
언론이 만드는 것인가?"

무엇을 어떻게 말할 것인가? 정치인 노무현
의 치열한 고민이었다. 그는 아무렇게나 말하지 않았다. 대중 연설
을 앞두고는 며칠 전부터 구상을 한다. 나름대로 핵심 메시지를 다
듬는다. 여러 가지 기법을 동원한다. 대구법을 자주 사용한다. 과장
법도 있다. 그러면서도 논리적 일관성을 추구한다. 앞과 뒤의 말을
반드시 논리적으로 연결한다. 그리고 반문한다.

"그럼 아내를 버리란 말입니까?"

논리와 감성이 어우러진 명언이다. 2002년 4월, 민주당 대통령
후보 국민경선 당시의 연설이었다. 이 말을 할 수밖에 없었던 그간

의 사정을 여기서 다시 설명할 필요는 없을 듯하다. 아무튼 이 한 마디로 노풍은 더욱 탄력을 받았다. 천정부지로 치솟았다.

그의 말이 항상 순기능을 한 것만은 아니었다. 때로는 설화를 낳기도 했고, 때로는 역풍이 되기도 했다. 대통령 재임 중에는 특히 그랬다. 그의 말 한마디마다 시비가 붙던 시절이었다. 일부 언론들은 그의 언어를 하루가 멀다 하고 공격했다. "대통령으로서의 품격"을 들먹이기도 했다. 과도한 공격이 정상적인 국정 운영을 방해할 정도였다. 대부분이 악의적 왜곡이었다. 그들은 연설의 본질보다는 한두 가지 표현에 집착했다. 생생한 현장의 언어들이 표적이었다. 과장법과 반어법 또한 그냥 지나치지 않는 '거리'였다. 일방적으로 단장취의斷章取義를 작심한 사람에게는 그의 화법이 반갑기 그지없는 소재였다. 과연 그 화법은 어떻게 생겨난 것일까?

어쩌면 정치인이 되기 이전부터였는지도 모른다. 변호사 노무현은 감동적인 변론을 하기 위해 다양한 기법을 동원했을 것이다. 생생한 표현이 필요했고, 때로는 반문도 해야 했을 것이다. 의뢰인의 절박함을 더 절실하게 묘사하기 위해 고심도 거듭했을 것이다. 그렇게 익숙해진 화법은 6월 항쟁의 거리에서, 노동자들의 파업 현장에서 더욱 빛을 발했을 것이다. 그렇게 단련되고 체화된 화법이었지만, 대통령이 된 후에는 사정이 달라졌다. 언론에 의해 활자화되는 과정에서 그의 화법은 의도적 왜곡에 취약한 면모를 드러내고 있었다. 자주 구사하던 '반전反轉'도 그 가운데 하나였다.

정치인 노무현은 반전 화법 때문에 한두 차례 구설에 오르기도 했다. 누군가를 칭찬하려고 한 이야기가 오히려 폄하로 둔갑하는 경우였다. 이를테면,

"그 친구 생각 없는 사람인 줄 알았더니, 굉장히 깊이 생각하는 사람이었군."

그가 하고 싶은 말은 물론 뒤 문장이다. 그런데 앞 문장만을 끊어서 전달하면 전혀 엉뚱한 말이 되어 버린다. 그렇다면 이제까지는 그 사람을 그렇게 생각하고 있었느냐고 공격을 해오는 것이다.

2006년 5월, 대통령으로서 아랍에미리트를 순방했을 때의 일이다. 5월 14일, 현지에서 경제인 오찬 간담회가 열렸다. 노무현 대통령은 인사말을 하면서 첫머리를 이렇게 시작했다.

"비행기에서 끝없이 펼쳐진 사막을 보며, 이 땅이 신이 버린 땅이 아닌가 생각했습니다."

순간 깜짝 놀라지 않을 수 없었다. 그곳은 이슬람 국가였다. '신이 버린 땅'이라는 말이 그 나라 사람들에게 어떤 느낌을 주었을까 염려되었다. 대통령이 말을 이어 갔다.

"하지만 내려와서 몇 시간이 안 돼 제 짐작이 틀렸다는 것을 알았습니다. 신은 이 나라에 석유를 주고, 이를 활용할 지도자를 주고, 지도자에게 지혜와 용기를 주셨습니다."

비로소 가슴을 쓸어내릴 수 있었다. 하지만 일순간 긴장을 한 것만큼은 분명한 사실이었다. 특히 외국 순방 시, 대통령 연설은 동시통역이 아니라 순차통역을 하는 경우가 대부분이었다. 한 문장씩 끊어서 통역을 하게 되어 있었다. 앞과 뒤의 문장 사이에 일정한 시차

가 발생하는 것이다. 잠깐이지만 청중에게 불필요한 오해나 긴장을
가져다 줄 우려가 있었다.

재임 기간 내내 대통령의 말은 오해도 많았고 탈도 많았다. 말에
서 비롯된 시비가 거듭되면서 임기 후반에는 대통령 스스로도 많이
위축되어 있었다. 그럴수록 그는 자신의 목소리를 생생하게 전달해
주는 생방송 시스템을 더욱 선호했다. 언론의 단장취의와 왜곡에 대
한 피해의식 때문이었다.*

---

* 2007년 1월, 대통령은 이에 대한 소회를 이야기했다. 부록 293쪽을 보라.

4

정치라는

흙탕물

"바보들이 정치하는 건
아닙니다"

정치인 노무현은 폭탄주를 좋아하지 않는다.
해양수산부 장관 퇴임 직후인 2001년 3월, 내가 노무현 대통령 후
보 경선 캠프에 합류한 지 한 달 즈음이 되던 날이었다. 그날 그는
보수 언론의 데스크들과 폭탄주를 마셨다. 정치부 부장들이었다. 관
계 개선을 해 보려는 참모들의 시도였다. 분위기는 예상과 다르지
않았다. 특정 언론사의 여론조사를 놓고 시비가 일었다. 그들은 노
무현 대통령의 탄생을 불가능으로 전제하고 있었다. 언쟁은 거듭됐
고 불편한 느낌은 심해졌다. 물론 파국은 아니었다. 헤어질 때는 악
수도 나누었다. 노무현 전 장관은 꽤 취한 상태였다. 나도 마찬가지
였다. 인사동을 떠난 차는 이내 명륜동 자택 앞에 멈추어 섰다. 차에
서 내려 인사를 하려는 데 그가 내 어깨를 툭 쳤다.

"윤태영, 캠프에 잘 들어왔어. 이제 우리가 세상을 바꿔 보자. 한 번 해 보자."

그가 주먹을 불끈 쥐더니, 덥석 내 손을 잡았다. 캠프에 들어온 지 한 달 만에 듣는 환영사였다. 장관 직무 때문에 바쁘긴 했지만, 그간 기회가 없지는 않았다. 그는 술의 힘을 빌려 비로소 나를 환영했다. 미안함과 자신감이 뒤섞여 있었다. 사실 나는 그 정치부 부장들만큼이나 확신이 없는 상태였다. 그가 대통령이 되리라는 기대는 높지 않았다. 최선은 다할 생각이었다. 그런 나의 합류를 그는 진심으로 기뻐하고 있었다. 특유의 동지 의식이었다. 그는 휴머니스트였다. 사람을, 참모를 자신처럼 사랑했다. 그러나 그의 호기에는 공허함이 배어 있었다. 자신감에서는 외로움도 묻어 나왔다. 그래서 나는 더욱 그의 환영사가 고맙게 느껴졌다. 눈물이 핑 돌았다.

10여 년 이상 가까이에서 지켜봐 온 정치인이었다. 94년 자서전 집필 작업을 하기도 했고, 95년 부산 시장 선거 홍보물을 만들기도 했다. SBS 라디오 〈노무현·김자영의 뉴스 대행진〉을 할 때는 칼럼 꼭지의 일부를 준비하는 역할을 맡기도 했다. 그 후에도 연설문이나 홍보 관련 일로 교류를 계속했다. 나는 항상 '그의 편'으로 분류되던 사람이었다. 새삼 고마워할 일은 아니었다. 굳이 미안해할 일도 아니었다. 그의 상황이 그랬다. 스스로의 자신감은 있었지만 앞날은 더없이 불투명했다.

90년 3당 합당이 그 시작이었다. 그 이전의 노무현은 국회의원이었지만 정치인은 아니었다. 투사였다. 운동가였다. 그래서 의원직 사퇴서도 쉽게 던질 수 있었다. 3당 합당이 그를 직업 정치인으로 바꾸어 놓았다. 그는 지역 구도 해소를 위해 '정치'라는 흙탕물에 발을 깊이 담갔다. 그가 정치를 바꾸고 정치가 다시 그를 바꾸는 10년이 시작되었다. 풍화의 과정도 겪어야 했다. 총선이나 대선을 계기로 재야에서 새로운 인물들이 수혈될 때마다 그는 매력 없는 기성 정치인이 되고 있었다. 청문회 스타로 기억될 뿐, 현실을 움직이는 힘 있는 정치인이 아니었다. 원외의 노무현은 그렇게 지역 구도의 굴레를 쓰고 가시밭길을 걸었다. 평범하지 않은 정치 역정이었다. 스스로도 힘들어 때로는 타협을 시도하기도 했다. 93년 광명 보궐선거, 95년 경기도지사, 98년 서울시장, 종로 보궐선거에 이르기까지, 지역 구도의 주술에서 벗어나고픈 유혹에 끊임없이 시달렸다. 최종적인 선택은 다시 부산이었다. 그렇게 뚜렷한 궤적을 남기며 걸어 왔지만, 그래서 더욱 미래를 알 수 없는 정치인. 그가 노무현이었다.

그는 자주 이렇게 이야기했다.

"정치물이 독하다."

두 발을 땅에 딛고 있는 정치인이었다. 독한 물을 마셔야 했다. 이상을 위해서는 현실을 버텨야 했다. 떠나고 싶어도 떠날 수 없는 곳이 정치권이었다. 손가락질을 받아도 해야 할 일이 있었다. 정치는 그에게 애증 그 자체였다. 그래서 정치하는 사람을 소중히 생각했다. 정치라는 흙탕물에 기꺼이 발을 담그는 사람을 사랑했다.

2005년 10월, 모 수석과 조찬을 함께했다. 그는 수석에게 출마 의향을 물었다. 반응은 손사래가 먼저였다. 그런 곳에는 갈 생각이 전혀 없다는 대답이 이어졌다. "그런 곳"의 의미가 문제였다. '시끄럽고 못된 곳'이라는 뉘앙스였다. 그가 불편한 심기를 여과 없이 드러냈다.

"바보들이 정치하는 건 아닙니다!"

그는 정치 일반을 경멸하는 표현을 싫어했다. '정치' 이야기만 나
오면 거부 반응을 보이는 참모들의 반응에 대해서도 못마땅한 속내
를 털어 놓곤 했다.

"손이 모자라서 기용하고 있지만, 자신들만 깨끗한 척하면 안 되
는데…."

이랬던 그가 퇴임 1년이 지난 2009년 3월에는 정반대의 이야기
를 홈페이지 '사람 사는 세상'에 올렸다. "정치, 하지 마라"라는 제목
으로 쓴 글이었다. 정치에 대한 그의 복잡다단한 심경이 그대로 드
러나 있었다. 20년 동안 걸어 온 역정이 하나의 소회로 모아졌다.

"농담이 아니라 진담으로 하는 말입니다. 얻을 수 있는 것에 비
하여 잃어야 하는 것이 너무 크기 때문입니다."

그는 정치인이 감당하기 어려운 몇 가지 수렁을 그 이유로 들었
다. 거짓말, 정치자금, 사생활 검증, 이전투구, 그리고 고독과 가난이
었다. 끝 대목에 가서 그는 단서를 붙였다.

"그러나 저는 정치인을 위한 변명으로 이 글을 씁니다. 그렇다고
정치인을 위하여 이 글을 쓰는 것은 아닙니다. 한국 정치가 좀 달라
지기를 바라는 마음으로 이 글을 씁니다. 정치가 달라지기 위해서는
정치인들이 먼저 달라져야 할 것입니다. 그러나 저는 정치인의 처지

에 대한 시민들의 이해도 중요하다는 생각으로 이 이야기를 합니다. 주인이 알아주지 않는 머슴들은 결코 훌륭한 일꾼이 될 수가 없을 것이기 때문입니다."

"정치, 하지 마라"는 결국 '정치인에 대한 이해'를 촉구하는 하나의 역설이었다. 순탄치 못했던 자신의 정치 역정에 대한 회한이었다. 끊임없이 도전했지만 끝내 이루어 낼 수 없었던 그 어떤 목표에 대한 아쉬움이기도 했다. 흙탕물 속에서 피워 낸 연꽃과도 같은.

5

"이건 자네 글이지,
내 글이 아닐세"

"이건 자네 글이지, 내 글이 아닐세."

민주당 상임 고문 노무현은 A4 용지 두 장으로 출력된 원고를 덮었다. 첫 대목 서너 줄만 읽었을 뿐이었다. 그는 고개를 가로저었다. 잠시 탁자 위를 응시하던 노무현 고문이 나를 책망했다.

"이런 원고를 쓰려면 사전에 나에게 물어봤어야지. 다시 쓰게."

지시를 마친 그는 자리에서 일어났다. 다음 일정이 촉박한 탓이었다. 난감해진 것은 나였다. 대통령 경선 후보 캠프에 들어오고 나서 쓴 첫 작품이었다. 외부에서 노무현 고문에게 오는 기고 요청이 많았는데, 마감이 임박한 두 건을 우선 처리하려고 초고를 쓴 것이었다. 10여 년 이상 정치권에서 익숙하게 해 온 일이었다. 정치인에게 기고 요청이 들어오면 으레 공보 비서가 아이디어를 구상해서 초안을 잡은 다음 보고하는 것이 상례였다. 어떻게 쓰라고 지침을 주는 정치인은 드물었다. 오히려 물어보는 것이 도리가 아니라는 생각이 들 정도였다. 그렇게 작성된 원고는 대부분 무리 없이 통과되고 결재되었다. 그만큼 자신도 있었다. 그런데 노무현 캠프의 첫 작업에서부터 의외의 복병을 만난 것이다.

노무현 고문은 더 이상 다른 말 없이 방을 나섰다. 당황한 내가 뒤따라 나섰다. 그가 사무실 문 밖으로 나가 계단을 내려갈 즈음, 내가 물었다.

"마감이 임박했습니다. 쓸 내용을 말씀해 주셔야….'

계단 아래로 내려간 노무현 고문이 나를 올려다보면서 소리쳤다.

"내가 몇 달간 강연한 내용들 다 읽어 보게. 거기에 다 있네."

그 말을 남기고 그는 건물을 나섰다. 나는 앞으로 홍보팀장으로서 헤쳐 나가야 할 길이 만만치 않을 것이라는 불길한 예감에 사로잡혔다.

불길한 예감은 어느 정도 적중했다. 노무현 고문은 글에 관해 엄격했다. 까다롭기도 했다. 자신의 이야기가 정확하게 전달되도록 하려는 노력이었다. 자신만의 생각과 철학이 있었기 때문이다. 자신만의 언어도 있었다. 섣부른 비유와 예화는 가차 없이 쳐 냈다. 자신의 언어가 아니면 아무리 멋들어진 표현이라도 거부했다. 분명한 자기

중요한 국정 운영의
기조에서부터
사소한 일정에 이르기까지
대통령은 모든 질문에
대답과 지침을 주었다.
그는 답을 주는 정치인이었다.

세계와 자신의 색깔이 있었다.

홍보팀장 일은 쉽지 않았다. 노무현 고문과 호흡을 같이하는 것이 우선이었다. 민주당 대통령 후보 시절, 공식 연설문을 작성하는 일은 캠프의 최대 난제였다. 이병완 국가전략연구소 부소장 등 당내 역량 있는 사람들이 많이 동원되었다. 그들 또한 적지 않은 어려움을 겪었다. 연설문을 보는 후보의 기준이 엄격했기 때문이다. 글을 쓰는 사람들에게 밴 습성이 문제였다. 그들은 후보의 연설이 아니라 자신의 연설을 쓰려는 경향이 있었다. 그로부터 괴리가 발생했다. 이 난제를 푸는 해법이 있었다. 노무현 후보가 대통령으로 당선되고 난 후에 체득한 것이었다. 해법은 의외로 간단했다. 주요 연설 계기가 임박하면 대통령에게 '하실 말씀'을 사전에 물어보는 것이었다. 대통령은 언제나 물음에 대답했다. 거기에 답이 있었다.

연설 작업은 언제나 대통령이 구술하는 기조를 중심으로 이어졌다. 갈고 다듬는 품이 들어서 그렇지 내용 때문에 머리를 쥐어짤 일은 없었다. 몸은 고달파도 머리는 편해진 셈이었다. 글뿐만이 아니었다. 대통령은 모든 물음에 답을 주었다. 국정 최고 책임자로서 할 수 있는 한 자신의 생각을 솔직하게 풀어 놓았다. 오히려 자신에게 많은 질문을 던지는 비서를 좋아했다. 홍보팀에게는 항상 이렇게 주문을 했다.

"나를 인터뷰하러 오는 사람에게는 언제든지 시간을 내주겠다."

대변인으로서 직무도, 부속실장으로서 업무도 막연히 갖는 선입관에 비해 훨씬 수월했다. 가끔 대변인으로서 답변하기 곤란한 기자들의 질문을 접하기도 했다. 그런 때 대통령에게 물으면 속 시원한 지침을 받을 수 있었다. 한 번 지침을 내렸더라도 거듭 고민하면서 하루에 대여섯 차례 직접 전화를 걸어 답변 내용을 정리해 주기도 했다. 대통령은 언제나 자신의 입장이 있었다. 그것을 분명하고 솔직하게 이야기했다. 기약 없이 미루거나 유야무야하는 일이 없었다. 중요한 국정 운영의 기조에서부터 사소한 일정에 이르기까지 대통령은 모든 질문에 대답과 지침을 주었다. 대통령이 애매한 입장을 취해 참모들이 당혹스럽거나 곤욕을 치러야 할 일은 없었다. 그는 답을 주는 정치인이었다.

다시, 후보 시절의 일이다. 노무현 후보가 부산 검찰에 전화를 걸었던 것을 놓고 논란이 있었다. "청탁 전화가 아니었느냐"는 문제 제기였다. 보수 언론의 한 기자가 작심하고 있다가 기회가 되자 질문을 던졌다. 지방 일정 중 우연히 마련된 환담 자리였다. 모두들 선 채로 간단한 이야기를 주고받던 중이었는데, 기자가 그런 질문을 하자 노무현 후보가 정색을 하면서 답변을 시작했다. 마침 기다리고 있던 질문이었던 것이다. 노 후보의 답변은 예상 외로 길었다. 다른 기자들은 하나둘 자리를 떠났다. 질문을 한 기자는 혼자 남아 후보의 답변을 열심히 적어야 했다. "팔이 아파 왔지만, 질문을 한 장본인이라 그만둘 수도 없었다"고 기자는 며칠 후 자조 섞인 웃음을 보이며 말했다.

대통령 노무현은 말씀을 많이 했다. 마무리 발언 때문에 국무회의가 12시를 넘긴 적도 한두 번이 아니었다. 부속실장 된 후 나는 비공식 또는 개인 일정에 배석해서 기록하는 일을 겸했다. 처음 1년은 수첩에 펜으로 적었다. 오른손 가운뎃손가락에 생긴 펜혹이 몇 달

만에 사마귀처럼 커졌다. 통증도 심했다. 펜이 닿는 부위를 옮겨 보기도 했다. 집게손가락에 펜을 기대어 써 보기도 했다. 한계가 있었다. 생각에 생각이 꼬리를 물었고 말씀은 계속되었다. 어떻게 그 많은 이야기가 끊이지 않고 나올 수 있을까 신기했다. 사저에서는 회의가 끝나고 일어선 채로 다시 10여 분을 더 이야기하기도 했다. 비일비재한 일이었다. 결국 1년이 지났을 무렵, 나는 수첩 대신 노트북을 선택했다. 커진 펜혹을 감당할 수 없었다. 노트북을 활용한 기록 작업은 효율성도 높았다. 수기보다 훨씬 더 많은 내용을 받아 적을 수 있었다. 그렇게 다시 1년, 이번에는 두 어깨가 아파 오기 시작했다.

6

행복

유전자

"코 후비다 카메라에 찍히는 일 없도록 조심하세요"

그에겐 뭔가 특별한 것이 있었다. 남다른 무엇이었다. 그냥 '유머'라고 하면 2프로 부족한 듯하고, '낙관'이라고 하기엔 초점이 다른 그 무엇이었다. 특유의 캐릭터였다. 애써 말을 만들자면 '행복 유전자'라고 할까. 유머는 기본이었다. 그것도 순발력과 재치를 곁들인 유머였다. 그럼에도 '유머 감각'으로 표현하지 않는 것은 꼭 재미있는 이야기가 아니라도 사람을 즐겁게 만드는 솜씨가 있었기 때문이다.

제1부속실장 시절, 아침 회의를 하기 위해 관저로 출근하면 응접실에 앉아 대통령을 기다렸다. 그날의 일정을 점검하는 간단한 회의였다. 가끔은 대통령보다 그의 노랫소리가 먼저 응접실에 도착했다. 내실에서 걸어 나오면서 그가 흥얼거리는 콧노래였다. 경쾌한

멜로디가 ㄱ자로 꺾인 관저의 복도를 따라 울려 퍼졌다. 레퍼토리는 다양했다. 정체를 알 수 없는 허밍도 절반은 되었다. 익숙한 노래도 있었다. "작은 연인들"이었다.

"언-제 우리가 만-났던가, 언-제 우리가 헤어졌던가."

자칫 무거울 수도 있는 분위기가 대통령의 콧노래로 반전이 되곤 했다. 들을수록 기분이 좋아지게 하는 마력 같은 구석이 있었다.

그는 만나는 사람을 기분 좋게 했다. 편하게 대했다. 상대방이 자신을 편하게 대할 수 있도록 최대한 배려했다. 대통령이 된 후에는 더욱 그랬다. 대통령이라는 자리의 무게가 상대방을 압박하는 일이 없도록 하려는 배려였다. 그래야 하고 싶은 말을 부담 없이 꺼낼 것이라는 생각이었다. 가까이 있는 참모들에게도, 외부에서 모처럼 온 손님들에게도 예외가 없었다. 때로는 분위기가 지나치게 경직될 것을 우려해 회의에 앞서 먼저 농담을 던지기도 했다. 대통령 자신이 분위기를 푸는 당번인 셈이었다. 임기 중 신축된 비서동인 여민1관의 대회의실에서 수석보좌관 회의가 열리던 어느 날이었다. 그날부터 양쪽 벽면에 새로 설치된 카메라로 회의 진행을 녹화하기 시작했다. 대통령이 회의에 참석한 비서들에게 주의 아닌 주의를 주었다.

"앞으로 회의 도중에는 코를 후비다가 카메라에 찍히는 일이 없도록 조심하세요."

때로는 자신의 그런 모습이 어떻게 비칠지 우려하기도 했다.

2003년 12월 16일의 국무회의였다. '대선 자금 수사'와 이른바 '재신임' 논란으로 정국이 소용돌이의 한가운데 있을 때였다.

"제가 들어올 때마다 여러분을 마주 보면서 자주 웃습니다. 여러분의 느낌은 어떤가요? 괜찮은가요? 보기에 따라서는 지금 웃을 형편이 아닌데…. 국민들은 대통령이 너무 웃지 않느냐 생각할지도 모르겠습니다. 대통령이 자주 웃는데 국민이 기분이 좋을까 모르겠습니다."

그날도 그는 유머로 서두를 시작했다. 자칫 혼란스러운 정국 때문에 가라앉을 수도 있는 국무회의 분위기를 의식한 것이었다.

"두 정치 지도자가 얘기를 하던 중 번개가 치니까 한 사람이 갑자기 씩 웃었답니다. 다른 한 사람이 '왜 웃었냐'고 묻자 '카메라 플래시인 줄 알았다!'고 대답했답니다. 한국의 농담이 아니라 미국의 농담입니다. 우리 모두 웃을 수 있도록 노력합시다."

그의 '행복 유전자'는 해외 순방에서도 유감없이 발현되었다. 엄숙한 격식과 까다로운 의전 때문에 경직될 수 있는 분위기를 바꿔 보려는 노력이었다. 정상회담이 열리는 회의장은 물론 만찬장 등 다양한 행사장에서 그는 단연 분위기 메이커였다. 2004년 11월, 남미 3개국을 방문하기 위해 출국한 대통령은 미국 LA에 들러 연설을 했다. 그날 저녁 일정으로는 제임스 한 LA 시장이 주최한 만찬이 있었다. 준비된 원고로 만찬 답사를 마친 대통령이 잠시 즉석 연설을 했다.

대통령은 정상회담을 마친 후,
부에노스아이레스 대학
총장으로부터 명예교수
위촉장을 받았다.
거기서도 다시 특유의
입담이 작렬했다.

"시장 부부를 처음 만났는데 영화배우를 만난 줄 알았습니다. […] 대통령이 되기 전 길거리 포장마차에서 소주 마시기를 즐겼는데 오늘 제임스 한 시장이 큰 포장마차를 마련해 한잔할 수 있도록 해 줘서 정말 감사합니다."

좌중에 폭소와 함께 박수가 터졌다. 그날 만찬 장소가 야외 정원이라 행사용 큰 천막이 설치되어 있었는데, 그 모습을 유머로 표현한 것이었다.

이어서 방문한 나라는 아르헨티나. 대통령은 정상회담을 마친 후, 부에노스아이레스 대학 총장으로부터 명예교수 위촉장을 받았다. 거기서도 다시 특유의 입담이 작렬했다.

"감사합니다. 세계적으로 저명한 부에노스아이레스 대학으로부터 명예교수 위촉장을 받아 매우 영광스럽게 생각합니다."

여기까지 이야기한 대통령은 잠시 뜸을 들이더니 다시 말을 이었다.

"그런데 이제 교수가 됐는데 위촉장을 읽을 수 없어 큰일입니다. 위촉장을 읽을 수 있도록 공부를 다시 하겠습니다."

이어서 방문한 브라질에서도 마찬가지였다. 이번에는 확대 정상회담장이었다. 예상보다 많은 통상 현안들이 해결되자 대통령은 감사의 뜻을 재치 있게 표현했다.

"선물을 너무 많이 받아서 비행기가 뜰 수 있을지 걱정입니다."

룰라 대통령이 큰 웃음으로 화답해 주었다.

5년 임기를 마친 후 돌아온 고향. 그가 또 행복한 웃음을 선물한 대상은 봉하마을을 찾아온 전국의 방문객들이었다. 유쾌한 분위기에서 시작된 방문객들과의 대화는 언제나 웃음으로 마무리되었다. 대통령이 먼저 인사를 건넨다.

"저 보러 오셨습니까?"
"예. 얼굴이 너무 좋습니다. 잘생겼어요."

본격적인 대화가 시작되었다.

"젊을 때 듣고 싶던 소리였는데, 그땐 아무도 그런 소리 안 했는데요."
"지금이 젊으세요."
"아, 한물갔습니다."
"한 번 더 하셔도 됩니다."
"또 나간다 하면 국민들이 벼랑 끝으로 차 버릴 겁니다."

대화의 끝에 그의 노랫가락이 이어졌다. 구성진 멜로디는 마을 구석구석으로 퍼져나갔다.

7

"책임은 대통령인
내가 지겠다"

2001년. 정치인 노무현이 민주당 대통령 후
보 경선을 준비하던 시절이다. 캠프가 차려진 금강빌딩 회의실에서
는 며칠에 한 번씩 실무 팀장 회의가 열렸다. 글자 그대로 실무를 논
의하는 회의였다. 그날 오후에도 회의가 한창이었다. 외부 일정을
마친 노무현 고문이 사무실로 돌아왔다. 자신의 방을 향해 복도를
걷던 중 오른편 회의실에서 팀장들이 회의를 하는 장면을 목격했다.
걸음을 멈춘 그가 회의실 문을 열고 들어오더니 좌중을 향해 한마디
던졌다.

"아니, 왜들 나를 빼놓고 회의를 하는 거야?"

그가 미소를 지었다. 그의 불평 아닌 불평에 팀장들도 미소로 대답했다. 처음 있는 일은 아니었다. 우연히 실무자들의 회의를 접할 때마다 그가 던지는 농담이었다. 꼭 농담만은 아니었다. 그렇게 말을 던진 후 정말로 의자 하나를 갖다 놓고 앉아서 회의에 참여하는 경우가 많았다. 그날도 마찬가지였다. 그의 참여로 회의는 당초 예정한 시간을 훌쩍 뛰어넘어 진행되었다. 그는 의제들에 대해 꼼꼼히 논평했다. 자신의 생각을 소상히 이야기했다.

1993년. 원외 정치인이었던 그는 연구소를 차렸다. 명칭을 지을 때 '실무'라는 표현을 넣자는 것이 그가 끝까지 굽히지 않은 주장이었다. 결국 연구소의 이름은 '지방자치실무연구소'가 되었다. 실제로도 그는 실무적이었다. 해양수산부 장관 시절, 필요하면 과장이나 그 아래 직원들과도 토론을 했다. 실무자와의 대화가 더욱 효율적이었기 때문이다. 부처의 예산을 따와야 하는 경우에도 기획예산처의 장관보다는 과장을 설득하는 데 힘썼다. 대통령 재임 중에는 '이지원' 시스템을 통해 행정관들에게 직접 지시를 내리기도 했다. 특정 주제를 놓고 토론해야 할 때면 실무 행정관들을 본관이나 관저로 부르는 경우도 많았다.

한마디로 디테일에 강했다. 국무회의와 수석보좌관회의에서 그의 마무리 발언이 30분을 넘기는 경우가 적지 않았다. 안건 하나하나에 대해 소상하게 입장을 밝히다 보니 그럴 수밖에 없었다. 신년 연설의 경우도 같았다. 준비 과정에서 주요 현안은 물론, 전달해야 할 메시지들을 꼼꼼히 챙겼다. 그럴 때면 '선택과 집중'보다는 '망라적網羅的 언급'을 선호했다. 대통령의 언급을 기다리고 있을 계층이나 집단에게 짧은 한마디라도 전해야 한다는 책임감이 강했다. 자연히 연설문은 길어졌다. 가장 대표적인 것이 2007년의 신년 연설이었다. 과도한 디테일이 주요 메시지의 전달을 방해한 사례였다.

지인들이 단체로 청와대를 방문했을 때도 그는 길게 이야기를 이어 갔다. 그들이 궁금해할 모든 주제를 소상히 이야기하다 보니 쉽게 한 시간이 넘었다. 무엇보다 압권은 '이지원' 프로그램을 만드는 과정이었다. 그에 따른 회의는 국정 운영에 지장이 미치지 않도록 주로 주말을 기해 열었다. 아침에 열린 회의는 저녁 무렵이 되어야 끝나곤 했다. 내용 대부분은 그의 디테일이었다. 작업을 같이 하는 실무자들로서도 결코 쉽지 않은 시간이었다.

1990년대 중반. 그가 '이지원'과 유사한 '노하우 2000' 인명 관리 프로그램을 만들 때도 상황은 엇비슷했다. 구상은 앞서 나가고 디테일은 깊이 들어가는데, 안희정·서갑원 등 주위의 젊은 참모들은 한 발짝도 따라오지 않았다. 어느 날 그가 버럭 화를 냈다는 이야기는 이미 유명한 일화가 되어 있다. 퇴임 후 귀향하여 '민주주의 2.0'을 개발할 때도 디테일에 대한 그의 집착은 변함이 없었다. 그 과정을 옆에서 지켜본 사람은 둘도 없는 친구이자 후원자인 강금원 회장이었다. 그는 혀를 내둘렀다. "대통령이 너무 세세한 것까지 신경 쓰는 것 아니냐"며 은근히 불만을 표시하기도 했다.

어쩌면 천성일 수도 있었다. 여의도 정치인이던 시절, 단체로 식당에 가면 식탁 여기저기에 듬성듬성 앉는 참모들에게 그는 꼭 잔소리를 했다. 오는 순서대로 한 식탁에 네 명씩 앉으면 보기에도 좋을 뿐더러 주인 입장에서도 서비스하기가 수월하다는 것이었다. 대중목욕탕에서 샤워기를 틀어 놓은 채 딴 일을 하는 아이들을 보면 가슴이 답답해진다는 이야기도 그의 단골 메뉴였다. 따지고 보면 기본에

57

관한 것이었다. '이지원'을 통해 올라간 보고서 대부분에 그는 지시나 의견을 적어 내려 보냈다. 그 가운데 3분의 1 정도는 내용 자체보다는 '이지원' 시스템 등 일의 절차와 방법에 관한 것이었다. 보고서의 내용도 중요하지만 시스템 등 기본에 충실하려는 그의 철학이었다.

외교 무대에서도 그의 입장은 일관되어 있었다. 의례적인 덕담을 주고받는 '외교적' 회담보다는 '실무적' 대화를 선호했다. '좋은 게 좋다'는 식의 이야기에 만족하지 않았다. 상대방에게는 다소 거북하게 들릴 수도 있지만 대한민국의 입장을 분명히 전하려고 했다. 그래야 상대방이 오해를 하지 않을 것이고, 그래야 결정적 순간에 오판을 하지 않을 것이라는 생각이었다.

기본을 강조하고 디테일에 충실했지만, 모든 정치 행위가 그런 것은 아니었다. 일상의 정치는 디테일에 가까웠지만, 고비의 정치는 '통 큰 결단'에 가까웠다. 탄탄한 정치적 미래가 보장될 90년 3당 합당의 거부, 낙선에도 불구하고 거듭된 부산 선거에의 도전, 대통령 선거 직전에 이루어진 정몽준 후보와의 단일화 등, 정치 역정의 큰 고비 때마다 보여 준 것은 오히려 디테일에 연연하지 않는 큰 정치였다.

2002년 대통령 선거 당시 유권자들에게 사랑을 받은 TV 광고가 있었다. "눈물", "기타 치는 대통령" 등이다. 그가 출연했지만, 그의 의견이 반영된 광고는 아니었다. 그는 참모들을 믿고 일을 통째로 맡겼다. 그런 후에는 아무런 불만 없이 결과를 받아들였다.

가장 중요한 연설인 대통령 취임사도 마찬가지였다. 그는 취임사 준비위원회의 처음과 마지막 회의만을 주재했다. 위원회가 최종적으로 마련한 원고를 글자 하나 고치지 않고 취임식 당일에 낭독했다.

또 재임 중에는 이해찬·한명숙 총리에게 내치內治의 상당 부분을 맡겼다. 정동영·김근태 장관 등 분야별 책임 장관을 통해 분권형 국정운영을 도모했다. 일단 맡기면 일상적인 업무에 대해서는 특별히 간섭하는 일이 없었다.

청와대 비서실장이 중심이 된 인사추천위원회의 운영도 마찬가지였다. 시스템을 만들기까지는 수많은 의견과 지침을 제시하지만, 일단 시스템이 만들어지면 과정과 결과를 철저히 존중했다. 개인적인 일정이 잡히는 경우, 배석자의 범위도 부속실에 일임했다. "누구는 오고, 누구는 오지 말라"가 없었다. 되도록 많은 사람이 오는 것을 좋아했다. 가끔 내가 대통령에 관한 글을 쓰는 경우가 있었다. 그가 "이런 주제로 써 보라"며 아이디어를 제시한 적은 많았다. 그러나 내용이나 표현에 대해서는 일언반구 간섭하지 않았다. 자신의 글이나 연설이 아니면, 필자 나름의 구성과 체계, 표현 방식을 전적으로 존중했다.

재임 5년 동안, 대통령은 관저의 주방을 향해서도 특별한 주문을 하지 않았다. 주방에서 마련한 메뉴를 항상 그대로 수용했다. 특별히 메뉴를 주문한 것은 손꼽을 정도였다. 어떤 음식이 올라와도 개의치 않았다. 맛있게 먹었다. 외국 순방을 다닐 때도 마찬가지였다. 공식 오찬과 만찬이 거듭되면서 순방국의 음식에 질릴 법도 했지만, 그는 별다른 주문을 하지 않았다. 다만 한 가지 주문이 있었다. "간식으로 라면을 먹을 수 있게 해 달라"는 것이었다. 끓인 라면을 앞에 두고 있을 때만큼 행복한 표정은 달리 보기 어려운 것이었다.

그는 디테일에 강했다. 잔소리도 제법 했다. 하지만 어디까지나

기본을 갖출 때까지였다. 시스템이 갖추어지면 잔소리는 하루아침에 사라졌다. 철저히 믿고 맡겼다. '책임은 대통령인 내가 진다'는 무언의 응원이 항상 함께했다.

8

"걸어가는 도중에 중요한 판단을 요구해서는 안 되네"

"선결음에는 그런 판단, 하지 않겠다고 했지?"

노무현 대통령이 제1부속실장인 나를 매서운 눈으로 쳐다보았다.

"네, 그랬습니다."

나는 고개를 숙였다. 달리 변명할 말이 없었다. 그가 반문했다.

"그랬는데, 자네 왜 그러나?"

그는 나를 심하게 꾸짖었다. 만찬을 위해 대통령이 관저 복도를 지나 손님들이 기다리던 대식당으로 이동하던 중 일어난 일이었다. 간단한 보고와 함께 시급히 결정해야 할 일이 있었다. 나는 함께 걸으면서 의견을 물었다. 그는 대답 대신 반문을 했다. 아니, 반문 대신 호된 질책을 했다. 약간 찌푸린 인상을 뒤로 남긴 채 대통령은 만찬장으로 들어섰다. 나로서는 다른 방법이 없었다. 대통령이 식사를 마치기를 기다리는 수밖에.

　제1부속실은 대통령의 일상을 보좌했다. 개인적인 일정을 주로 챙겼다. 대통령이 수시로 이야기하는 지시 사항을 각 수석·보좌관실로 전달하는 일도 했다. 반대의 일도 있었다. 각 수석·보좌관들이 요청하는 작은 사안들이었다. 자신을 대신해 대통령께 간단히 보고해 달라거나 대통령의 의중을 확인해 달라는 요청들이었다. 물론 중요한 사항은 비서실장과 관련 수석들이 대면 보고를 통해 대통령의 의견을 직접 묻거나 들었다. 그 외에 사소하지만 대통령의 의견을 확인해야 할 일들이 적지 않았다. 일상적으로 가까이 있는 부속실이 역할을 대신해야 했다.

　부속실이라 해서 24시간 수시 보고가 가능한 것은 아니었다. 그런 보고를 기다리고 있을 만큼 대통령은 한가한 직업이 아니었다. 회의 아니면 업무, 거기에 짧은 틈새를 이용한 최소한의 휴식이 이어지는 일정이었다. 항상 분주했다. 결국 부속실은 일정과 일정 사이의 틈을 활용해야 했다. 다음 일정이 다른 장소에서 진행되는 경우, 이동하는 시간이 비교적 좋은 기회였다. 그 시간을 활용하여 나는 대통령에게 간단한 보고를 하고 의중을 확인하곤 했다. 그리고 그날, 대통령은 나의 그런 습관을 버리게 만들었다.

　그로부터 수주일 전의 일이었다. 청와대 본관 세종실에서 국무회의를 마친 대통령이 중앙 홀을 향해 복도를 걷고 있었다. 한 장관이 빠른 걸음으로 대통령 옆으로 다가왔다. 그 장관은 함께 걸음을 옮기면서 대통령의 의견을 물었다. 해당 부처의 기능 조정과 명칭 변경에 관한 일종의 건의였다. 50미터가 채 안 되는 짧은 거리를 이

동하는 동안 간단한 질문과 대답이 오고 갔다. 충분히 검토할 겨를
도 없었는데 대통령은 일단 고개를 끄덕였다. 건의가 받아들여진 것
으로 생각한 장관은 청와대 본관을 떠났고, 대통령은 집무실로 돌아
왔다. 문제는 그 다음이었다. 장관의 건의 내용을 차분히 앉아서 반
추한 대통령은 적절한 판단이 아니었다는 결론에 도달했다. 그는 곧
바로 장관에게 전화를 걸어 신중히 검토할 것을 지시했다. 재고하자
는 의미였다. 전화를 끊은 대통령은 가까이 있던 비서들을 불러 이
야기했다.

"이렇게 걸어가는 도중에 중요한 판단을 요구하는 일이 있어서
는 절대 안 되네. 판단을 그르칠 수밖에 없어. 부속실도 각별히 유념
하도록 하게."

그리고 수주일 후 나는 결국 이를 '유념'하지 못한 잘못으로 호
된 질책을 듣게 된 것이다. 선걸음에 대통령의 판단을 받아 내려는
습관을 버리지 못한 대가였다.

2000년 초여름이었다. 그해 4월, 부산의 선거에서 낙선한 노무
현 전 의원이 여의도 사무실로 나를 불렀다. 한 가지 일을 함께 해
보자는 제안이었다. 일종의 토론 사이트를 구축하는 일이었다. 우
선 온라인 공간에서 주제를 선정하여 찬성과 반대의 토론이 활발하
게 이루어지도록 하자는 것이었다. 토론이 어느 정도 진행되어 의
견이 수렴되면 해당 주제는 다음 단계로 넘어간다. 그러고 나면 다
른 주제에 대해서 새롭게 찬반 토론을 진행한다. 이런 과정을 통해
다양한 주제들에 대해 의견을 모으자는 것이었다. 일단 그 시스템부

터 만들자는 것이었다. 선뜻 자신이 없었다. 몇 주일 망설이며 머뭇
거리던 중에 그는 해양수산부 장관으로 임명되었다. 작업은 자연스
럽게 보류되었다. 이듬해 3월에 장관직에서 물러나긴 했지만, 본격
화된 대통령 후보 경선 때문에 시간 여유는 없었다. 결국 이 구상은
2008년 퇴임 때까지 구체화 작업을 미룰 수밖에 없었다.

　퇴임하자마자 그는 기다렸다는 듯 이 작업에 몰두했다. 그래서
탄생한 것이 '민주주의 2.0' 사이트였다. 그가 이를 통해 추구했던
것은 합리적인 의견을 수렴해 나가는 과정이었다. 사이트 명칭이 말
해 주듯이, 그는 대화와 토론을 통한 합리적 의사 결정 구조를 민주
주의 시스템의 근간으로 생각했다.

　그는 '토론 마니아'였다. 되도록 많은 사람들이 참여하는 토론을
선호했다. 중요한 안건의 결정을 앞두고는 반드시 토론을 거쳤다.
다양한 사람들에게서 다양한 의견을 들어야 판단의 오류를 최소화
할 수 있다는 생각이었다. 그래야 특정한 방안을 결정할 경우에 발
생할 문제점도 파악할 수 있고, 그 대안까지도 미리 모색할 수 있었
다. 토론은 오류를 최소화하기 위한 가장 효율적인 장치였다.

　청와대 인사 추천 시스템을 만들 당시 그는 민정수석실과 인사수
석실의 역할을 구분했다. 인사수석실은 추천을 담당했고, 민정수석실
은 검증을 담당했다. 인사는 포지티브였고, 민정은 네거티브였다. 견
제와 균형의 체제를 갖춘 것이었다. 역시 오류를 최소화하기 위한 시
도였다. 인사 추천 회의에서 후보자의 적합성을 놓고 이견이 있을 경
우, 대통령은 그 반대 의견을 요약해서 함께 보고할 것을 지시했다.
소수라 해도 부정적인 의견을 최종 판단에 참고하려는 것이었다.

'독대 금지'는 판단의 오류를 최소화하려는, 가장 대표적인 노력이었다. 독대가 전혀 없을 수는 없었다. 하지만 기록을 위해서도, 오류 방지를 위해서도 그는 할 수 있는 한 독대의 상황을 만들지 않았다. 독대할 경우, 참모나 장관의 일방적인 정보에 의존하여 잘못된 판단을 하게 될 위험이 컸다. 부득이 그런 상황에 처하면 그는 다음 기회로 판단을 미루었다. 소수의 참모들만 있는 자리에서 중요한 결정을 내린 경우에는, 더 많은 참모들이 모인 자리에서 한 번 더 확인과 검증을 거치곤 했다. 독대를 피하면 대통령의 오류도 최소화되지만, 보고자에 의해 대통령의 의중이 왜곡되어 전달되는 일도 최소화되기 마련이었다.

수석·보좌관실을 대신하여 간단한 사안을 대통령에게 보고할 경우, 부속실은 관련 사항들을 철저하게 챙겨야 했다. 대통령의 반응 때문이었다. 한마디를 듣고 대통령이 결정을 내리는 경우는 결코 없었다. 그는 반드시 되물었다. 다분히 의도적이었다. 사소한 문제라도 두세 가지 반문을 통해 내용을 파악하려고 했다. 결국 부속실도 꼼꼼하게 내용을 파악해야 했다. 두세 가지 질문에 답하기 위해서 열 가지 이상의 내용을 꿰뚫고 있어야 했다. 그것이 대통령이 일하는 방식이었다. 또 참모들에게 일을 시키는 방식이기도 했다.

9

"여기 담배 좀 갖다 주게"

담배부터 이야기해야겠다. 술이라면 모를까, 담배를 빼놓고는 그의 삶을 이야기하기 어렵기 때문이다. 노무현은 분명 애연가였다. 그러나 '줄담배'를 피우는 지독한 골초는 아니었다. 특별한 경우가 아니면 담배에 연달아 불을 붙이지 않았다. 이 말은 물론, 그렇게 특별한 경우도 있었다는 뜻이다. 역시 대통령직에 있었을 때의 일이다. 여느 사람들이 그러하듯이 심경이 복잡할 때면 그는 담배를 쉬지 않고 물었다. 방안은 금세 담배 연기로 자욱해졌다. 난처한 국면을 마주했을 때, 그에 더하여 마땅한 출구조차 보이지 않을 때, 담배는 그의 벗이었다. 기댈 수 있는 유일한 안식처였다.

흡연에 대한 집착만큼이나 금연에 대한 집착도 강했다. 정치인 시절 숱한 금연 시도와 좌절이 있었다. 자신의 정치 역정처럼 우여곡절이 많았다. 다만 정치의 큰길을 결단하듯 단호하지는 못했다. 미련과 아쉬움이 항상 있었다. 패치도 붙여 보았지만 두어 달을 가지 못했다. 잘 나가다 다시 원외로 돌아오듯 결국은 흡연의 세계로 돌아왔다.

재임 중인 2004년 말, 주치의로부터 금연령이 떨어졌다. 끊는 것 외에 달리 대안이 없었다. 그로부터 5개월, 비교적 긴 시간에 걸쳐 그는 담배와 담을 쌓았다. 습관처럼 본관 소집무실 소파 옆 서랍을 열어 보기도 했다. 그곳에 담배는 없었다. 부속실이나 관저의 주방에서도 담배를 준비해 놓을 수는 없었다. 대통령의 갈증은 충분히 공감이 가지만, 주치의의 단호한 방침을 따르는 일이 더 중요했다. 그는 끝내 우리에게 아쉬운 소리를 하지 않았다. 흡연을 하고픈 내색도 드러내지 않았다. 최소한의 체면이었을까?

그 무렵 그에게 구세주가 나타났다. 역시 애연가인 이해찬 국무총리였다. 그는 총리와의 주례 오찬이 있는 월요일을 은근히 기다렸다. 식사와 함께 간단한 보고가 끝나면 그는 서둘러 이해찬 총리에게 담배를 청했다. 두 사람은 허물없는 친구처럼 담배를 나누어 피웠다. 오찬이 끝날 때까지 그는 서너 개비를 더 피웠다. 부속실은 걱정이 되었지만 주치의에게 말할 수도 없었다. 그렇게 대통령의 담배는 다시 조금씩 늘어 갔다.

이를 계기로 선호하는 담배도 달라졌다. 2004년 말까지는 가느다란 '에세'가 주종이었는데, 그 무렵부터는 굵은 담배를 자주 피웠다. '디스플러스'나 '아리랑'이었다. 굵은 담배가 좌중에서 사라지면 그제야 슬림형을 피웠다. 때로는 가는 담배 흡연자를 농으로 폄하하

흡연에 대한 집착만큼이나
금연에 대한 집착도 강했다.
정치인 시절 숱한 금연 시도와
좌절이 있었다.
자신의 정치 역정처럼
우여곡절이 많았다.

기도 했다. 굵은 담배를 선호하는 취향은 계속되었다. 퇴임 후에는 '아리랑'과 '클라우드9'가 뒤섞였다.

그렇게 대통령은 총리나 장관급 참모들의 담배를 얻어 피우기 시작했다. 그들에게 담배가 없으면, 마지막으로 부속실 직원에게 담배를 찾았다. 흡연이 재개되자 관저의 주방에서도 담배를 보루로 준비하기 시작했다. 이래저래 부속실이나 관저 주방은 최후의 보루였다. 우연히 뜯지도 않은 새 담뱃갑을 들고 있을 경우 어쩔 도리 없이 그대로 헌납해야 했다. 몇 개비 피운 갑을 다시 돌려 달라고 할 만큼 야박한 비서는 없었다. 그는 자연스럽게 저녁 나절을 보낼 담배까지 확보하는 셈이었다. 때로는 담뱃갑에 붙여 일회용 라이터까지 세트로 헌납해야 하는 경우도 적지 않았다.

보통 그는 인터폰을 통해 주방이나 부속실에 담배를 주문했다. 작은 사각형 재떨이와 함께 담배 몇 개비가 배달되었다. 적으면 두 개비, 많아야 세 개비였다. 이런 배달 관행은 퇴임 후 봉하 사저에서도 계속되었다. 담배를 줄여 보려는 시도의 일환이었다. 회의가 길어질수록, 담배를 주문하는 그의 인터폰도 잦아졌다.

"음, 여기 담배 좀 갖다 주게."

대통령 앞에서 함께 담배를 피우는 사람은 소수였다. 정부나 청와대 쪽에서는 이해찬 총리가 거의 유일했다. 당 지도부가 청와대를 찾아와 만찬을 하는 경우, 터놓고 함께 담배를 피우는 경우도 종종 있었다.

술은 그의 기호품 목록에 없었다. 좋아하는 정도로 따지면 담배의 10분의 1도 되지 않는다. 오히려 그래서 이야기할 소재가 된다. 대통령 후보 시절 "가장 싫어하는 것이 무엇이냐"는 언론의 서면 질문에 주저 없이 '폭탄주'라는 대답을 썼을 정도다. 변호사 시절에는 술을 꽤 마셨다고 한다. 꽤 놀 줄 아는 변호사라는 이야기도 들었다. 어쨌든 그것은 옛날 일이었다. 재임 중의 식탁에서는 와인 한두 잔에도 얼굴이 불콰해지곤 했다. 술이 그다지 세지 않은 것만은 분명했다.

정치인 노무현에게 특이한 술버릇 두 가지가 있었다. 한 가지는, 수행비서와 술자리에 동석하는 것이었다. 해수부 장관 시절 수행했던 송인배 비서관의 증언이다. 남다른 의미가 있었다. 하나는 비서를 인격체로 존중한다는 것이고, 다른 하나는 업무의 효율을 추구한다는 것이다. 상대의 이야기를 같이 들으면 굳이 기억해서 따로 지시하지 않아도 되었다.

또 한 가지 술버릇은 '실종'이었다. 둘도 없는 후원자인 고 강금원 회장의 증언이다. 술자리가 거나해질 무렵 그가 돌연 사라지는 일이 여러 차례 있었다고 한다. 기분이 상해서 가 버렸나 하는 걱정에 구석구석 찾다 보면, 화장실에 앉은 채로 잠이 들어 있더라는 것이다. 때로는 일식당 탁자 밑 패인 공간에서 깊은 잠에 빠져 있었다고 한다. 약한 주량의 방증이기도 했다.

정치인이던 시절, 술자리에서 그의 위치는 어쩌면 '을'이었을 것이다. 그래서 내키지 않은 폭탄주도 마셔야 했을 것이다. 대통령이라는 위치는 달랐다. 적어도 술에 관한 한 '갑'이었다. 상대의 강권으로 억지로 술을 마셔야 하는 일은 없었다. 청와대 만찬은 대개 와인 한두 잔으로 끝났다. 그는 큰 잔이 나올수록 비싼 와인이라고 손님들에게 설명하곤 했다. 주방에서는 가끔 특이한 술을 준비하기도 했다.

하나는 아르헨티나산 와인인 '노통NORTON'이었고, 다른 하나는 중국산 고량주인 '노부가주盧府家酒'였다. 임기 후반에는 국내산 머루와인도 식탁에 자주 올라왔다. 막걸리도 이따금씩 올라왔는데, 바람직한 농촌의 모델로 직접 방문했던 충북 단양 한드미마을에서 보내오는 것이었다.

"동동주라 하는데 맛은 점잖다."

민속주를 볼 때마다 그는 이야기가 많아졌다. 막걸리든 동동주든 제조 과정에 대한 해박한 지식을 갖고 있었다. 어린 시절 고향에서 밀주 단속을 당하던 일화도 함께 나오곤 했다. 술이 있는 만찬이라 해도 저녁 9시를 넘기는 경우는 거의 없었다. 가능하면 9시 TV 뉴스를 시청하려 했다. 일종의 긴장이었다. 그 긴장을 내려놓고 거나하게 취한 경우는 재임 중에는 손꼽을 정도로 몇 번 안 되었다.

퇴임 후 돌아온 봉하마을 사저. 9시 뉴스를 챙기지 않아도 되는 퇴임 대통령은 1박 2일을 작정하고 내려온 손님들에게 술을 대접했다. 이야기는 밤늦도록 이어졌다. 함께 일하던 사람들과 물리적으로 떨어져 있었던 탓에 그는 항상 대화에 목말라 있었다. 그는 많은 이야기를 하고 또 들었다. 하지만 술에 취하는 일은 거의 없었다. 그는 끝내 자신의 외로움과 힘겨움을 술에 기대지 않았다. 마지막까지.

10

대화할 때 그는
가장 행복한 표정을 지었다

"꼭 어릴 적에 먹던 숭늉 맛입니다."

그것도 가마솥에 끓인 숭늉이라고 했다. 믹스커피를 마실 때면 대통령 노무현은 이렇게 느낌을 말하곤 했다. 왜 그런지 이유를 모르겠다는 표정이었다. 누구라도 좋으니 그 이유를 밝혀 주었으면 하는 기대가 섞여 있었다. 안타깝게도 궁금증을 해결해 줄 사람은 아무도 없었다. 결국 그는 멋쩍은 웃음을 지으며 남은 커피를 후루룩 마셨다.

'원두'보다는 단연 '믹스'였다. 말하자면 '다방커피' 마니아였다. 식후의 한 잔은 기본이었다. 외부 손님이나 참모와의 면담 자리에서도 커피가 대세였다. 이래저래 따지면 하루에 예닐곱 잔이 되는 날

도 있었다. 마다하는 적은 거의 없었다. 때로는 이렇게 주문을 하기
도 했다.

"달콤한 커피 한 잔 주세요."

먹을거리와 관련한 모든 것이 서민적이었다. 가리는 음식도 특
별히 없었다. 주방에서 마련해 주는 대로 식사를 했다. 특별한 선호
가 없어서 주방은 대체로 편했을 것이다. 아니, 어쩌면 그 반대였을
수도 있다. 주방 운영관의 입장에서는 대통령의 선호가 분명해야 식
단을 꾸밀 때 망설이는 시간이 조금은 줄어들 것이다. 어쨌든, 그는
5년 임기 내내 주방을 칭찬했다. 앞에 놓인 음식을 남기는 일은 거
의 없었다. 부작용도 있었다. 가끔 몸이 약간씩 불어났다. 그러면 열
심히 땀을 흘리며 운동을 했다. 참모들에게는 '맛있게 먹기 위한 노
력'이라고 설명했다.

가장 좋아하는 음식은 역시 삼계탕이었다. 90년대 말 종로구 국
회의원이던 시절에 단골을 맺은 효자동의 삼계탕 집에서 배달을 받
기도 했다. 주방에서 직접 토종닭을 구해 삼계탕을 끓여 내온 일도
있었다. 마침 외부 손님들과의 오찬 자리였다. 특유의 '쫄깃함'을 넘
어 그의 말대로 "억수로 찔긴" 토종닭이었다. 대다수 손님들은 중간
에 숟가락을 놓고 포기했다. 끝까지 알뜰하게 문제의 토종닭을 즐긴
사람은 대통령이 유일했다.

외국 순방을 다니는 동안에도 그는 현지 음식에 잘 적응했다. 국
빈 만찬 식탁에 올라오는 생소한 음식들을 골고루 음미했다. 삶은
말고기처럼 입맛에 잘 맞지 않는 음식도 성의를 다해 몇 점을 집었
다. 최대한 예의를 갖추려는 것이었다. 그런 와중에도 숙소에 돌아

가 라면을 즐길 수 있는 배는 항상 비워 놓았다.

유일하게 가리는 음식이 있었다. 밀가루였다. 가리는 것이 아니라 가려야만 했다. 알레르기 때문이었다. 원인은 불분명했지만 언제부터였는지 밀가루 음식에 알레르기 반응이 일어났다. 메뉴가 양식이라 해도 국내에서 열리는 행사라면 큰 문제가 없었다. 그에게는 특별히 쌀로 만든 빵을 제공했다. 문제는 외국 순방 때의 식사였다. 쌀로 만든 빵을 가지고 나갈 수도 없었고, 현지에서 특별히 주문을 할 수도 없었다. 그는 부득이 약을 복용한 후 오찬이나 만찬 행사에 임했다. 희한하게도 라면에 대해서만큼은 알레르기 반응이 나타나지 않았다.

운동도 열심히 했다. 아침이면 일찍 일어나 하루도 빠짐없이 30분 이상 스트레칭을 했다. 요가를 곁들인 스트레칭이었는데 스스로 개발한 것이었다. 일과 후에나 주말에는 경내 체력 단련실에서 수시로 운동을 했다. 임기 후반에 가서는 뜸해졌지만, 등산도 열심히 했다. 2-3주에 한 번은 청와대 뒷산인 북악산에 오르곤 했다. 장관들이나 참모들이 동반했다. 출입 기자들과도 1년에 한 번 정도는 함께 올랐다. 북악산에서 접하는 아름다운 풍광을 보며 그는 미안한 마음을 감추지 않았다. 일반인의 통행이 제한되어 있었기 때문이다. 그 미안함으로 결국 임기 후반에 등산로를 개방하는 조치를 내렸다. 1968년 1·21사태 이후 38년 만의 일이었다.

가끔은 인근 고궁이나 멀리 수목원에 나들이를 가기도 했다. 자주 있는 일은 아니었다. 자신의 휴식을 위해 경호원들에게 부담을 주게 되는 상황을 적극적으로 피했다. 그러다 보니 재임 중 일반 휴양지로 떠난 휴가는 손에 꼽을 정도였다. 추가 경호의 부담이 없는

군 휴양지를 선호했다. 일정도 대부분 3박 4일 정도로 마무리되었다. 휴가를 떠나기만 하면 생기는 다양한 사건 사고들이 충분한 재충전을 방해하기도 했다.

영화 관람을 위해 시내 중심가의 극장을 찾기도 했다. "밀양", "길", "왕의 남자" 등은 직접 극장을 찾아가 관람했다. "타짜"처럼 필름을 구해 강당에서 관람한 경우도 몇 차례 있었다. 음향과 화질이 극장 수준은 아니었지만 감상하는 데는 특별한 어려움이 없었다. 축구 등 스포츠 관람은 상대적으로 드물었다. 사실 그다지 내켜 하는 편이 아니었다. 2006년 월드컵 당시에는 밤늦게 열린 한국팀의 경기를 지켜보다가 잠이 들기도 했다. 골이 들어가는 소리에 놀라 잠에서 깨어난 사연을 참모들에게 털어 놓기도 했다.

정치인 시절에는 골프를 꽤 즐기는 편이었지만, 대통령 재임 중에는 집중도가 현저히 떨어졌다. 골프 자체를 즐겼다기보다는 그 계기에 사람들과의 대화를 즐겼다고 보는 것이 적절할 듯하다. 퇴임 후에는 후원자인 강금원 회장의 충주 골프장에서 참모들과 가끔 골프를 하기도 했다. 봉하마을로 참모들을 부르는 것에 비하면 심적 부담이 훨씬 덜했다. 골프를 핑계로 수도권에 있는 참모들이 내려오고, 그는 봉하마을에서 올라갔다. 중간 지점이라 그와 참모들 모두가 시간을 절약하는 만남이 되었다.

독서는 취미라기보다 결코 빼놓을 수 없는 일상이었다. 남다른 지식욕이 있었다. 장관들이나 청와대 참모들은 그에게 다양한 책을 권했다. 책에 깊이 집중하는 그의 성향을 잘 알았기 때문이다. 받은 책을 한구석에 던져 놓고 방치하는 사람이 아니었다. 최소한 수십 쪽을 넘기며 내용을 파악하는 대통령이었다. 책은 그가 사람들과 나아가 세상과 소통하는 또 하나의 방식이었다.

뭐니 뭐니 해도 그가 가장 중시한 소통 방식은 대화였다. 대화는 최상의 취미였고, 최고의 일상이었다. 사람들과 섞여서 대화할 때 그는 가장 행복한 표정을 지었다. 누구를 만나도 그의 이야기는 다르지 않았다. 상대에 따라 말을 바꾸는 일이 없었다. 총리를 만나도, 말단 공무원을 만나도, 언론인을 만나도, 봉하마을을 찾은 방문객을 만나도 그의 이야기는 언제나 일관되었다. 속내도 시원하게 털어 놓았다. 천성이었다.

2008년 초겨울로 접어들 무렵, 형님이 구속되면서 퇴임 대통령은 사저에서 칩거를 시작했다. 그는 어지간한 일이 아니면 대문 밖으로 나오지 않았다. 조금씩 꿈을 접기 시작한 그는 '진보의 미래'를 주제로 집필 작업에만 몰두했다. 해가 바뀌고 다시 봄이 왔을 무렵, 그를 찾는 지인들의 수는 눈에 띄게 줄었다. 세상과의 대화가 불가능해지고 있었다. 그와 가족들에 대한 수사가 본격화된 4월 초 어느 날, 집필 관련 회의를 마치고 서재를 나서면서 그는 비서들에게 하소연하듯 이야기했다.

"이것도 다 살기 위한 몸부림이다. 이 글이 성공하지 못하면 자네들과도 인연을 접을 수밖에 없다. 이 일이 없으면 나를 찾아올 친구가 누가 있겠는가?"

11

낮은
사람

대통령이 걸음을 옮겨
내 옆자리에 앉았다

2006년 11월 초, 연설기획비서관과 대변인
을 겸하고 있던 즈음이었다. 대변인 역할 때문에 지근거리에서의 일
상 보좌는 손을 놓고 있던 때였다. 부속실에서 전화가 왔다. "돌아오
는 일요일에 대통령 내외의 외부 일정이 있으니 동행하라"는 것이
었다. 경기도 포천의 우물목마을과 평강식물원을 둘러보는 개인적
일정이었다. 대변인이 반드시 수행해야 할 행사는 아니었는데, 대통
령이 직접 지시했다는 전언이었다. "하실 말씀이 있다"는 것이었다.
아침 일찍 관저에 가서 포천으로 향하는 버스에 올라탔다. 대통령의
가족들과 경호실장, 총무비서관, 제1·2부속실 직원들이 수행했다.
　경호실의 대형 버스는 대통령이 사적인 일정으로 외부에 나갈
때 선호하는 이동 수단이었다. 행선지가 청와대 인근일 경우는 승용

차를 이용했지만, 한 시간 넘는 거리는 버스로 이동했다. 거의 예외가 없었다. 그가 버스를 선호하는 데는 나름의 이유가 있었다. 우선 여러 사람과 대화할 수 있었다. 가족들은 물론, 필요하면 참모들과도 이야기를 나눌 수 있었다. 손자들의 재롱도 지켜볼 수 있었다. 숨어 있는 더 큰 이유도 있었다. 승용차 편으로 이동하면 불가피하게 차량 행렬이 길어질 수밖에 없다. 거기에 앞뒤로 경호 차량이 붙으면 모양도 사납고 교통 흐름에도 지장을 주었다. 운전하는 사람, 경호하는 사람, 일반 시민들, 모두에게 불편이었다. 먼 거리를 그런 행렬로 이동하게 되는 것을 그는 극도로 피했다.

그날 일정은 퇴임 이후 귀향을 염두에 둔 것이었다. 농촌 마을의 성공적인 모델도 살펴보고, 생태 공원 조성에 대해서도 알아보자는 취지였다. 버스가 청와대 정문을 나서자 문용욱 부속실장이 나에게 말했다.

"시내를 벗어나면 찾으실 겁니다. 그러면 앞좌석으로 가서 말씀을 들으세요."

나는 고개를 끄덕인 후 뒤편 한갓진 좌석에 자리를 잡고 앉아 창밖 가을 풍광을 감상했다. 버스가 도심을 벗어날 즈음, 앞쪽 좌석에 앉아 있던 대통령이 자리에서 일어서더니 뒤를 흘끗 돌아보았다. 문용욱 실장의 말대로 나를 찾는 것으로 보였다. 자리에서 일어나 앞으로 나갈 준비를 했다. 그 순간 대통령이 나에게 손짓을 했다. 그 자리에 그냥 앉아 있으라는 표시였다. 잠시 후 달리는 버스 안에서 휘청거리는 걸음을 옮겨 대통령이 내 옆자리에 다가와 앉았다. 그러고는 이야기를 시작했다. 주제는 '귀향 후 집필 계획'이었다. 30분 정도 이야기를 나눈 그는 다시 성큼성큼 걸음을 옮겨 앞쪽 자리로 돌아갔다.

자상한 길 안내가 시작되었다.
기사가 마침내 고개를 끄덕였다.
참모들 그 누구도
"우리에게 맡기시지
왜 직접 가르쳐 주셨느냐"고
묻지 않았다.

얼핏 보면 하나도 특이할 것이 없는 장면이었다. 실제로 버스 안 사람들의 반응도 그랬다. 여사님을 비롯한 대통령의 가족들도 그랬고, 뒤편에 앉아 있던 부속실 직원들도 마찬가지였다. 대통령 노무현의 캐릭터를 알고 있는 사람에게는 그저 일상적으로 접할 수 있는 평범한 장면 가운데 하나일 뿐이었다. 그런데 이 장면이 나에게는 특별한 느낌으로 남았다. 아니, 시간이 흐를수록 인간 노무현을 상징하는 강렬한 장면으로 뚜렷해지고 있다.

버스로 이동하든, 버스 안에서 이동하든 그는 더 많은 사람이 편안하도록 자신의 권위를 기꺼이 포기했다. 타인의 불편 위에 자신의 권위를 세우려 하지 않았다. 허위에 가까운 권위 의식은 어쩌면 처음부터 아예 없었을지도 모른다. 그는 그렇게 낮은 사람이었다.

재임 시절 관저를 찾은 외부 손님이 돌아갈 즈음이면 아주 급한 일이 있지 않은 한 대통령은 관저 정문인 인수문에 나가 배웅을 했다. 손님이 차에 타고 떠날 때까지 정문 앞을 떠나지 않았다. 청와대 참모들이 보고를 마친 후 내려갈 때도 반드시 현관 앞에서 인사를 했다. 이틀이 멀다 하고 열리는 각종 회의에 참여하기 위해 회의장에 들어설 때도 반드시 좌중을 향해 가벼운 목례를 했다. 그런 모습이 TV로 비치면 어색하다는 주변의 지적이 많아, 대통령 스스로도 고치려고 여러 차례 노력을 했다. 쉽게 고쳐지지 않는 습관이었다.

2001년 말 아니면 2002년 초, 여의도 금강빌딩에서 민주당 대통령 후보 당내 경선을 준비하던 시절이었다. 외부 일정을 마친 노무현 상임 고문은 사무실 인근의 음식점에서 몇몇 참모들과 간단히 요기를 했다. 식사를 마친 노 고문 일행은 걸어서 사무실로 이동했다. 청문회 시절만큼 인기는 없었지만, 여의도 바닥에서 그를 알아

보지 못하는 사람은 드문 편이었다. 민주당 후보 경선 탓에 인지도
도 다시 높아지고 있던 상황이었다.

　차가 다니는 대로에서 금강빌딩이 위치한 비교적 넓은 골목으로
일행이 들어설 무렵, 오토바이 한 대가 노 고문 앞으로 다가오더니
갑자기 멈춰 섰다. 헬멧을 쓴 운전자가 그에게 가볍게 목례를 했다.
동행한 참모들은 여의도에서 길을 걷다 보면 종종 만나는 적극적 지
지자 가운데 한 사람일 것으로 생각했다.

　예상은 빗나갔다. 오토바이 운전자는 여의도 지리를 묻는 퀵서
비스 기사였다. 기사는 자신이 길을 묻고 있는 상대방이 정치인 노
무현이라는 사실을 전혀 모르는 눈치였다. 생업에 바빠 정치와 정치
인에는 전혀 관심이 없었을지도 모른다. 때마침 기사가 찾는 목적지
를 노무현 고문이 알고 있었다. 자상한 길 안내가 시작되었다. 손가
락으로 이곳저곳을 가리키면서 여의도 서편의 지리를 한참 동안 계
속 설명했다. 기사가 마침내 고개를 끄덕였다. 동행하던 참모 서너
명은 꼼짝없이 기다리는 수밖에 없었다. 기사가 떠나고 그와 참모들
은 다시 사무실을 향해 걸음을 옮겼다. 참모들 그 누구도 "우리에게
맡기시지 왜 직접 가르쳐 주셨느냐"고 묻지 않았다. 그것이 바로 정
치인 노무현의 캐릭터임을 잘 알고 있었기 때문이다. 후보 시절 만들
어진 많은 슬로건 가운데 그가 가장 선호했던 것도, 2001년 말 출판
기념회 때 사용한 "낮은 사람, 겸손한 권력, 강한 나라"였다.

　2008년 퇴임 후 귀향한 대통령이 봉하마을에 얼추 정착했을 무
렵, 5월 중순 화창한 봄날을 빌려 그는 인근 생림면에 나들이를 갔
다. 장군차 제다製茶 시설을 둘러보는 일정이었다. 그는 단출한 차림
을 하고 단출한 일행과 함께 차에 몸을 실었다. 퇴임 대통령을 보기

위해 적지 않은 사람들이 모여 있었다. 찻잎 따는 체험을 마친 그는 전문가 교수가 차를 덖는 과정을 일행과 함께 서서 가만히 지켜보았다. 그때 그가 서 있는 바로 앞을 어떤 사람이 휙 지나갔다. 그러자 설명을 하던 교수가 "어디 누구 앞을 지나시냐"며 소리쳤다. 민망해 한 것은 오히려 대통령이었다. 그는 밝게 웃으며 손을 내저었다.

"괜찮습니다."

잠시 후 장군차 밭의 주인이 퇴임 대통령 일행을 위해 오찬을 베풀었다. 정성껏 준비한 장군차 비빔밥 한 그릇이 그를 위해 먼저 나왔다. 그가 다시 어색한 표정을 지으며 말했다.

"제가 아직 어디 가서 어른 노릇을 못합니다. 밥그릇이 제게 먼저 오면 어색해하죠. 대통령 5년 하는 동안 그래서 고생 많이 했습니다."

버스로 이동하든,
버스 안에서 이동하든
그는 더 많은 사람이
편안하도록 자신의 권위를
기꺼이 포기했다.
그는 그렇게 낮은 사람이었다.

12

그의 눈은 벌겋게
충혈되어 있었다

2005년 5월 중순, 노무현 대통령은 러시아
와 우즈베키스탄을 순방했다. 우즈베키스탄에는 스탈린 시절에 강
제 이주된 고려인의 후손들이 많이 살고 있었다. 그는 그들이 살아
온 힘겨운 세월과 고통을 익히 알고 있었다. 그래서 우즈베키스탄은
꼭 한번 방문하고 싶어 한 곳이었다.

영빈관 응접실에서 그는 고려인들을 맞이했다. 통역이 필요했
다. 대부분 2세와 3세들이기 때문이었다. 이주 고려인 1세에 해당하
는 고령의 할머니가 있었다. 할머니는 그들 1세가 낯선 땅에서 겪어
야 했던 기나긴 고초와 고난의 시간에 대해 설명했다. 이야기를 듣
던 그가 갑자기 손에 든 말씀 자료로 눈길을 떨어뜨렸다. 해야 할 무
슨 말을 찾으려는 듯이 보였지만 그것이 아니었다. 고개를 숙인 채

메모 카드를 바라보기만 할 뿐이었다. 시선 둘 곳을 찾지 못하는 대통령. 그는 한참 동안 고개를 숙인 채 할머니의 이야기를 듣기만 했다. 작은 물방울 하나가 떨어져 메모 카드를 적시었다. 눈치를 챈 사람은 아무도 없었다. 그는 손수건을 꺼내 얼굴을 닦았다. 한참 후에야 고개를 들어 할머니를 응시했다. 그의 눈은 안타까움과 연민으로 벌겋게 충혈되어 있었다. 인간 노무현의 눈물이었다.

다시 며칠이 지난 5월 20일 청와대의 아침, 예정에 없던 수석·보좌관 회의가 열렸다. 대통령의 갑작스런 지시에 따른 것이었다. 비서실장을 비롯한 수석·보좌관들은 영문을 모른 채 비서동의 회의실로 걸음을 옮겼다. 대통령은 회의에 대비해 홍보수석실에 별도의 지시를 했다. 지난 밤 TV에서 방영된 프로그램을 수석·보좌관 회의에서 함께 시청할 수 있도록 준비해 놓으라는 것이었다. 8시 40분에 회의가 시작되었고 대통령과 참모들은 준비된 동영상을 시청했다. "거리로 내몰리는 사람들"이라는 제목으로 방영된 KBS 〈추적 60분〉이었다. 공공임대 아파트에서 부도가 발생해 많은 서민 피해자들이 거리로 쫓겨나고 있는 상황을 심층 취재한 것이었다. 그는 참모들에게 공공임대주택 정책의 부작용을 보완할 대책을 마련하라고 지시했다.

"나는 모든 기사와 보도들이 아프다."

재임 시절, 대통령 노무현은 이렇게 말하곤 했다. 자신과 참여정부에 대한 언론의 날선 비판도 물론 아팠지만, 정책의 문제점이나 사각지대를 지적하는 보도를 접할 때도 마음이 아프다는 뜻이었다. 그는 시간이 허락하는 한, 뉴스와 시사 프로그램을 꼼꼼히 시청

그의 눈은
안타까움과 연민으로
벌겋게 충혈되어 있었다.
인간 노무현의 눈물이었다.

했다. 미처 챙기지 못했거나 잘못 책정된 정책은 없는지 늘 노심초사했다. 그날의 회의는 그런 모니터링의 결과물이었다. 그는 거리로 내몰린 피해자가 어려움을 호소하는 장면을 접하고는 대책을 마련해야겠다는 생각으로 즉시 회의 소집을 지시한 것이었다. 국민의 고통을 덜어 내야 할 대통령으로서는 당연한 책임감이기도 했다.

그런데 청와대의 아침에 비상을 걸기까지 하는 데는 그 이상의 것도 있었다. 이웃의 힘겨움을 함께 아파하는 따뜻한 마음이었다. 인간에 대한 예의였다.

2004년 10월, 대통령 노무현은 인도를 거쳐 베트남을 방문했다. ASEM 회의와 국빈 방문이 겹쳐 수도 하노이에서 5박을 했다. 하노이는 활력이 넘치는 도시였다. 밤거리를 가득 메운 오토바이 행렬과 사람들의 밝은 표정을 보며 그는 "뭔가 큰일을 해낼 사람들"이라고 평했다. 하노이 일정을 마친 그는 호치민 시로 이동했다. 현지에 진출한 한국 기업들을 둘러보는 일정이 있었다. 봉제 공장 안에 들어서자 빼곡하게 들어찬 재봉틀과 작업 중인 여성 노동자들이 시야에 들어왔다. 순간 그가 멈칫했다. 표정도 일순 어두워졌다. 베트남에 있는 동안 줄곧 밝았던 표정이었다. 그는 혼잣말을 하듯 주위를 둘러보며 말했다.

"그때 우리처럼 그런 일들은 없겠지?"

그는 70-80년대 한국의 봉제 공장들을 머릿속에 떠올리고 있던 것이다. 값싼 노동력을 보고 투자했다가 어느 날 갑자기 문을 닫고 떠나 버린, 외국인 투자의 우울한 기억이 되살아났던 것이다. 그의 표정에는 '혹시나' 하는 불안감이 계속 머무르고 있었다. 그 불안감을 담아 대통령은 현지의 노동자들에게 이야기했다.

"오늘 이 공장에서 여러분을 보면서 옛날 한국 경제가 활발하게 성장할 때 우리 또래의 노동자들, 특히 여성 노동자들이 공장에서 열심히 일하던 때가 생각났습니다. […] 옛날에 한국도 인건비가 쌀 때 외국 기업들이 들어왔습니다. 그러나 인건비가 올라 수지를 맞추지 못해 나간 기업들이 많이 있습니다. 그래서 인건비 쌀 땐 일하고 수지가 맞지 않으면 [베트남을] 떠날 기업이 아닌가 걱정하면서 왔습니다."

그는 국경을 넘어 역지사지易地思之하는 대한민국 대통령이었다.

정치인 노무현은 수행비서를 앞의 조수석이 아닌 옆자리에 태우고 다닌 것으로 유명했다. 얼굴을 마주보며 대화를 나눌 수도 있었고, 자료를 함께 검토할 수도 있었다. 각계 전문가를 별도로 만나 의견을 청취해야 하는 자리가 생기면, 상대방에게 양해를 구한 다음 수행한 비서도 함께 이야기를 듣도록 했다. 청와대 생활도 마찬가지였다. 본관과 관저를 오가던 도중 우연히 관람객들을 접하면 그는 예외 없이 차를 세웠다. 번번이 귀찮을 법도 했지만 한 번도 거르지 않았다. 내려서 사진도 찍고 최소한 한두 마디 인사를 주고받았다.

그는 자신의 비서를 부를 때도 직함이나 존칭을 생략하지 않았다. '윤 비서관' 아니면 최소한 '태영 씨'였다. 여직원이든 행정관이든, 그 누구를 향해서든 똑같았다. 예외적으로 이름을 부르는 때가 아주 가끔 있기는 했다. 각별한 관심과 애정을 표현하려는 경우였다. 기용했던 장관이나 청와대 고위 참모를 교체해야 할 상황이 되면, 그는 가급적 사전에 식사나 차담에 초대하여 그 배경을 설명했다. 어렵고 힘든 이야기였지만 자신이 직접 당사자에게 양해를 구했다. 그들이 어느 날 갑자기 보도를 통해 자신들의 교체 사실을 알게 되는 황당한 상황이 없게 하려는 노력이었다.

그는 따뜻한 마음의 소유자였다. 미안해할 줄 알았고 또 고마움을 아는 사람이었다. 그가 특별히 큰 미안과 고마움을 함께 간직한 대상은 역시 '노사모'였다. 자신이 가는 행사장마다 플래카드를 내걸고 풍선을 들고 나타나는 사람들을 볼 때마다 그는 차 안에서 미안함에 어쩔 줄 몰라 하곤 했다. 어쩌면 그 미안함이 그의 정치를 있게 한 바탕이었다. 포기하고 싶을 때마다 그를 다시 일으켜 세운 원동력이었다.

13

변화와 금기에
대한 도전

그는 실패를
두려워하지 않았다

호기심이 많았다. 사물에 대한 궁금증도 많았다. 관저를 나서 본관까지 걷는 길, 눈에 들어오는 나무 한 그루와 풀 한 포기에도 관심이 많았다. 낯선 풀을 보면 이름을 알려 했고, 이름을 알면 특성을 파악하려 했다. 자연이 그를 자극했고, 그는 세상에 반응했다. 인간 노무현은 항상 움직이는 사람이었다. 무언가를 고민하지 않으면 무슨 일을 진행하고 있었다. 앉은 자리에서 풍화되는 바위라기보다는 쉴 새 없이 산과 들을 흐르는 물이었다.

그는 앞서 나갔다. 참모들이 따라가기 힘들 정도였다. 쉽게 흉내를 낼 수 없는 경지였다. 몸이 편한 것을 추구할 법도 했다. 대통령이라는 자리는 더욱 그랬다. 당연히 해야 할 일을 하는 것만으로도 시간은 부족했다. 굳이 새로운 주제를 내놓고 시비를 벌이지 않아도 충분할 듯했다. 그는 그렇게 하지 않았다. 스스로를 논쟁의 한가운데로 끌고 갔다. 현실을 바꾸겠다는 강한 의지가 그 이면에 있었다.

고시 공부를 하던 시절, 그는 독서대를 발명했다. 몸이 힘들 때 비스듬히 누워서도 책을 읽을 수 있는 발명품이었다. 특허 등록을 했지만 실용화되지는 못했다. 정치인 시절에는 회의 참석자들이 양복 상의를 각자의 의자에 걸쳐 놓는 것을 보고, 등받이 상단을 옷걸이 모양으로 만들자는 아이디어를 내기도 했다. 역시 제품화되지는 못했다.

청와대에서 맞은 첫 가을, 관저 앞 나무에 열린 감을 따기 위해 그는 긴 막대의 끝에 가위를 매단 기구를 만들었다. 밑에서 줄을 당겨 가위를 작동시키는 원리였다. 만들어 놓고 보니 시중에도 비슷한 장치들이 제법 있었다. 어쨌든….

1990년대 중반, 그가 여의도의 아파트에 살던 시절이었다. 그의 집 책상 위에는 하이텔 단말기가 놓여 있었다. 컴퓨터 통신 사업이 시작될 무렵 그는 시범 사업에 참여하겠다고 자원했고, 작은 컴퓨터 모양의 단말기가 집으로 배달된 것이었다. 그는 당시 새로운 통신 수단으로 각광을 받았던 시티폰도 남들보다 먼저 사용했다.

자서전 작업을 하기 위해 그의 집을 방문했던 날, 나는 무언가에 몰두해 있는 그를 발견했다. 명함 크기만 한 전자수첩에 인명을 입력하고 백업을 만드는 일에 깊이 빠져 있었다. 아무리 원외였지만 그래도 전직 의원이었다. 비서들도 있었다. 연락처 관리를 직접 하지 않아도 될 처지였지만, 그는 작업을 통해 새로운 장비의 성능과 효용을 속속들이 파헤치고 있었다. 그 열정이 결국은 '노하우 2000'이라는 인명·일정 관리 프로그램의 개발로 이어졌다. 훗날 청와대의 업무 관리 시스템인 '이지원'의 개발도 그 연장선상에 있는 것이었다. 어쩌면 그렇게 하지 않아도 큰 탈이 없는 일들이었다. 프로그램을 구입해 쓰는 방법도 있었다. 하지만 그는 스스로 새로운 것을 체득하려고 했다. 그렇게 얻은 지식과 정보를 토대로 일상과 업무를 변화시키려고 했다. 정치도 마찬가지였다.

13대 국회의원이던 시절, 의원회관 다른 직원들은 그의 사무실을 부러워했다. 의원과 비서진이 끈끈하면서도 스스럼없는 관계였기 때문이었다. 노 의원실의 분위기는 자유로우면서도 치열했다. 그러면서도 효율적으로 보였다. 그런 분위기 탓인지 청문회 등 의정활동에서도 그는 두각을 나타내었다. 권위적인 분위기가 국회의 공기를 지배하던 시절이었다. 노 의원실의 파격적인 분위기는 작은 충격으로 받아들여졌다. 그것은 새로운 변화의 시작이었다.

제16대 대통령 노무현은 청와대의 분위기를 바꾸는 데에도 진력했다. 그는 백악관을 소재로 다룬 미국 드라마 "웨스트윙West Wing"을 수시로 이야기했다. 그 모습을 대한민국 청와대에서도 구현하고 싶어 했다. 엄격하고 엄숙한 문화가 지배하고 있는 기존의 공직 사회 분위기에서는 결코 쉽지 않은 모색이었다. 그는 그렇게 항상 변화에 도전했다. 금기에 도전했다.

그에게는 흔하디흔한 선입관이 없었다. '정치는 이래야 한다. 국회의원은 이래야 하고, 대통령은 이래야 한다'는 고정관념이 없었다. 초선 의원 시절, 현실과의 괴리감을 견디지 못하고 사표를 던진 것이 어쩌면 그 시작이었다. 정치인으로서의 미래를 생각한다면 당연히 따라갔어야 할 3당 합당에 반대한 것도 같은 맥락이었다. 이후 야권 통합으로 출범한 통합민주당에서 대변인 직책을 맡은 상황에서도, 자신에 대해 왜곡 보도를 한 조선일보를 상대로 소송을 제기했다. "어떻게 대변인이…"라는 주위의 만류를 그는 끝내 뿌리쳤다.

1994년에 자서전 《여보, 나 좀 도와줘》(새터)를 펴내기 위해 구술을 하던 때의 일. 그는 변호사 개업할 당시를 회고하면서 어떤 아주머니로부터 수임료 60만 원을 가로채다시피 했던 일을 가장 먼저 스스럼없이 고백했다. 거기서 그치지 않았다. 그는 아내와의 부부싸움 등 지난 시절 편협했던 자신의 여성관도 솔직하게 기록했다. 출판사 쪽에서 오히려 부담을 느낄 정도였다. 그는 그대로 출간해 줄 것을 주문했다. 결과적으로 이 책은 정치인으로서는 보기 드물게 '솔직한 자서전'으로 차별화되었다.

대통령 후보 경선을 준비하던 캠프의 참모들은 걱정이 하나 있었다. 대통령이 되려면 노무현 후보가 한 번쯤은 미국을 다녀와야 한다고 생각했는데, 그가 일관되게 반대했기 때문이다. 그는 캠프에서 유일한 반대론자였다. "미국을 다녀와야 대통령이 되는 것은 아니다"라는 것이 일관된 입장이었다. 한 술 더 떴다. 그는 강연을 할 때마다 "참모들은 방미를 권하고 나는 반대하고 있다"는 이야기를 공공연히 했다. 득표에 전혀 도움이 되지 않는다는 캠프의 우려가 무색할 정도였다.

대통령이 된 후에도 '금기에 대한 도전'은 계속되었다. 오히려 더욱 치열해졌다. 그는 '대통령다움'으로 표현되는 권위적이고 형식적인 문화를 바꾸기 위해 부단히 애썼다. 언론의 거듭된 비판에도 불구하고 대통령으로서의 무게를 고집하지 않았다. 서민적 표현을 즐겨 사용했고 형식적인 의전을 거부했다. 한편에서는 검찰이나 언론 등 기존 권력들과 담을 쌓거나 갈등 관계를 유지했다. 지지도만을 염두에 둔다면 시도조차 할 수 없는 어려운 도전이었다.

미국의 링컨 대통령은 그의 롤모델 가운데 하나였다. 롤모델은 아니었지만 그가 주목한 대통령이 또 있었다. 미국 7대 대통령인 앤드류 잭슨이다. 그는 사석에서 잭슨 대통령에 대해 이렇게 이야기를 했다.

"미국의 경우, 건국 초기에 대통령을 역임한 워싱턴, 제퍼슨, 해밀턴 등은 모두 엘리트 귀족이다. 7대에 가면 잭슨이 대통령이 된다. 초등학교도 못 나온 이 사람은 특이하게 결투도 좋아하고 돈도 좋아한다. 부도를 낸 적도 있다. 상대 후보의 관을 메고 선거운동을 하는가 하면, 대통령 취임식 때는 사람들이 메뚜기 떼처럼 와서 백악관을 밟고 지나갔다. 품위 있게 살던 사람들은 백악관의 그런 모습을 보고는 모욕감을 느꼈다. 당시는 주민들 중 10분의 1에게만 선거권이 있다가 그것이 확대되는 시기였다. 1830년대 무렵이었다. 링컨 대통령이 취임할 때도 마찬가지였다. 암살 정보가 있어서 다른 기차를 타고 왔는데, 그 모습을 그림으로 그려 '뒷문으로 백악관에 입성했다'고 야유를 보내기도 했다. 그러면서 시대가 바뀌는 것이다. 엘리트 민주주의에서 대중 민주주의로 변화하는 계기가 되는 것이다."•

시시포스 신화와도 같았던 노무현의 도전. 그는 실패를 두려워하지 않았다. 쓰러지면 다시 일어서서 변화를 지향하며 금기에 도전했다. 도전의 지향점은 언제나 '사람 사는 세상'이었다.

• 2006년 2월 11일, 민주평통 김해시협의회와의 환담 시.

14 ___

뉘우침과 사과 없는
일본에 던진 '돌직구'

2004년 2월 마지막 날, 계절은 겨울에서 봄으로 넘어가는 길목에 서 있었고, 그는 북악산 정상에 서 있었다. 아직 바람은 차가웠다. 4년에 한 번 만날 수 있는 29일이었다. 다음 날은 3·1절이었다. 그는 홍보수석실 비서관들과 함께 산에 올랐다. 정상에 오른 그는 남쪽 관악산을 향해 쭉 뻗어 있는 세종로를 응시했다.

"인조가 청에 항복하지 않았다면 우리 역사는 어떻게 달라졌을까?"

동행한 비서관들에게 던진 물음이었지만, 대통령 자신에게 던진 질문임을 모르는 사람은 없었다. 그의 머릿속에는 대한민국이 있었다. 대한민국의 역사가 있었고, 대한민국의 현실이 있었고, 그 미래가 있었다. 그는 북악산 정상에서 인조의 항복으로 뒤틀려 버린 조선의 운명을 되짚어 보고 있었다. 그리고 다음 날로 다가온 3·1절 연설에 한일 관계의 장래를 위해 담아야 할 내용을 가다듬었다. 적어도 그즈음까지만 해도 그는 일본의 전향적인 자세에 기대를 걸고 있었다. 취임 초기부터 유지해 왔던 우호적 기조를 가급적 견지하려는 입장이었다. 다만 어떤 준엄한 경고가 필요하다는 생각이 있었다.

하산한 후 함께한 관저의 오찬 자리에서 대통령은 그런 생각이 담긴 기조를 구술하면서 연설팀에 전할 것을 나에게 지시했다. 거기서 내가 착오를 냈다. 그 구술을 활용하여 3·1절을 맞는 대통령의 심경을 대변인이 언론에 설명하라는 뜻으로 잘못 받아들인 것이었다. 결국 그 내용은 연설팀에 전달되지 못했다. 새로운 구술이 반영되지 않은 채 연설문은 그대로 대통령에게 보고되었다.

그는 3월 1일 아침 일찍, 출근하는 나에게 전화를 걸어 심하게 질책을 했다. 그날의 기념사는 그때부터 대통령이 직접 작성한 것으로 대체되었다. 그는 메모 형태의 연설 쪽지를 마치 완성된 원고처럼 연대에 놓고 연설을 마쳤다. 그것이 평소처럼 처음부터 끝까지 온전한 문장으로 작성된 원고가 아니라는 사실을 알아차리는 사람은 거의 없었다. 대통령은 그 연설에서 일본을 향해 힘주어 강조했다.

"일본에 대해서 한마디 꼭 충고를 하고 싶은 말이 있다면 [이것입니다.] 한국이, 한국의 정치 지도자가 굳이 역사적 사실을, 오늘 일어나고 있는 일본의 법·제도의 변화를, 아직 해결되지 않은 문제에 관해서 말하지 않는다고, 모든 문제가 다 해소된 것으로 생각해서는 안 됩니다. 앞으로 만들어 가야 할 미래를 위해서, 마음에 상처를 주는 얘기들을 절제하는 것이 미래를 위해서 도움이 된다는 뜻으로 우리 국민들은 절제하고 있습니다. 특히 우리 정부는 절제하고 있습니다. 우리 국민들의 가슴에 상처를 주는 발언들은 흔히 지각 없는 국민들이 하더라도, 흔히 인기에 급급한 한두 사람의 정치인이 하더라도 적어도 국가지도자의 수준에서는 해서는 안 됩니다. 우리 국민들이, 우리 정부가 절제할 수 있게 일본도 최선을 다해서 노력해야 합니다. 그 이상의 말씀은 더 드리지 않겠습니다."

1년 후인 2005년, 설 연휴가 코앞으로 다가온 어느 날, 그는 정동영 통일부 장관과 만찬을 함께했다. 이종석 NSC(국가안전보장회의) 사무차장이 배석했다. 그날의 주제는 일본이었다. 대통령이 꿈꾸고 있는 동북아 공동체의 걸림돌은 이제 북한만이 아니었다. 어쩌면 일본이 더 큰 걸림돌이었다. 2005년 들어 일본이 보여 주는 면면들이 심상치 않았다. 독도 영유권 주장에서 보듯이 일본은 침략의 역사를 정당화하려 하고 있었다. 그 자리에서 그는 단호하게 말했다.

"고속도로 한복판에 바윗돌을 그냥 두고 봉합하는 것은 무리입니다. 적대하는 자세로는 과거는 물론, 미래의 문제도 풀 수 없습니다. 과오를 씻고 극복하려는 노력이 새로운 질서로 발전할 수 있는 것입니다. 한쪽은 밝히려 하고 한쪽은 감추려 하면 문제가 풀리지 않습니다. […] 일본이 독일처럼 해 주기를 바랍니다. 유럽의 질서가 그렇게 된 것은 프랑스와 폴란드가 관대했기 때문이 아니라 독일 스스로의 선택 때문입니다."

2월 말과 3월 초에는 두 가지 큰 연설이 예정되어 있었다. 하나

그는 감정이
아닌 이성으로,
현실이 아닌
역사의 문제로서
한일 관계를 되짚어
보고 싶어 했다.

는 취임 2주년 연설이었고, 다른 하나는 3·1절 연설이었다. 생방송
으로 시청자들에게 직접 중계되는 연설인 경우, 대통령은 두 배 이
상 공을 들었다. 언론의 잣대에 의한 여과나 첨삭 없이 자신의 이야
기와 생각을 그대로 국민들에게 전달할 수 있다는 점에서 그는 직접
생중계되는 연설을 선호했다. 광복절 등 주요 계기의 연설과 기자회
견 등이 그런 범주에 속했다. 그런 의미에서 보면 취임 2주년 연설
도 중요했지만, 며칠 후로 예정된 3·1절 연설도 무거운 비중을 지니
고 있는 것이었다. 더욱이 일본 시마네 현에서 독도의 날 조례안을
통과시키려는 움직임이 나타나는 등 한일 관계가 심상치 않은 길을
걷고 있는 마당이었다. 무슨 말을 할 것인가, 그의 고민이 깊어지고
있었다.

　3·1절이 이틀 앞으로 다가온 2월 27일 일요일, 대통령 내외는
손녀를 데리고 경호실의 버스에 올랐다. 불현듯 독립기념관에 가 보
고 싶은 생각에 나들이를 나선 것이었다. 그러지 않아도 북한에 대
한 섭섭함과 배신감으로 불편한 그의 심경을 일본의 여러 움직임이
더욱 뒤틀리게 하고 있었다. 그는 감정이 아닌 이성으로, 현실이 아
닌 역사의 문제로서 한일 관계를 되짚어 보고 싶어 했다. 아직 3·1
절 연설은 완성되지 않은 상태였다.

　독립기념관의 이곳저곳을 둘러보던 그는 구한말 의병들의 무기
가 전시된 곳에서 깊은 한숨을 내쉬었다. 나라를 지키기 위한 무기
라 하기에는 너무나 초라했기 때문이었다. 관람을 마친 대통령 일행
은 병천 순대로 점심 식사를 한 후 귀경길에 올랐다. 그는 오고 가는
버스 안에서 무언가를 부지런히 기록했다. 다음 날 그는 연설팀을
만나 그 기록을 중심으로 새롭게 구술을 한 끝에 3·1절 연설을 완성
했다.

"두 나라 관계 발전에는 일본 정부와 국민의 진지한 노력이 필요합니다. 과거의 진실을 규명해서 진심으로 사과하고, 배상할 일이 있으면 배상하고, 그리고 화해해야 합니다. 그것이 전 세계가 하고 있는 과거사 청산의 보편적인 방식입니다."

강한 톤의 연설이었다. 일본은 곧바로 못마땅한 속내를 드러냈다. 고이즈미 일본 총리는 한국의 국내 사정을 감안한 연설이라고 대통령의 3·1절 연설을 폄하했다. 대통령은 나에게 자신의 생각을 기록해 두도록 했다. 대외 공표용이 아닌 기록용이었다.

"나는 국내 사정을 가지고 정치적 발언을 하는 사람이 아니다. 감정적 대응이 아니다. 국제사회의 보편적 논리다. 국내 사정을 보고 하는 이야기가 아니다. 정치인 노무현이 사면할 수 있는 일이 아니다. 국민감정과 대의명분에 속하는 것이다. 그런 취지로 얼버무릴 일이 아니다. 지금도 역행하고 있다."

그 후 1년 남짓 지난 2006년 4월 중순. 이번에는 일본 측의 독도 해역 탐사 문제로 긴장이 고조되었다. 그는 참모들에게 그 어느 때보다 강경한 대응을 단호하게 주문했다.

"일본이 실제 우리 경제수역 내로 침범하여 해저 탐사를 할 경우, 이는 명백한 도발 행위이므로 안보회의를 소집하고 강력히 경고하고 나포 등 단호하게 대응할 것. 일본의 분쟁 지역화 전략에 말려들 수 있으므로 대응하지 말아야 한다는 소극적인 자세가 아니라 강경하게 대응할 것. 이와 관련하여 해양법학자들의 자문을 받아 명확히 정리해 놓을 것."

대통령은 "정치든 외교든, 기개로 하는 것이지 기교로 하는 것이 아니다"라는 점을 분명히 했다. 또한 이 문제와 관련하여 4월 25일, 대국민 특별 담화를 했다. "독도는 우리 땅입니다. 그냥 우리 땅이 아니라 40년 통한의 역사가 뚜렷하게 새겨져 있는 역사의 땅입니다"로 시작하는 이 담화는 '독도는 주권 문제로서 도발엔 정면 대응하겠다', '조용한 외교 끝났다'는 요지로 모든 신문의 머리를 장식했다.

15

"생각이 바뀌면
세상이 바뀐다"

1994년, 정치인 노무현이 첫 번째 자서전을 펴낼 때의 일이다. 나는 출판사의 편집 주간으로 책을 만드는 작업에 참여했다. 당시 원외였던 그는 구술 작업을 바탕으로 정리된 원고를 놓고 꼼꼼하게 한 자 한 자 다듬었다. 마지막 남은 관건은 책의 제목. 출판사 측은 서너 개의 안을 제시했다. 그는 고민을 해 보겠다며 시간을 달라고 했다. 나는 당연히 출판사의 제안 가운데 하나를 선택할 것으로 생각했다. 그러나….

며칠 후 그가 제시해 온 제목 안은 뜻밖이었다. 출판사의 제안과는 완전히 동떨어진 것이었다. 느낌도 생소했다. 뜬금없다는 생각도 들었고 조금 황당하다는 느낌도 있었다. 그의 제안은 "여보, 나 좀 도와줘"였다. 출판사는 며칠간 고민에 빠졌다. 뜻밖에도 그 며칠간 그 낯선 제목은 출판사 직원들의 입에 짝 달라붙는 친숙한 언어가 되고 말았다. 출판사는 기꺼이 그 제목을 수용했다.

말과 글에 대한 집착이 남다른 정치인이었다. 글 쓰는 비서를 항상 가까운 곳에 두려고 했다. 후보 시절에도 그랬고 대통령 재임 시절에도 그랬다. 대변인직에서 물러난 나를 지근거리의 부속실장에 임명한 것도 그런 이유였다. 퇴임한 후에도 1년이 채 안 된 시점에 결국 나와 양정철 비서관을 봉하로 불러 내렸다. 자신의 생각을 가장 잘 이해하고 표현해 준다는 판단이었다.

"이불 보따리 들고 내려와라."

그의 웃음에는 미안한 마음이 뒤섞여 있었다. 좀처럼 남의 신세를 지려 하지 않는 대통령이었다. 그런 그가 미안함을 무릅쓴 것은 글에 대한 절박함 때문이었다. 그는 사상과 생각을 말로 정리하고 글로 남기기 위해 무던히도 애를 썼다. 말을 하는 과정에서 생각을 정리했고, 글을 쓰면서 체계를 가다듬었다.

2003년 3월 취임 초, 연설담당비서관이던 나를 대통령이 불렀다. 천장은 까마득히 높고 대통령의 자리까지 가려면 스무 걸음 이상을 걸어야 하는 드넓은 집무실이었다. 당시 그는 대북송금특검법의 수용 문제를 놓고 고심을 거듭하고 있었다. 대통령과 연설비서관의 예상치 못한 독대가 이루어졌다. 두어 시간에 걸쳐 그는 수용했을 때의 입장과 거부했을 때의 입장을 구술했다. 어느 쪽으로도 결론이 나지 않은 상황이었다. 그는 구술을 하는 과정에서 그 어느 쪽으로 결론이 날 것에 대비해 자신의 논리를 가다듬고 있는 것이었다. 결과적으로 이 구술을 토대로 작성된 연설문은 사용하지 않았다. 이미 구술을 하면서 자신의 입장을 충분히 정리하고 논리를 숙지했기 때문이다.

그는 언어를 사고했다. 카피를 연구했다. 표현을 궁리했다. 깨어 있는 시간에는 언제나 그랬다. 식사를 할 때도 느닷없이 대구對句로 된 문장을 이야기하며 나에게 느낌을 묻곤 했다. 재임 중에는 특별히 홍보수석실의 글 쓰는 참모들을 빈번하게 본관이나 관저로 불렀다. 다른 수석실이 은근히 못마땅한 기색을 드러낼 정도였다. 책이나 글을 읽은 후 깊은 인상을 받고 사람을 발탁한 경우도 허다했다. 감사원장 후보가 그랬고, 리더십비서관이 그랬다. 그는 한겨레신문 김선주 논설위원의 칼럼을 보고 몇 차례나 그녀를 홍보수석으로 발탁하려고 했지만, 본인의 고사로 끝내 뜻을 이루지 못했다. 대통령의 글을 직접 다듬는 고위 관계자도 있었다. 이병완 비서실장이었다. 이 실장은 주요 계기의 대통령 연설을 직접 마무리하곤 했다. 이 실장은 사실 2002년 노무현 대통령 후보 시절부터 굵직한 연설을 써 왔다. 그런 이 실장이 2007년 사직하고 청와대를 떠난 것은, 참여정부평가포럼을 통해 대통령 노무현의 말과 글을 세상에 전파하겠다는 의지의 결과물이었다. 대통령은 떠나는 이 실장을 붙잡지 않았다. 그만큼 글 쓰는 참모의 역할에 대한 기대가 컸다.

2007년 초, 대통령은 신년 연설 준비에 몰두했다. 관련 비서관들과 실무자들이 모인 가운데 구술과 독해, 토론이 매일 이어졌다. 그는 전달력을 높이기 위해 구체적인 문안 하나하나에도 집중했다.

구술은 방대한 양이었다. 연설팀은 초비상이었다.

생방송으로 중계되는 연설이라 시간제한이 있었다. 한 시간 내에 모든 이야기를 전달해야 했다. 지난 연말의 민주평화통일자문회의의 연설과는 다른 차원이 될 수밖에 없었다. 민주평통 연설에 대해서는 평가가 극단적으로 엇갈리고 있었다. 보수 언론은 그의 어법과 말투, 태도를 집중적으로 공격했다. 대통령으로서의 품위를 지적하기도 했다. 지지자들은 대체로 거침없이 나아가는 그의 연설 방식을 선호했다. 특유의 현장 연설이 지닌 매력이었다. 다만 부작용을 감수해야 했다. 비유나 예화가 풍부해지다 보면 일부 언론에 의해 말꼬리를 잡히는 경향이 있었다. 지난 4년의 경험 때문에 대통령도 이제는 그런 비난을 약간 의식하고 있었다. 구태여 시비와 논란을 불러일으킬 필요는 없다는 생각이었다. 그래서 더욱 문구 하나하나를 완성하는 데 진력하고 있었다.

그의 구술을 바탕으로 작성된 초안이 어느 사이엔가 두툼한 노트 한 권 정도 분량이 되었다. 그러자 몇몇 참모들이 우려를 제기했다. 그 엄청난 내용을 한 시간 안에 차분하게 소화한다는 것은 불가능해 보였다. 다른 문제도 있었다. 정리된 텍스트에 의존하다 보니 연설이 자꾸만 틀에 박힌 듯 정형화되고 있었다. 지루하게 느껴졌다. 이대로는 안 되겠다고 생각한 참모들이 민주평통에서처럼 프리토킹 스타일로 연설을 하자고 대통령에게 제안했다. 텍스트를 준비하되 그것에 의존하지 말고 구어체 언어로 내용을 풀어 가자는 것이었다. 그의 대중 연설이 갖고 있는 강점을 최대한 살리자는 취지였다. 설왕설래 끝에 대다수 참모들이 그 제안에 동조했다. 몇몇만이 우려를 표했다. 텍스트에 의존하지 않고 생방송 연설을 한다는 것은 결코 쉬운 일이 아니었다. 정리된 텍스트를 낭독하는 것에 비해 프리토킹 스타일이 자연스러운 것은 사실이었다. 그만큼 설득력도 높일 수 있었다. 하지만 같은 분량의 내용을 전달하는 데 더 많은 시간이 소요될 것이 분명했다. 그러지 않아도 대통령이 하려는 이야기가 이미 노트 한 권 분량에 이르고 있는 상황이었다. 그러나 이미 분위기는 프리토킹이 압도적 대세를 점하고 있었다. 대통령도 결국 제안에 동의했다.

1월 23일 화요일 저녁으로 예정된 신년 연설을 위해 대통령은 주말 일정을 모두 비웠다. 오로지 연설 준비에만 몰두했다. 참여정부 5년 동안 가장 많은 공을 들인 연설이었다. 강원국 비서관을 비롯한 연설팀 직원들은 계속 집에 들어가지 못한 채 사무실에서 밤을 새워야 했다. 그들은 각자의 책상 밑에 펴 놓은 간이 침대 위에서 교대로 눈을 붙였다.

일정이 임박하자 대통령은 마지막 수정 사항과 새롭게 추가할 내용들을 정리하여 '이지원' 시스템을 통해 연설팀으로 내려보냈다. 연설팀은 문구 하나, 통계 수치 하나에도 온 신경을 집중했다. 그러고는 반드시 해당 수석들의 감수를 거쳤다. 마침내 연설문 텍스트가 책자 형태로 만들어졌다. 대통령은 이 책자를 연대 위에 놓고 보면서 프리토킹 형식으로 연설을 하면 되는 것이었다. 22일과 23일에는 아침마다 열렸던 부속실의 일정 점검 회의조차 열리지 않았다. 최고의 공을 들였지만 안타깝게도 연설은 실패하고 말았다. 급하게 많은 내용을 소화하려다가 내용 전달력이 급격히 떨어지고 말았다. 말 잘하는 대통령의 생방송 연설이 실패로 끝난 것이었다.

다음 날 아침, 그는 실패를 자인했다. 하고 싶은 말을 모두 다 하려고 하다가 페이스를 잃었음을 실토했다. 언론은 그의 연설에 대해

혹평 일색이었다. "원고 절반 건너 뛴 희한한 연설", "달변가 대통령의 최악 연설" 등이었다. 그는 다시 다음 날인 25일로 예정된 출입 기자들과의 일문일답을 준비했다. 그날도 일문일답에 앞서 짤막한 모두 연설을 다시 준비했다. 원고를 본 대통령이 이번에는 연설팀을 크게 질책했다. 매우 이례적인 일이었다. 그의 구술을 받아 활자화 작업을 큰 잘못 없이 수행해 왔던 연설팀은 뜻밖의 질책에 크게 당황했다.

"말이란 것이 매듭이 있고 논리의 구조가 있다. 강조할 것은 강조하고 하면 되는데, 그냥 떼어다 붙여 달라 했는데…."

대통령이 한숨을 내쉬었다.

"내 연설문을 백 번씩 읽으라고 해라. 내 연설이지, 자기네들 연설인가? 초안 잡아 놓은 것과 비교해 보라. 내 취미에 맞춰 주어야지."

고유의 독자적인 언어와 논리 체계가 있는 것이 그의 연설이었다. 누가 대신하여 쓸 수 있는 연설이 아니었다. 그의 연설은 90퍼센트 이상을 자신이 구술했다. 그 구술을 바탕으로 연설팀이 작성한 원고를 최종적으로 그가 다시 가필·첨삭하여 완성했다.

'말'과 '글'에 대한 대통령의 관심은 남달랐다. 잘 정리된 글을 접하면 그는 극찬을 아끼지 않았다. 2007년 7월 어느 날, 그는 몇몇 참모들이 있는 자리에서 유시민 장관이 쓴 《대한민국 개조론》(돌베개)

109

에 대해 이렇게 독후감을 이야기했다.

"확실히 글을 읽기 좋게 재미있게 썼더라. 줄줄 따라가면서 개념들을 다 이해할 수 있도록. 그러면서도 중언부언이 아니고…. 책을 가만히 보면서 '세상을 움직이는 것이 정치인들이 맞나' 하는 생각이 들었다. 이런 유형의 책들이 계속 나가면 파장이 엄청날 것이다. 과거 리영희 선생님의 글처럼…. 김대중파와 리영희파 중에서 어느 쪽의 파장이 더 클까?"

대통령의 의문이었다. 자신의 표현을 사용한다면 그는 확실히 '김대중파'에 속해 있는 사람이었다. 하지만 대통령 임기 내내, 또 퇴임 이후까지도 끊임없이 리영희파를 지향했던 사람이었음에 틀림이 없다.

2007년 대선이 끝난 후, 그는 참모들과 함께한 자리에서 퇴임 후에 책을 쓰겠다는 생각을 구체적으로 밝혔다. 그는 자신이 책을 쓰려는 이유에 대해 이렇게 이야기했다.

"역사 발전이라는 관점에서 보면 사람들의 가치관이 주로 무엇에 의해 형성되는가 하면, 철학자들에 의해 형성되고 사상가들에 의해 형성되고 책에 의해 전파되어 왔다. 사회를 움직이는 과학은 사상가들에 의해 체계화되고 책에 의해 전파되어 왔다. 오늘날 인터넷이 있어서 사람의 생각에 광범위하게 영향을 미치지만, 책처럼 체계화될 수는 없다. 책처럼 동일한 사상이 전파되기 어렵다. 비슷한 사상을 체계적으로 전파하기 어렵다. 책이 갖는 힘이 클 것이라고 생각한다. 인터넷이라는 매체에서도 책과 같은 편집, 책처럼 편집된 기사라야 깊이 있게 들어가고, 그래서 나는 책이라고 생각한다. 생각이 바뀌면 세상이 바뀐다."

2009년 새해의 첫날, 봉하 사저의 대통령은 신년 인사차 찾아온 손님들 앞에서 이렇게 이야기했다.

"올해는 책을 쓰겠습니다. 반드시 책으로 일가를 이루겠습니다."

형님이 구속되고 나서 칩거 아닌 칩거가 시작된 이후였다. 그는 이미 큰 상처를 안고 있었다. 많은 꿈들을 접어야 하는 상황이었다. 그런 상황에서 글은 그의 유일한 활로였다. 글쓰기는 살아 있음을 확인할 수 있는 유일한 수단이었다. 하지만 시간이 갈수록 세상은 그것조차도 허락하지 않았다. 책으로 일가를 이루겠다는 그 간절한 소망은, '책을 읽을 수도 글을 쓸 수도 없는' 상황을 맞으면서 결국 허망한 꿈이 되고 말았다.

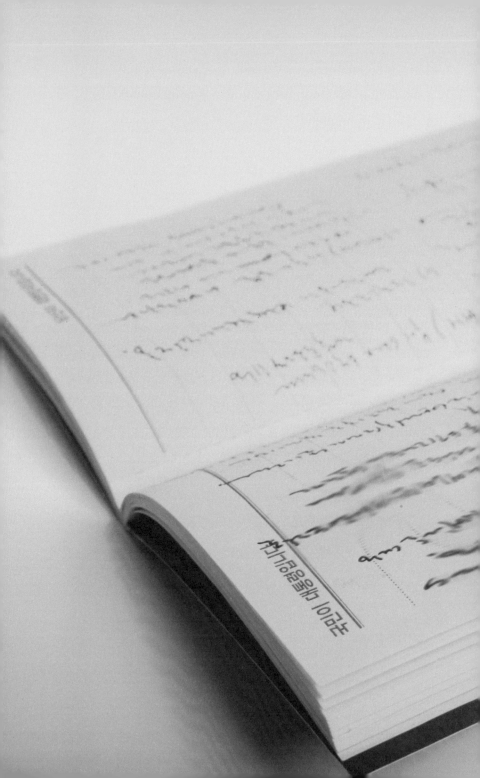

2부

성공과
좌절_

봄은
땅에서

솟아
오른다

16

2003년

봄

이상과 현실

2003년 봄, 새롭게 출범한 참여정부에게 밀월은 없었다. 허니문을 누려야 할 시기였지만 안팎의 도전과 시련들이 끊임없이 새로운 정부를 압박했다. 쉽게 판단하기 어려운 과제들이 그의 결단을 재촉했다. 대통령은 냉정을 잃지 않으려고 애썼다. 생각하고 준비했던 계획들도 실행에 옮겨야 했고, 커다란 변화를 위한 모색도 계속해야 했다. 그가 꿈꾸어 온 큰 이상을 펼치기에 현실이라는 공간은 지나치게 협소했다.

3월 20일에는 미국이 이라크를 공격하면서 전쟁이 시작되었다. 체니 부통령이 전화를 걸어와 개전을 통보하면서 지지를 요청했다. 그날 오후 대통령은 춘추관에 나가 지지 담화를 발표했다. 대통령이 아니라 보통의 정치인 가운데 한 사람이었다면, 지지 담화가 아니라 규탄 성명을 발표했을지도 모를 일이었다. 운명은 가혹했다. 대통령이 되자마자 그는 지지자들의 정서에서 멀어질 수밖에 없는 선택들을 해야 했다. 담화를 발표하는 순간에도 그는 머릿속으로 거듭 다짐하고 있었을지 모른다.

'어떤 일이 있어도, 어떤 희생을 치르더라도 한반도에서의 전쟁만큼은 막아야 한다. 그것이 내가 이 시기에 대통령이 된 이유다.'

30일, 국회 연설을 준비하기 위한 세 번째 구술 작업을 했다. 그날 그는 이라크 파병을 결정할 수밖에 없었던 소회를 소상하게 피력했다.

"정치 경험을 돌이켜 보면 나는 명분과 현실이 어긋날 때 명분을 고수해 온 편이다. 중요한 고비마다 명분을 선택했다. 그렇게 선택을 할 때마다 지나친 이상주의자라거나 비현실적이라는 지적을 받아 왔다. 정치인과 정치 지도자로서의 자질에 대한 문제 제기로 이어지기도 했다. 그래서 많은 곤란을 겪어 온 것이 사실이다. 95년 민주당의 분당과 국민회의 창당 때도 그러했다. 결국 낙선의 고배를 들었다. 이번 대통령 선거 당시에도 마지막에 후보 단일화가 이야기될 때 과연 명분이 있는가 하는 생각을 했다. 그러나 나는 명분보다 현실을 택했다. 굳이 명분을 이야기한다면 전략적 명분이었다. 그후 정몽준 후보 측에서 명분상 용납하기 어려운 제안을 해 왔다. 많은 사람들이 그 제안을 받아들일 것을 권유했다. 그때 내 대답은 패배를 선택한다는 것이었다. 그만큼 나도 명분을 중시하는 사람이다. 그런 내가 파병을 결정한 것이다."

잠시 침묵이 흘렀다. 한참 동안 창밖을 응시하던 시선을 돌려 대통령이 구술을 계속했다.

"나는 전쟁의 위협으로부터 대한민국의 안위를 지켜야 할 책임이 있는 대통령이다. 나의 결정은 대한민국의 운명과 직결되어 있다. 그때와 지금은 다르다. 지금의 나는 달라졌다."

4월 8일 국무회의. 대통령은 해양수산부 장관 시절에 경험해 보았던 국무회의에 대해 회의적이었다. '안건 통과를 위한 형식적인 국무회의'는 무의미하다는 생각이었다. 그는 국무회의 방식을 바꾸었다. 기본 안건을 토의하는 회의가 끝나면 일정한 주제를 놓고 토론을 하는 '테마 국무회의'가 자리를 잡아 가고 있었다. 9시에 시작한 회의는 보통 12시를 넘겨서 끝났다. 중간에는 휴식 시간도 만들어 놓았다. 국무회의장인 세종실의 전실前室에서 대통령과 국무위원들이 선 채로 차 한 잔을 마시며 담소를 나누기도 했다. 그날도 기본 안건 처리가 끝나자 대통령이 휴식 시간을 알렸다.

"잠시 휴식하겠습니다. 다음에는 영화 상영이 있습니다."

테마 국무회의가 열리면 토의 안건의 주무 부서가 파워포인트 방식으로 준비한 자료를 한쪽 벽면의 스크린에 띄워 놓곤 했다. 그 모습을 영화 관람에 빗대어 표현한 것이었다. 그날 그는 국무회의 자체를 외부에 공개하자는 파격적인 제안을 했다. 장관들의 의견이 엇갈렸다. 엇갈렸다기보다는 반대 또는 신중론이 대부분이었다.

일부 장관들이 먼저 의견을 피력했다.

"회의 공개에 반대합니다. 그러기 위해서는 보완할 소지가 많습니다. 같은 회의도 다르게 해석될 것입니다."

"국무회의가 점점 재미가 없어집니다. 도식적이고 관료적인 방식입니다. 방식부터 바꾼 후에 추후 공개해도 될 것입니다."

어떤 장관은 "공개 목적이 분명해야 한다"면서 '선별적 공개'를 주장했다.

"지금이 재미가 없다면 그 전에는 더 재미가 없었습니다. 때로는 부처의 이해관계를 초월해서 합의를 도출하게 되는데, 그 과정이 공개되면 문제가 됩니다." 또 다른 장관의 견해였다. 의견 개진이 계속되었다.

"이익 단체의 압력으로부터 자유로울 수 없습니다" 하는 의견도 있었고, "테마 국무회의에 한정해서 시도를 해 봅시다" 하는 의견도 있었다.

"국무위원은 면책특권이 없습니다. 득보다 실이 많습니다."

"국무회의 형식은 과거와 똑같습니다. 권위주의 틀이 그대로입니다. 내용만 바뀐 것입니다. 이런 상황에서 공개는 더욱 압박감을 주게 됩니다."

부정적 기류가 다수를 차지하자, 그가 나서서 정리를 했다.

"오늘 결론을 내지는 않는 것으로 합시다. 다만 이것이 인기 정책은 아닙니다. 국무회의가 무엇을 걱정하고 토론하고 있는지 국민들에게 주목을 받지 못하고 있습니다. 우리 장래와 관련된 중차대한 문제를 이야기하고 있습니다. 정부가 의지해야 할 방법과 절차를 조율하고 있습니다. 구체적 정책에 대해 많은 이야기를 하고 있습니다. 솔직히 편하고 싶어서 그럽니다. 누군가가 이 광경을 보면 잘 이해해 줄 것 같은 생각이 듭니다. 어렵게 하나의 결론을 내었는데도 마치 반론이 없었던 것처럼 난도질당할 때면 그렇습니다."

그는 정부 정책에 대한 일부 언론의 상투적 공격에 대응할 방안을 찾고 있었다. 그것은 가급적 모든 정책 결정 과정을 가감 없이 공개하는 것이었다. 도출된 결론만을 가지고 브리핑을 하기보다는 결정되는 과정을 낱낱이 공개함으로써 이해와 공감대의 폭을 넓히자는 것이었다. 현실적 반대가 만만치 않았다. 국무회의를 공개하자는 제안은 결국 철회되고 말았다.

5월에는 취임 이후 첫 한미정상회담이 있었다. 회담은 성공적이었다. 돌아오는 기내에서 그는 만족감을 표현했다. 회담 결과와 관련하여 의례적이면서도 타성에 젖은 용어들이 사용되는 것을 그는 꺼렸다.

"언론에 브리핑할 때 '성과'라는 표현은 뺐으면 좋겠습니다. 우려하고 걱정하고 있던 문제들을 해소한 게 성과라면 성과입니다."

'걱정하던 문제들'이란 바로 자신에 대한 이야기였다. 그는 그 회담을 통해 노무현 리더십에 대해 일부에서 가지고 있던 불안감을 해소하게 된 것으로 보았다. 또 대화를 통해 풀어 갈 수 있는 합리적 사고를 가진 대통령으로서의 이미지를 구축하게 되었다고 보았다. 그것이 성과라면 성과라는 것이었다. 순방에서 돌아온 대통령은 광주민주화운동 기념식에 참석한 후 전남대학교에서 특강을 했다. 강연을 마무리할 즈음, 그는 '변했다'는 항간의 지적에 대해 자신의 입장을 이야기했다.

"마지막으로 노무현이 변한 것 같다는 이야기에 대해 말씀드리 겠습니다. 그렇습니다. 저는 끊임없이 변하고 있습니다. 재야에 있을 때에는 민주주의를 위해 두려움 없이 싸웠습니다. 초선 의원 때도 비슷한 의정 활동을 했습니다. 당의 중진이 됐을 때는 대안을 생각하고 새로운 시대를 대비하려 했습니다. 대통령이 되고 보니 중진 으로서 대안을 생각해 보는 게 아니라 시시각각 결정하는 자리라서 저 자신이 달라졌을 것이라고 생각합니다."

그는 브루노와 갈릴레이를 예로 들었다.

"중세에 브루노라는 사람이 교리가 당연히 천동설인데도 지동설을 주장하다가 화형을 당했습니다. 지동설을 포기하라고 해도 굴하지 않다가 화형을 당했습니다. 갈릴레이 역시 지동설을 신봉하는 사람이지만, 종교재판에서 지동설을 부인하고 살아서 재판소 문턱에서 혼잣말로 '그래도 지구는 돈다'고 말했습니다. 당시는 그 말을 알아들을 능력이 없었습니다. 지금 생각해 보니 두 가지 다 의미가 있는 방식입니다. 어떻든 대통령이 되기 전까지는 브루노 쪽을 좀더 좋아하는 쪽이었습니다."

한미 정상 간에 신뢰를 구축하는 한편 북핵 문제를 평화적으로 해결할 단초를 찾아서 돌아왔지만, 국내의 사정은 만만치 않았다. 그는 조금씩 위기의식을 느끼기 시작했다. 다양한 사회적 갈등들이 심화되는 양상을 보이고 있었다. 북핵 문제와 이라크 파병, 주한미군 재배치 계획, 화물 연대, NEIS(교육행정정보시스템), 새만금 사업, 사패산과 천성산 터널 공사 문제 등 각종 사회적 이슈와 갈등들이 수면 위로 드러나 격화되는 조짐을 보이고 있었다. 한편에서는 심각한 가계 부채와 신용 불량자 문제로 경제가 위축되면서 인위적 경기 부양을 요구하는 목소리도 높아지고 있었다.

6월 4일 국무회의. 서울시가 추진 중이던 청계천 개발 문제가 안건으로 올라왔다. 이명박 시장도 참석했다. 정부 차원의 지원이 필요했기 때문이다. 물 9만 톤이 필요하다고 했다. 행정자치부 장관은 택시기사들이 교통대란을 우려하고 있다며 시중의 여론을 전했다. 대통령은 국무총리와 관계 장관들이 회의를 열어 검토할 것을 지시했다. 그는 중립을 유지하고 있었다. 정파가 다르다는 이유로 서울 시장이 추진하는 핵심 사업에 딴죽을 걸 생각은 전혀 없었다. 사업 그 자체로 평가를 해 보자는 것이었다. 임기 중반에는 이명박 시장의 버스전용차로 사업에 대해 공개적으로 긍정적인 견해를 피력하기도 했다. 그날도 마찬가지였다.

"찬반 양론이 있습니다. […] 결정되고 나면 찬반을 떠나 사업의 성공을 위해 힘을 모아야 합니다. 협조해서 국민들의 고통을 최대한 줄이고 최고의 결과가 되도록 해야 합니다. 반대했던 분들과, 서울시는 부작용을 최소화할 수 있도록 힘을 모아 주십시오. 총리가 관계 장관 회의를 열어서 긴밀하게 협력하시기 바랍니다."

갈 길이 바빴지만 여전히 많은 사건과 논란들이 그의 발목을 잡앉다. 6월 6일 현충일에 일본 방문 길에 오른 것에 대해서도 논란이 있었다. 검찰 수사는 대선 자금을 향하고 있었고, 그를 대통령으로 인정하지 않은 야당은 '재검표'에 이어 '탄핵'까지 입에 올리고 있었다. 비서실은 비서실대로 대통령의 심기를 어지럽히는 일들을 되풀이하고 있었다. 6·15선언을 기념하려는 취지로 비서실에서 기획한 '녹지원 음악회'에 대해 그가 일침을 놓았다.

"발상이 너무 거창합니다. 앞으로는 이런 것 하지 마십시오. 일하는 사람들의 발상에 문제가 있습니다."

업무 보고를 받기 위해 국정원에 방문했을 당시, 직원들의 얼굴이 담긴 사진을 언론에 그대로 내보내는 실수도 있었다. 안타까웠지만 어쩔 수 없었다. 그는 냉정하게 책임을 물을 것을 지시했다. 이어서 몇몇 비서관이 새만금을 헬기로 시찰했다는 이야기가 언론에 보도되었다. 그는 사표를 수리했다. 7월 초, 그는 비서실 직원들의 조회에 참석했다.

"돈을 벌려는 생각이 있으면 여기는 오지 말아야 합니다. 출세를 바란다면 청와대가 답은 아닙니다. 명성을 얻으려면 TV나 잘나가는 직업을 택하십시오. 작은 욕심을 버려야 합니다. 버리고 가다 보면 생각지도 못했던 기회가 올 수도 있습니다. 작은 집착을 버리고 꿈을 향해서 가야 합니다. 절제해야 합니다. 여러분은 일거수일투족 주시를 받고 있습니다."

그것은 자신의 인생에서 우러나온 이야기였다. 어쩌면 이상과 현실이 충돌하던 그 시점의 자신에게 다시 한 번 전하고 싶은 이야기였는지도 모른다.

17

대통령의
원칙과 소신

2003년, 여름이 지나고 가을이 오자 정치권은 이듬해 봄에 치러질 총선거에 대비하기 시작했다. 야당과 언론의 공세가 더욱 거세어지고 있었다. 1차 타깃은 선거 주무인 김두관 행정자치부 장관이었다. 야당은 공공연히 해임건의안을 거론하기 시작했다. 한총련의 미군 기지 기습 시위를 막지 못했다는 이유였지만 명분이 부족했다. 이면에는 이장 출신이 장관이 되었다는 사실 자체를 못마땅해하는 분위기가 있었다. 여소야대 국회를 활용하여 기세를 잡은 후 총선 국면을 이끌겠다는 의도가 다분했다. 탄핵의 전초인 셈이었다.

8월 마지막 날인 일요일, 대통령은 김해 진영읍 주민들을 영빈관으로 초청하여 점심을 함께했다. 400명에 가까운 인원이었다. 오랜만에 만난 고향 사람들 앞에서 대통령의 이야기가 길어졌다. 그는 먼저 환영 인사를 했다.

"다른 때 청와대에 온 것보다 기분이 좋으실 것입니다. 낭선되고 나서 먼저 고향에 가서 인사를 해야 했는데, 이런저런 사정 때문에 안 되었습니다. 고심 끝에 이런 형식을 빌렸습니다. 짧은 시간이지만 저와 만난 것으로 만족해 주십시오. 제 딴에는 궁리도 많이 하고 애도 많이 썼습니다."

대통령은 먼저 사적인 일정을 잡는 것이 쉽지 않았던 그간의 사정을 이야기하며 양해를 구했다. "진영에서 대통령이 나왔습니다"라는 그의 말에 박수가 터져 나왔다. 양해를 구해야 할 일이 또 하나 있었다.

"제가 대통령이 되었어도 동네가 눈에 보기에 달라진 게 없지요?"
"없습니다"라는 대답이 이구동성으로 나오자 대통령이 다시 말을 이어 갔다.
"그래도 기분 좋으시지요? 앞으로 진영도 달라지고 대한민국도 달라지도록 하겠습니다."

인사가 끝나자 그는 마음속 이야기를 하나둘 꺼내기 시작했다.

"걱정 많으실 것입니다. 대통령을 만들어 놓았는데 시끄럽다는 생각이 드실 것입니다. 본시 처음에는 그런 것입니다. 그러고 나서 고비를 넘어가는 것입니다. 정치가 원래 어렵습니다. 쉬운 것 아닙니다. 대통령이 안 될 듯하다가 한 고비를 넘고, 쓰러질 듯하다가 또한 고비를 넘어서 왔습니다. 이제 6개월이 넘었는데 잘 넘겼습니다. 찬바람이 불면 좋아질 것입니다. 5년쯤 지나면 진영도 달라지고 대한민국도 달라질 겁니다. 안 달라지더라도 진영이 뽑은 대통령, 잘해 주었으면 하는 소망을 이루어 드리겠습니다. 약속드립니다."

직접적인 표현을 쓰지는 않았지만 마디마디 속에 복잡다단한 그의 심경이 녹아 있었다. 주민들이 걱정하는 소리를 전했다. "살이 빠졌다"는 말도 있었고, "왜 대통령이 그리 힘이 없냐"는 물음도 있었다. 그는 다시 한 번, '법과 원칙'을 이야기했다.

"권력은 철저하게 투명하게 규제받아야 합니다. 법과 원칙대로 해야 합니다. 이 고비를 넘기는 것이 어렵지만 잘 넘기면 성공할 것입니다. 힘이 빠지는 것처럼 보이겠지만 선진국으로 가기 위한 것으로 이해해 주시기 바랍니다. 제가 약점 잡혀서 낭패 보는 일은 없을 것입니다."

9월 2일, 대통령은 청와대에서 첫 생일을 맞았다. 아침에는 수석보좌관들과, 점심에는 국무위원들과 함께 식사를 했다. 다음 날인 3일에는 김두관 행자부 장관의 해임 건의안이 국회에서 가결되었다. 그의 심기가 극도로 불편해졌다. 그날 괌 부근 해상에서 열대성 저기압 하나가 발생했다. 그 저기압은 느리게 발달하면서 북서쪽으로 나아가 이틀이 지난 9월 6일 오후 3시 무렵에 제14호 태풍 '매미'로 이름이 붙여졌다.

9월 7일 일요일, 그는 춘추관을 찾았다. 개방형 브리핑 시스템의 도입으로 청와대 출입 기자들은 그 수가 적지 않았다. 인터넷 언론사의 기자들도 상주하기 시작했고, 몇몇 일간지는 기자들을 2-3명 출입시켰다. 이전 정부의 춘추관처럼 취재와 방담이 오붓한 분위기에서 이루어지는 경우는 거의 없었다. 기자들 수가 많아진 만큼 취재 경쟁도 치열했고, 특종도 여러 가지 형태로 양산되었다. 대통령은 여유가 있는 주말이면 춘추관에 나와 기자들과 대화를 나누곤 했다. 주 5일제가 본격적으로 시행되기 전이어서 대통령은 토요일 오전까지도 공식 일정을 소화해야 했다. 그에게는 일요일이 비교적 여유롭게 출입 기자들과 방담을 나눌 수 있는 시간이었다. 그는 그런 대화를 통해 청와대의 주요 현안에 대한 배경을 기자들에게 직접 설명하려고 했다.

그날 기자 간담회에서 대통령은 김두관 행자부 장관을 한껏 추켜세웠다. 해임건의안에 대한 불편한 심기를 표출한 것이었다.

"김두관 장관은 학벌 없는 사회, 보통 사람들의 꿈, 그것을 일구어 냈습니다. 앞으로도 더 성공시켜 나가야 하는 '코리안 드림'의 상징입니다. 제가 키워 줄 수 있으면 최대한 키워 주고 싶습니다."

며칠 후인 9월 12일 저녁 8시 30분경, 중심기압 950헥토파스칼로 조금 쇠약해진 태풍 매미가 여전히 강한 중형급 태풍으로 경상남도 고성군 일대에 상륙한 후, 빠른 속도로 한반도 남동부를 관통했다. 그때 대통령 내외는 아들딸 내외, 비서실장 가족들과 함께 청와대 인근 삼청각에서 뮤지컬 "인당수 사랑가"를 관람하고 있었다. 이것이 그를 곤경에 빠트리는 사건이 되고 말았다.

태풍 매미의 피해는 심각했다. 국민들이 태풍과 사투를 벌이고 있는 동안 대통령은 한가롭게 뮤지컬을 관람한 모양이 되어 버렸다. 오래전부터 정해 놓은 일정이었다는 해명에도 불구하고 대통령에게 상처를 내려는 공격은 계속되었다. 사과를 요구하는 목소리가 수그러들지 않았다. 그는 사과 요구를 받아들이지 않았다. 쉽게 머리를 숙일 분위기가 아니었다. 언론은 대통령의 자세를 이해할 수 없다는 듯 더욱 날을 세웠다.

대통령에게는 이런 문제를 바라보는 나름의 철학이 있었다. 그철학을 깊이 이해하지 않으면 그의 대응은 쉽게 수긍하기 어려운 측면이 있었다. 재임 기간 5년 내내 일정 담당자는 대통령의 이러한철학과 때로는 타협해야 했고, 때로는 갈등을 빚어야 했다.

대통령의 철학이란 바로 시스템이었다. 그는 대통령이 눈을 뜨고 밤잠을 안 잔다고 해서 상황이 달라지는 것이 아니라는 생각이강했다. 그가 민생 현장을 방문해야 그 문제가 해결되는 것이 아니라는 철학이었다. 그 대신 더욱 밀도 있는 연구와 토론을 통해 보다바람직한 정책 대안을 만드는 것이 중요하다는 생각이었다. 그의 이상은 대통령이 없어도 좋은 국가 운영 시스템을 만드는 것이었다. 사람에 의해 돌아가는 것이 아니라 시스템에 의해 운영되는 나라가 선진국이라는 것이 그의 소신이었다. 일리가 있는 철학이었다. 그러나그런 그의 철학을 받아들이기에는 현실적으로 공감대가 부족했다.

그는 스웨덴의 팔메 총리를 자주 이야기했다. 그는 경호원 없이부인과 함께 영화를 본 후 귀가하던 중 괴한의 총에 맞아 숨을 거두었다. 그렇게 소탈한 총리의 면모에도 강한 인상을 받았지만, 그가더욱 주목한 대목은 그 사건 이후의 상황이었다. 당시 스웨덴은 총리의 갑작스런 유고에도 불구하고 계엄령 등 비상사태를 선포하지 않았다는 것이다. 국정 전반이 시스템에 의해 운영된 결과라는 것이 었다. 그것이 바로 그가 추구하는 바람직한 국가 운영 시스템이었다.

대통령은 더 이상 버티지 못하고 김두관 장관을 교체해야 했다. 그는 언제나 장관이 최대한 소신껏 일할 수 있는 분위기를 만드는 것이 대통령의 책임이라고 생각했다. 그래서 부당한 정치 공세에 몰려 장관을 교체하는 일을 극도로 꺼렸다. 때로는 그러한 대응이 역풍을 불러오기도 했다. 하지만 임기 내내 대체로 그런 입장을 견지했다. 가장 대표적인 사례가 2004년 6월 이라크에서 김선일 씨가 피살되었을 당시 안팎의 문책 공세에 시달리던 반기문 외교부 장관을 지켜 낸 일이었다.

18

2004년

봄

탄핵 전후*

탄핵 전

2004년 2월 24일, SBS 목동 사옥에서 방송 기자클럽 초청 회견이 있었다. 그 자리에서 대통령은 "국민이 압도적으로 [열린우리당을] 지지해 줄 것을 기대한다. 대통령이 뭘 잘 해서 우리당이 표를 얻을 수만 있다면 합법적인 모든 것을 다 하고 싶다"고 말했다. 탄핵의 직접적인 빌미가 된 발언이었다.

다시 한 달여가 지나고 3월이 되었다. 계절이 봄으로 쉽게 넘어가지 않고 있었다. 첫 주말을 앞두고 오히려 폭설이 내렸다. 고속도

● 이 장 후반부는 2004년 탄핵 소추 당시 필자가 쓴 국정 일기, "대통령의 잃어버린 봄"을 가필·첨삭한 것이다.

로에서 차량들이 고립되는 사태가 벌어졌다. 농가의 피해도 적지 않았다. 대통령의 일정도 폭설로부터 자유로울 수 없었다. 그는 지난 주에 이어 다시 북악산에 오르려던 계획을 취소했다. 대신 가볍게 경내 산책을 하면서 새로운 한 주가 가져올 파란의 실체를 가늠해 보았다.

야권의 탄핵 움직임이 가시화된 3월 8일. 그는 수석·보좌관 회의에서 먼저 3·1절 기념사의 내용에 대해 배경을 설명했다. 이어서 4일과 5일 양일간 내린 폭설로 인한 피해 대책을 논의했다. 관련 논의가 마무리되자 그는 탄핵에 대한 입장을 비교적 길게 이야기했다.

"탄핵 정국에 대해서 여러 대응이 있겠지만, 원칙적으로 대응해 나갑시다. 중요한 것은 '탄핵 사유가 있는가' 하는 점입니다. 위법한 행위라 하는데, 이 점에 대한 선관위 결정을 존중해서 위법이라고 보고, 존중하는 선에서 판단해도 아주 경미한 일입니다. 내가 적극적이고 능동적으로 무슨 행위를 한 것이 아니고 소극적으로 질문에 응해 대답한 것입니다. 내용도 적극적 지지 요청이 아니라 예측과 기대를 말한 것입니다. 위법이라 해도 경미한 것입니다. 위법성 자체가 모호합니다. 이것을 가지고 대통령직을 중단하라는 것인데 지나쳐도 아주 지나칩니다. 1년 전 국민의 직접선거로 선출된 대통령인데, 아주 경미하고 모호한 것을 가지고, 결과에 대한 대통령의 태도를 문제 삼고 있습니다. '존중한다'고 했고, 판단에 대한 '논평'의 의견을 제시한 것입니다."

"헌법기관에 대해 의견을 자유롭게 개진한 것인데 또 다른 불법을 한 것처럼 침소봉대하고 있습니다. 잘못된 것입니다. '시비를 위한 시비'입니다. [⋯] 문명국가는 모든 지도자들이 개별 국가의 선거에 직접 지원을 합니다. 논평도 트집입니다. 이유 있는 논평인데 시비의 근거로 삼는 것을 납득할 수 없습니다. 이것을 탄핵 사유로 이야기하는 데 굴복할 수 없습니다. 한 국가의 법이 합당하게 집행되도록 할 헌법상의 의무가 있습니다. 대통령의 의무입니다. 여기서 사과하며 잘못했다고 하면 법질서가 바로 설 수 있겠습니까? 부당한 횡포에 대해서 맞서는 것이 대통령의 임무입니다."

그날 검찰은 대선 자금 수사 결과를 발표했다. 수사가 시작된 이래 대통령은 가시방석 위에 앉은 처지였다. 주변 사람들이 잇달아 소환되었다. 야당에서는 근거 없는 의혹 제기가 줄을 이었다. 하고 싶은 말은 많았지만 그는 대통령이라는 이유로 침묵해야 했다. 검찰 수사의 가이드라인으로 작용할 수도 있다는 우려였다. 잘못된 인식이었다. 취임 당시 '검찰과 손발을 맞추지 않으면 정권을 유지하기 어렵다'는 주변의 충고가 많았지만 눈썹 하나 까딱하지 않은 대통령이었다. 그와 검찰의 사이에는 이미 뛰어넘을 수 없는 높은 담장이 구축되어 있던 터였다. 그의 말이 가이드라인으로 작용할 상황이 아니었다. 어쨌든 그는 침묵을 지켰다.

다음 날인 9일, 수사 결과와 관련하여 이회창 씨의 기자회견이 있었다. 오전 9시에 열린 국무회의의 중간 휴식 시간에 대통령은 이회창 씨가 제기한 '동반책임론'에 대해 보고를 받았다. 대변인인 내가 대응 방안을 묻자 그는 짤막하게 말했다.

"대응하지 말게."

지시는 그렇게 했지만, 쉽지 않은 일임은 그 자신이 잘 알고 있었다. 그는 생각을 고치며 다시 이야기했다.

"대통령은 비겁하게 책임을 회피할 생각 없다. 다만 책임을 지는 방법도 미래를 위해 생각하고 있다."

생각은 거기서 그치지 않았다. 대통령은 국무회의를 하는 동안에도 대응 메시지에 골몰하고 있었다. 그는 회의가 끝나자마자 다시 나에게 전화를 걸어 문구를 새롭게 정리했다. 사안 하나하나마다 깊은 고심이 필요한 시절이었다.

그날 오후 국회에서 탄핵 소추안이 발의되었다. 이제는 대선 자금 수사 결과는 물론 탄핵 소추안에 대해서도 입장을 밝혀야 했다. 이틀 후인 11일에 기자회견을 하기로 했다. 더 이상 시기를 뒤로 늦출 수 없었다. 12일이 탄핵 소추안을 처리해야 하는 시한이었기 때문이다. 입장을 밝히려면 그 이전에 해야 했다. 탄핵 소추안이 가결되든 무산되든, 그 이후로는 입장을 밝히는 것이 무의미했다.

3월 10일에는 문희상 전 비서실장에게 정치특보 임명장을 주는 자리가 있었다. 대통령은 거기서 의미 있는 한마디를 던졌다.

"이대로 가면 총선 후에 한나라당과 민주당이 연대할 것으로 생각됩니다. 합당이나 아니면 연합일 수 있습니다. […] 어느 쪽이 정국 주도를 할 것인가의 문제만 남습니다. 총선 결과, 열린우리당 마음대로 되는 것도 아닙니다. 제1당만 되면 연대를 통해 정국을 주도할 수는 있을 것입니다. 한나라당이나 열린우리당이 과반수를 차지하지 못하면 여야가 바뀔 수도 있습니다. 타협하지 않을 수 있겠습니까? 그러면 동거정부로 갈 가능성이 높습니다."

그는 '의석 비율에 따라 누군가가 주도하는 동거정부'를 조심스럽게 예상하고 있었다. 그리고 3월 11일, 대통령은 기자회견을 통해 탄핵 문제 등에 대한 입장을 구체적으로 밝혔다. 그의 입장은 일관되어 있었다.

"사과하라는 여론이 많은 것을 잘 알고 있습니다. 잘못이 있어 국민들에게 사과하라면 언제든지 사과할 수 있습니다. 그러나 잘못이 뭔지 잘 모르겠는데 시끄러우니까 그냥 사과하고 넘어가자거나 그래서 탄핵을 모면하자는 뜻이라면 받아들이기 어렵습니다. 원칙이 있고, 또 각기 책임을 질 사람이 책임져야 합니다. 시끄러우면 대통령이 원칙에 없는 일을 해서 적당하게 얼버무리고 넘어가고 호도해 가는 것은 좋은 정치적 전통이 아닙니다. 탄핵은 헌정이 부분적으로 중단되는 중대한 사태입니다. 이와 같은 중대한 국사를 놓고 정치적 체면 봐주기나 흥정하고 거래하는 선례를 남기는 것은 한국 정치 발전을 위해서 결코 이롭지 않습니다."

다음 날인 12일, 마침내 탄핵 소추안은 의결되었다. 대통령은 한마디로 소감을 정리했다.

"역사상 가장 불법적인 선거운동이 탄핵 의결이다."

탄핵 후

"어, 저건 꿩이잖아? 꿩이 이곳에 다 오네."

반가운 손님이 찾아오기라도 한 듯, 그는 자리에서 훌쩍 일어나 마당이 보이는 창문 앞으로 바짝 다가섰다. 탄핵안이 가결되고 나서 2주일이 지난 3월 25일 오후, 관저 응접실에서였다.

"저것 보게! 진짜 꿩이야. 어떻게 여기까지 꿩이 왔을까?"

물끄러미 꿩을 바라보던 대통령은 불현듯 생각이 난 듯 관저 부속실로 통하는 인터폰을 눌렀다.

"마당에 꿩이 왔어. 다시 찾아올 수 있도록 먹을거리를 만들어 놓아 두면 좋겠는데."

색다른 날짐승의 출현이 줄곧 담담하기만 했던 그의 표정을 일순간에 바꾸어 놓았다. 그 표정 속에는 유폐 아닌 유폐, 연금 아닌 연금으로 갇혀 버린 그의 안타까운 봄날이 고스란히 녹아 있었다.

얼마나 지났을까? 꿩이 결국 날아가 버렸는지 그는 아쉬운 표정을 지으며 자리에 돌아와서는 다시 참모들과 이야기를 나누기 시작했다. 그래도 끝내 섭섭함을 떨치지 못했는지, 그는 대화를 나누는 도중에도 몇 번씩이나 거듭하여 창문 바깥으로 시선을 돌리곤 했다. 관저에 갇혀 버린 대통령의 잃어버린 봄. 그 봄을 이루고 있는 풍경의 하나였다.

탄핵 소추안이 국회를 통과한 지 몇 시간 후, 그는 대통령으로서의 직무를 멈추어야 했다. 다음 날, 그는 몇몇 참모를 관저로 불렀다. 목소리는 나지막했다. 평소에 비해 낮게 가라앉아 있었다. 격전의 선거를 치러 놓고도 막상 개표가 시작될 즈음에는 태연한 모습으로 깊은 잠에 빠지곤 했던 특유의 낙천주의도 한풀 꺾인 듯했다. 표정은 담담했지만 왠지 모르게 어둡고 초췌한 구석을 감출 수는 없었다. 그의 상념은 결코 편안하지 않은 이 정치 역정이 시작되던 시절로 되돌아가 있었다.

"부산 초량동이 내 정치의 출발점이죠. 초량 시장을 누비며 선거 운동을 하던 모습은 지금도 눈에 선합니다."

그 상념의 끝에서 그는 지난 대통령 선거 당시 방송 찬조 연설을 해 주었던 자갈치 아줌마를 떠올려 냈다. 그는 그녀에 대한 고마움, 그보다 더한 미안함을 함께 이야기했다.

"자갈치 아줌마… 정말 그렇게 애써서 해 주셨는데… 제가 이렇게 되었군요. 부끄러울 따름입니다."

그날 그는 네팔에서 급거 귀국한 문재인 전 민정수석과 오찬을 함께했다. 탄핵 심판 대리인단을 구성하는 문제를 논의하기 위한 자리였지만, 그는 식사를 하는 도중에는 그 이야기를 꺼내지 않았다. 그것은 문재인 전 수석도 마찬가지였다. 오찬이 끝난 후 문 수석을 배웅하는 자리에서 한마디를 하는 것으로 그는 모든 주문을 대신했다.

"그렇게 쉽게 해 주려고 해도, 결국은 쉬지 못하게 하는군요."

광화문 네거리에서는 연일 '촛불의 노래'가 울려 퍼지고 있었다. 그는 북악산으로 오르는 중턱에서 촛불들의 행렬을 지켜볼 수 있었다. 하지만 그가 할 수 있는 일은 아무것도 없었다. 그렇게 그는 세상의 큰 흐름으로부터도 격리되어 있었다. 그는 촛불시위가 질서정연한 가운데 축제와도 같은 분위기로 진행된다는 이야기를 듣고는 놀라는 표정을 감추지 않았다. 그는 지난해에 한번 읽었던 《칼의 노래》(문학동네)를 다시 집어 들었다. 수많은 행사와 회의, 보고와 지시로 채워져야 할 시간을 독서와 산책, 주말 등산으로 대신했다. 비서실 참모들을 볼 기회가 생길 때마다 그는 '고건 대행 체제가 순항할 수 있도록 최선을 다해 줄 것'을 신신당부했다.

3월 21일 일요일. 대통령의 직무가 정지된 지 열흘 만에 그는 카메라 앞에 다시 섰다. 직무를 할 수는 없었지만 대통령의 모습을 궁금해하는 사람들이 많았다. 그 요청을 거절할 수는 없었다. 그는 기꺼이 촬영에 응했다. 참모들은 다양한 포즈를 주문했다. 그는 귀찮아하는 기색 하나 없이 모든 포즈를 완벽히 소화해 내었다. 저녁에는 탄핵 심판 대리인단과 저녁을 함께했다. 자신이 변호사였지만, 그 순간만큼은 의뢰인의 신분으로 정식으로 또한 정중하게 대리인단에 도움을 요청했다. 헌법재판소에 출석할 것인가 하는 문제는 대리인단의 결정에 일임하기로 했다. 그는 그렇게 하나둘씩 자신이 결정해야 할 문제들의 가닥을 잡아 나갔다. 다만 재신임 문제와 입당 문제가 나오면 말을 멈추고 곤혹스러워하곤 했다.

그의 상념은
결코 편안하지 않은
이 정치 역정이
시작되던 시점으로
되돌아가 있었다.

"봄이 하늘에서 내려오는 줄 알았더니, 땅에서 솟아오르더라!"

3월의 끄트머리, 어느 오찬 석상에서 그는 자신을 찾아온 새봄을 이렇게 표현했다. 언제부터인지 그의 화제에는 봄, 자연, 생명, 인간과 같은 낱말들이 자주 등장했다. 또 다른 벗인 책도 자주 거론되었다. 그는 드골을 이야기했고, 링컨을 이야기했고, 또 충무공 이순신을 이야기했다. 성공한 모델이든 실패한 모델이든 정치 지도자들의 삶에서 그는 여러 가지 시사를 받고 있는 듯했다. 그러는 사이에 달이 바뀌고 4월이 되었다.

식목일 행사에 참여해 달라는 비서실의 요청에 그는 기꺼이 응해 주었다. 오랜만에 모습을 나타낸 대통령 내외를 향해 우레와 같은 박수가 터졌다. 내외가 함께 잣나무 몇 그루를 심은 다음, 그는 그야말로 오랜만에 마이크를 잡았다. 덕담의 인사로 이야기가 시작되었다.

"그냥 여러분 보니까 참 좋습니다."

표정이 한결 밝아져 있었다. 특유의 멋쩍은 웃음도 되살아나고 있었다. 아무리 대통령이라도 사람은 사람들 속에 섞여서 살아야 하는 법이었다. 그 역시 예외가 아니라는 사실이 새삼스럽게 입증되는 날이었다.

"현충사를 가 보고 싶다는 생각이 들었는데, 정말 가 보고 싶어요. 그런 훌륭한 분하고 우리 처지를 비길 바는 아니지만, 왜 그럴수록 우리가 더 감동을 받는 것 아닙니까? 그런데 가 보고 싶은데 못 갑니다. 그러니까 이게 유폐 생활이죠. 유폐 생활인데, 실감이 납니다."

시간은 더디게 흐르고 있었다. 청와대의 시계는 어쩌면 3월 12일부터 멈춰 서 있는지도 모를 일이었다. 다시 일주일이 지나 직무 정지 이후 한 달째가 되던 날인 4월 11일, 그는 청와대 출입 기자들과 함께 북악산에 올랐다. 그날 그는 "춘래불사춘春來不似春"이라는 그 봄의 화두를 던졌다. 다가오는 총선이 끝나면 통합과 대화의 정치가 시작될 것이라는 전망도 했다.

"제 일생의 목표는 국민 통합입니다."

직무 정지 기간 중 그는 이 말을 유달리 많이 했다. 그는 어쩌면 정치를 시작했던 1988년 이래 일관되게 추구해 온 통합의 정치를 실현하기 위한 마지막 고비를 넘고 있는 듯했다. 탄핵 소추안이 가결되던 날 저녁, 그는 수석·보좌관들과 만찬을 함께하며 자신의 정치 역정을 잠시 회고했다.

"제 정치가 과격한가 봅니다. 이렇게 자꾸 코너에 몰리는 걸 보면…."

잠시 말을 멈추었다가 그는 많은 회한이 섞인 어조로 말을 이었다.

"정말, 무슨 운명이 이렇게 험하죠? 몇 걸음 가다가는 엎어지고…. 또 일어서서 몇 걸음 가는가 싶으면 다시 엎어지고…."

이일순 여사님께,

며칠 전 아침, TV에서 여사님을 보았습니다.
아구 내장을 다듬고 있는 모습이었습니다.
건강한 모습이었습니다. 열심히 땀 흘리는 모습이
참 좋았습니다. 가끔은 거짓말하지 않고 열심히 사는
사람들의 모습이 부럽답니다.
여사님 모습을 보면서 문득 미안한 마음이 들었습니다.
저 때문에 싫은 소리 많이 들으셨지요?
수고해 주셨는데 아무 보답도 못해 드리고
책망만 듣게 한 것 아닌가 싶어서 참으로 마음이 아픕니다.
보기에는 건강한 모습이었습니다만,
집안은 모두 평안하신지요? 또 장사는 잘되는지요?
여사님 장사도 장사려니와 이웃 사람들 장사가 잘 되어야
여사님도 마음이 편할 텐데 어떤지 걱정이 됩니다.
저는 얼마 전에 청주 재래시장에 가서 정부 정책을 설명하고
박수를 많이 받았답니다. 일반 여론의 좋은 평가를 못 받고
있어서 저를 도와주신 분들에게는 항상 미안한 마음이지만
양심에 부끄러운 일을 하지는 않습니다.
욕을 먹을까 두려워서 할 일을 피하지는 않습니다.
훗날 우리 아이들에게 좋은 일이면 당장은 불편하고
인기가 없는 일이라도 꼭 하려고 합니다.
요즈음 대학 입시 문제를 놓고 시끄럽지요?
무척 힘이 든답니다. 일부 대학과 신문이 '대학 자율'이라는
명분을 내세우니 많은 사람들이 지지를 합니다.
그러나 사실은 몇몇 잘 나간다는 대학들이 욕심을

부리는 것이고, 일부 신문이 형편 좋은 사람들 생각만
대변하는 바람에 힘이 드는 것이지요.
저도 출세라면 할 만큼 한 사람이라 저나 제 아이들의
형편으로만 본다면 일류 대학과 일부 언론의 주장대로
간다고 우리 손자들이 손해 볼 처지는 아닙니다.
그러나 세상은 많이 배우고 돈 많은 사람들 편한 대로만
가서는 안 되는 일이어서 모두가 함께 가는 길을
지켜 나가려고 하니 힘이 드는 것입니다.

하고 싶은 말이 참 많은데 다 할 수가 없네요.
답답하기는 하지만 결코 용기를 잃지는 않을 것입니다.
열심히 할 것이고요, 잘할 것입니다.
양심에 부끄러움이 없는 대통령이 될 것입니다.
가장 잘한 대통령이 될 것입니다.
끝까지 제 편 들어 주실 거지요?

마치면 고향으로 갈 겁니다.
그때 다시 찾아뵙겠습니다.
건강하세요.

2007년 7월 16일

대통령 노무현

● '자갈치 아줌마' 이일순 여사는 노무현 대통령후보를 TV찬조 연설로 도왔고, 노무현
  대통령은 이를 두고두고 고마워했다.

19

순방 외교의 현장

2004년 9월부터 12월까지 그는 지구를 거의 한 바퀴 돌았다. 공식으로 방문한 국가만 13개국에 달했다. 정상 회담의 주요 의제는 북핵이었다. 순방국의 동포들을 만난 자리에서도, 그 나라의 경제인들을 만난 자리에서도 그는 북핵 문제를 빼놓고 연설을 할 수가 없었다. 역설적으로 말하면, 무슨 주제로 연설을 풀어 나가야 할지 고민할 필요가 따로 없었다. 북핵은 모든 연설의 상수였다. 그가 북핵 문제를 언급하는 것은 그다지 기사가 되지 않았다. 북핵 문제를 언급하지 않는 것은 확실한 기사였다.

9월, 대통령은 카자흐스탄으로 향하는 전세기에서 생일 케이크를 받았다. 기자들이 준비한 선물이었다. 언론과 일정한 갈등 관계에 있던 그에게 기자들은 애증의 대상이기도 했다. 순방을 할 때마다 이륙한 비행기가 일정한 고도에 올라 안전벨트 사인이 꺼지면 참모들은 늘 기내 인사를 하자고 요청했다. 기내 인사라고 하지만 동행 탑승 인원 3분의 2 이상이 청와대 출입 기자단이었다. 그는 기내 인사가 다분히 형식적이라는 생각을 하고 있었다. 그리 내켜 하지 않았다.

그날도 참모들의 요청에 그는 침묵으로 거부의 뜻을 밝혔다. 대변인 등이 거듭 그의 인사를 청했다. 순방에 동행한 취재기자들이 대통령의 생일 케이크까지 준비해 놓고 있었다. 부속실장인 나도 다시 한 번 인사를 나가자고 청했다. 그가 자리에서 일어났다. 기자단 좌석 쪽으로 다가서자 TV 카메라가 따라붙었다. 서울공항에서의 출국 인사 때문에 해 두었던 메이크업을 채 지우지 않은 상태였다. 그는 평소에 메이크업을 싫어했다. 그 시간을 아까워했고 그 상태로 계속 있는 것도 불편해했다. 결국 그는 비행기가 이륙하면 취재기자단에 인사를 해야 할 상황이 될 수도 있음을 염두에 두었던 것이다. 그러지 않았다면 비행기에 오르자마자 곧바로 메이크업을 지워 버렸을 것이다. 그는 하늘에서 생일 축하 케이크를 받았다. 답례 인사도 했다. 반기문 외교부 장관은 축하의 말 대신 죄송스럽다는 인사를 했다.

"생신인데 순방 일정을 잡아서 죄송스럽습니다."

실제로 미안해하는 눈치가 보이자, 대통령은 상황을 한마디로 정리했다.

"이렇게 높은 곳에서 생일을 맞는 것도 아무나 겪어 볼 수 있는 일이 아닙니다."

장관의 표정이 한결 편안해지는 듯 보였다.

전세기는 서쪽을 향해 날아갔다. 비행시간은 6시간 40분이었다. 한국과의 시차는 세 시간이었다. 생일이 세 시간 더 늘어난 셈이었다. 쉰여덟 번째 생일, 카자흐스탄의 수도 아스타나에서 그는 덤으로 늘어난 시간에 축하 인사를 받았다. 나자르바예프 대통령은 신행정수도 아스타나의 랜드마크인 바이테렉 전망대에 그의 생일 축하를 겸해 만찬을 준비해 놓았다. 만찬이 끝나자 나자르바예프 대통령은 그들 일행을 수도의 중심 거리로 안내했다. 생각보다 긴 거리를 걸어야 했다. 시차와 여행의 피로가 몰려왔지만 어쩔 도리가 없었다. 밤늦게야 숙소로 돌아온 그는 일찍 잠이 들었다.

다음 순방국인 러시아에서는 크렘린 궁에 여장을 풀었다. 푸틴 대통령은 일종의 별장인 '다차'로 그를 초대했다. 서너 시간 동안 우리 측 통역만을 대동한 채 두 사람 간의 단독 대화가 이어졌다. 다차 회동은 일종의 관례였다. 러시아 등 동구권 국가 정상들이 외국 정상을 만나 친교를 다지는 행사였다. 주로 정상회담을 하루 앞두고 이루어졌다.

'유리 돌고루키Yuri Dolgoruky'라는 보드카를 건배하는 것으로 시작된 대화는 예상보다 오랜 시간 동안 계속되었다. 대통령은 약간의 취기를 느꼈다. 다섯 시간에 달하는 서울과의 시차로 극도의 피로감이 몰려오고 있었다. 그는 피곤하긴 했지만 해야 할 말은 이날 다 하는 게 좋겠다는 생각이 있었다. 그는 대화를 통해 상대를 설득할 수 있다는 자신감이 있었다. 그 자신감을 바탕으로 언제나 성의를 다해 이야기했다. 형식적이고 의례적인 이야기는 꺼렸다. 자신이 그렇듯이 상대국의 정상도 모든 것을 열어 놓고 대화에 임해 주기를 바랐다.

그날 그는 푸틴 대통령과 동북아시아의 평화 구도에 대해 허심 탄회한 이야기를 나누었다. 대통령은 에두르지 않고 직선적으로 말하는 푸틴의 스타일을 마음에 들어 했다. 러시아는 미국이나 중국, 일본에 비해 한반도 정세에 미치는 영향력이 상대적으로 떨어졌다. 하지만 북핵 문제를 풀어 갈 6자회담 당사자 가운데 하나인 만큼 이해의 폭을 넓히기 위해서도 최선을 다해야 했다.

다음 날 정상회담 후에 열린 국빈 만찬장에서는 한국의 노래들이 연주되었다. "아침 이슬"도 있었고, "선구자"도 있었다. 특히 "부산 갈매기"는 그에게 깊은 인상을 남겼다. 푸틴 대통령은 국빈 만찬이 끝난 후 대통령 내외를 안내해서 크렘린 궁 내부의 이곳저곳을 보여 주었다. 그는 정상회담을 성공적으로 평가했다. 북핵 문제의 해결을 위해서도 대한민국은 외교의 지평을 더욱 넓히고 다양화해야 했다. 한국 기업들의 광고판들이 모스크바 시내 거리를 점령하고 있었다. 짧지 않은 모스크바 일정이었지만 그는 붉은 광장의 한 귀퉁이조차 보지 못한 채 서울로 돌아와야 했다.

10월에는 인도와 베트남을 방문했다. 인도는 한국 기업들의 입장에서 볼 때 거대한 시장이었다. 러시아에 이어 인도에서도 그는 대한민국 대통령이라는 사실에 새삼 자부심을 느끼고 있었다. 현지에 진출한 기업들이 내걸어 놓은 커다란 간판들이 달라진 한국의 위상을 말해 주었다. 인도에서는 정상회담 등 각종 행사에서도 북핵 문제보다는 경제 교류에 주안점을 두었다. 정상회담을 앞두고 인도의 외교장관을 접견하는 자리가 있었다. 접견이 시작되기 전에 취재진들을 위한 포토 세션이 있었다. 인도 외교장관이 이를 두고 '포토

폴리틱스photo politics'라며 웃자, 그가 가벼운 유머로 화답했다.

"아, 한국에도 있습니다. 그게 인도에서 수입된 것인지 몰랐습니다. 지적재산권을 인정해서 보호해 드려야겠습니다."

순방에 나선 대통령은 대한민국 기업의 세일즈맨이기도 했다. 베트남 하노이에서는 ASEM 회의가 열렸다. EU 집행부와의 회담에서 그는 북핵 문제에 대한 입장을 설명했다. 그들은 한국의 대통령에게 노동정책을 물었다. 투자 여건을 파악하기 위한 것이었다. 그는 막힘없이 술술 답변을 했다.

"개인적으로 EU를 가장 진보된 형태의 정치·경제 체제로 생각하며, 이를 동북아에서 실현하는 것을 꿈으로 갖고 있습니다. EU의 성공 요인을 학문으로 분석하는 팀을 만들어서 연구할 생각입니다."

하노이는 활력이 넘치는 도시였다. ASEM 정상회의가 열리는 동안 일부 구역에서는 교통이 전면 통제되었다. 통제가 풀리면 숙소 주변에서도 베트남 사람들의 행렬을 접할 수 있었다. 오토바이의 물결이었다. 보기 드문 역동성이었다. 그들의 모습을 보면서 대통령은 확신에 찬 어조로 말했다.

"이 나라는 틀림없이 성장하고 잘되어 나갈 것이다."

그들의 모습에는 자부심이 있었다. 세계의 강대국을 상대로 한 전쟁에서 모두 승리했다는 자부심이었다. 대통령은 그 전장 가운데 하나였던 '디엔비엔푸'에 가 보고 싶다는 뜻을 밝히기도 했다. 베트남이 프랑스와의 전투에서 승리한 곳이었다. 그는 또 주변의 우려에도 불구하고 호치민 묘소를 참배했다. 한국군이 참전했던 베트남전쟁의 아픈 기억에 대해서도 유감을 표했다. 역사는 그렇게 일단락을 지어야 한다는 생각이었다.

11월에는 세 번째 순방이 있었다. 남미의 ABC, 즉 아르헨티나, 브라질, 칠레를 방문하는 일정이었다. 칠레의 산티아고에서는 APEC 정상회의가 열리는데 그곳에서 한미정상회담도 예정되어 있었다. 대통령은 이 회담을 계기로 북핵 문제 해결의 큰 계기를 만들어야 한다는 압박감을 느끼고 있었다. 미국과 북한은 핵 포기와 체제 보장 문제를 놓고 평행선을 달리고 있었다. 다람쥐 쳇바퀴 돌듯 회담은 겉돌았다. 누군가의 양보가 필요했다. 대통령이 양보를 설득할 수 있는 상대는 미국밖에 없었다. 그는 미국 내의 네오콘들을 상대로 한반도 문제의 현실을 정확하게 설명할 필요성을 느꼈다. 마침 남미를 향해 가는 도중에 LA 국제문제협의회WAC에서 연설을 하기로 예정되어 있었다. 그는 이 기회를 활용하기로 했다.

LA로 출발하기 2주일 전부터 그는 연설문을 준비하기 시작했다. 연설팀 직원들을 수시로 관저로 불러올렸다. NSC에서 작성해서 보고한 초안이 있었지만 완전히 무시했다. 그러고는 순도 100퍼센트라 할 수 있는 자신의 연설을 만들었다. 20-30분 분량의 연설이었는데 구술하는 데 걸린 시간은 대여섯 시간에 달했다. 구술을 압축하여 논리에 맞게 전개해 나가는 것이 연설팀의 과제였다. 초안이 완성된 후에도 몇 차례에 걸쳐 추가 구술과 수정이 이어졌다.

대통령은 하고 싶은 말을 가슴속에 묻어두는 성격이 아니었다.

북핵 문제에 대해서도 마찬가지였다. 그는 상대적으로 강한 나라인 미국이 먼저 양보하는 모습을 보이면 해결의 실마리가 풀릴 것으로 기대했다. 미국이 먼저 북한에 대한 적대적인 표현들을 줄이기만 해도 상호 신뢰 관계를 구축하는 데 도움이 될 것으로 보았다. APEC 회의를 계기로 열리는 한미정상회담에서 그는 이 점을 특별히 부탁하려고 했다. 마침내 LA 연설문이 완성되었다. 결코 간단한 내용은 아니었다. 동맹국인 미국의 입장에서 보면 대한민국이 북한을 다소 두둔한다는 느낌이 들어 섭섭하게 생각할 수도 있었다. 그는 '북핵 문제로 가장 큰 피해를 볼 수밖에 없는 나라가 바로 대한민국'임을 강조하면서 미국 강경파들의 이해를 이끌어 내려 했다.

출국을 앞두고 다시 연설 원고를 수정했다. 정동영 통일부 장관과 이종석 차장 등이 NSC상임위원회 차원에서 원고를 검토한 후 일부 대목에 대해 표현의 수정을 건의했다. 그는 건의 내용 대부분을 받아들였다. 그러나 몇몇 대목은 끝까지 자신의 표현을 고수했다. 원고의 수정을 요청하는 건의가 계속되었다. 대통령이 LA 현지에 도착한 후 연설을 불과 두세 시간 앞둔 시점까지도 수정 건의가 있었다. 국내에 있던 이종석 사무차장은 부속실로 전화를 걸어와 수정을 요청했다. 수행 중인 반기문 외교부 장관도 몇몇 군데 표현을 완화해 줄 것을 거듭 건의했다. 대통령은 다시 건의를 받아들였다.

이 과정에서 구체적으로 수정된 문구가 미처 보고되지 못한 부분이 있었다. 이 대목이 결국 대통령이 실제로 연설하는 과정에서 문제가 되었다. 원래의 문구를 기억하고 있던 그는 연설을 낭독하던 도중 한 대목이 이상하다는 것을 알아차렸다. 구술 당시 자신이 사용하지 않았던 표현을 발견한 것이었다. 대통령은 임기응변을 발휘했다. 자신과 참모들이 이 문제를 얼마나 민감하게 다루고 있는지를 말해 주는 대목이라고 설명을 덧붙였다.

수정에 수정을 거듭한 것이었지만 연설 내용은 국내 보수 언론과 강경보수파들에 의해 집중적인 공격을 받았다. 파장에도 불구하고 칠레에서 열린 한미정상회담은 성공적으로 마무리되었다. 부시 대통령은 대체로 대통령의 의견에 동의를 표했다. 김정일 위원장을 자극하는 표현을 사용하지 않겠다고 약속하기도 했다.

남미 순방국 가운데 하나인 브라질. 확대 정상회담 당시 룰라 대통령은 브라질 측 각료들이 자유롭게 발언할 수 있도록 적극적으로 배려하고 있었다. 대통령은 깊은 인상을 받았다. 이야기가 잘 통하는 사람이라는 느낌이었다. 그는 룰라 대통령의 환대에 감사의 뜻을 표하면서 "선물을 많이 받아 비행기가 뜰 수 있을지 걱정"이라는 말로 회담의 성과를 표현했다. 그날 저녁 만찬 석상에서 두 사람은 친근하게 대화를 나누었다. 룰라 대통령이 먼저 그에게 "임기가 끝나면 편안한 마음으로 브라질 관광을 오라"고 말을 건네 왔다. 그는 "룰라 대통령의 초청으로 오고 싶다"는 말로 화답했다. 룰라 대통령의 재선에 대한 희망과 기대를 에둘러 밝힌 것이었다. 그날 두 정상은 정치인으로서, 또 국정 운영의 최고 책임자로서 공통적으로 겪을 수밖에 없는 애환들을 허심탄회하게 주고받았다. 대통령은 숙소로 돌아오자마자 룰라 대통령의 이야기를 듣는 동안 "가슴이 찡해 왔다"며 남다른 느낌을 토로했다.

귀국한 지 5일 만에 대통령은 다시 라오스를 거쳐 유럽 순방길에 올랐다. 11월 말이었다. 이번 순방의 핵심은 영국 블레어 총리와의 회담이었다. 영국을 방문한 대통령은 극진한 환대를 받았다. 영

국 국빈 방문은 김대중 정부 때부터 추진된 일이었는데, 막상 대접
은 자신이 받게 되었다는 사실에 대통령은 미안한 기색을 감추지 않
았다. 그는 블레어 총리와 밀도 있는 대화를 나누었다. 블레어 총리
가 부시 대통령과 말이 통하는 사람이라는 것을 의식하고 있었다.
블레어를 설득하는 데 성공한다면 블레어가 부시를 설득할 수도 있
다는 판단이었다.

"물론, 북한의 주장은 정당하지도 않고 합리적이지도 않습니다.
그러나 세계 역사에서 분쟁이 해결된 많은 사례들을 보면 합리적이
고 정당한 주장에만 응답해서 해결된 것은 아니라는 것을 알 수 있
습니다. 오히려 합리적이고 정당하지 않은 주장을 하더라도 그것을
현실로 인정하고 대화하고 타협함으로써 분쟁을 막게 되고 역사적
인 전기를 만들었던 것입니다. 정당성, 합리성을 추구할 것이 아니
라 현실적인 해결 방법을 찾기 위해 부시 대통령이 유연하게 접근해
야 한다고 생각합니다."

"부도덕하고 불합리한 정권을 언제까지 두어야 하느냐에 대한
대답은, 중국과 베트남도 변화했으며 북한도 변화시키면 된다는 것
입니다. 작년 한 해 남한에서 1만6천 명이 북한을 방문했습니다. 경
제 교역 규모는 7억 달러를 넘었습니다. 금강산 관광은 활발하게 진
행되고 있으며 철도와 도로 연결이 순조롭게 진행되고 있습니다. 더
욱 중요한 것은 개성공단인데 이는 휴전선 북부 24킬로미터 지역에
건설되고 있으며 2년 안에 330헥타르, 10년 안에 3,300헥타르가
될 것입니다. 한국이 그곳에 공장을 건설하고 북한의 노동자들이 그
곳에서 일하게 됩니다."

"봉쇄를 생각할 수도 있을 것입니다. 하지만 봉쇄는 효력이 거의 없을 것입니다. 왜냐하면 북한은 이미 폐쇄경제이기 때문입니다. 봉쇄는 오직 북한의 개혁과 개방을 방해하는 효과만 있을 것이며, 북한을 붕괴시킬 수는 없을 것입니다. 유감스럽게도 남한과 중국은 북한의 붕괴를 방지하기 위하여 쌀, 에너지, 전력 등을 지원해야 하는 모순된 상황에 빠지게 됩니다."

하고 싶은 말을 설득력 있게 다 한 그는 블레어 총리와의 회담에 최고의 만족감을 표했다. 부시 대통령은 어쩌면 친구인 블레어 총리가 대한민국의 대통령을 설득해 줄 것으로 기대할 수도 있었다. 결과는 반대였다. 대통령은 이제 블레어 총리가 부시 대통령을 설득해야 할 차례라고 생각했다.

20

자이툰 부대 방문

12월 초, 대통령은 2004년 후반기에 있었던 기나긴 순방 여정을 마무리하는 단계에 와 있었다. 9월부터 시작된 해외 순방은 사실상 지구를 한 바퀴 도는 일정이었다. 그동안 방문한 나라만 해도 11개국에 달했다. 프랑스 파리의 영빈관에서 저녁 식사를 마친 대통령은 이라크 아르빌 방문을 준비하고 있었다.

그는 쿠웨이트와 이라크 정부에 보내는 서한에 서명했다. 이라크 방문은 대통령의 안전 문제를 고려하여 극비리에 추진되어 온 계획이었다. 프랑스 방문 일정을 마치는 대로 그가 탑승한 전세기는 곧바로 쿠웨이트로 향하게 되어 있었다. 비행기가 그곳 공항에서 머무는 동안 그와 소수의 일행은 군 수송기를 타고 이라크 아르빌로 날아가 한국군 파병 부대인 자이툰을 위로·격려할 예정이었다. 일정이 임박한 만큼 필요한 최소한의 외교적 절차를 밟아야 했다. 암호명 '동방계획'이 막 실행 단계에 접어든 것이었다.

"차질 없이 준비하겠습니다."

권진호 안보보좌관은 대통령이 서명한 서한을 돌려받은 다음, 인사를 마치고 방을 나갔다. 권양숙 여사가 궁금한 표정으로 나에게 물었다.

"무슨 일이 있습니까? 무슨 계획이지요?"

머뭇거리던 내가 대통령의 눈치를 살피다가 대답했다.

"아, 예. 프랑스 방문이 끝나는 대로 귀국하는 도중에 이라크 자이툰 부대를 격려 방문하실 예정입니다."

여사님이 놀란 표정을 짓는다. 그런 계획을 했다는 것도 놀라웠지만 그런 계획이 자신도 모르는 사이에 실행 단계까지 와 있다는 사실에 더욱 놀라는 모습이었다. 당황해하는 여사님의 표정을 보자 곤혹스러웠다. 나는 대통령의 눈치를 살폈다. 그는 시선을 다른 곳으로 돌리며 혼잣말처럼 중얼거렸다.

"괜히 걱정하게, 그런 이야기를 뭘 하러…."

여사님의 질문에 거짓말로 대답할 수도, 그렇다고 모른다고 할 수도 없는 일이었다. 부속실의 다른 직원들도 당황하기는 마찬가지였다. 보안이 특별히 강조된 일정이라 순방을 함께 수행한 직원들 중에서도 일부만이 '동방계획'을 공유해 왔다. 나는 서둘러 자리를 피하는 게 상책이라는 판단을 했다.

"마지막 점검 회의가 곧 열리게 되어 있어서, 가 봐야겠습니다."

대통령이 고개를 끄덕이는 것을 확인하자마자 나는 자리를 떴다. 여사님의 표정에서 우려와 걱정이 진하게 묻어 나오고 있었다.

20여 일 전인 11월 13일, 남미 순방을 위해 출국한 대통령 일행은 중간에 미국 LA를 들렀다. 그곳에선 동포 간담회가 열렸다. 대통령은 특유의 입담으로 많은 이야기를 했다.

"대통령이 왜 힘이 없냐고 하는데, 대통령은 힘을 좀 빼야 한다고 저는 생각합니다. 그러나 무법자들의 힘을 좀 빼고 정정당당히 경쟁하지 않고 반칙하는 일을 뿌리 뽑는 것은 강력히 하겠습니다. 앞으로도 모두가 법으로 보호받고 함께 만든 규범을 존중하면서 공정하게 경쟁하는 사회 문화를 만드는 데 집중할 것입니다. 감사합니다."

연설이 끝나자 행사에 참석한 교민 몇 사람이 대통령에게 여러 가지 질문을 했다. 그 가운데 하나, 이런 질문도 있었다.

"대통령께서 직접 이라크에 파병된 자이툰 부대를 위문할 생각은 없으십니까?"

대통령은 교민들의 질문에 비교적 소상하게 답변을 했다. 하지만 이 질문에 대해서만큼은 구체적인 대답을 하지 않았다. 질문 자체를 잊은 것인지, 의도적으로 답변하지 않은 것인지는 알 수 없었다. 질문에 대한 답변을 회피하는 일이 거의 없는 대통령이었다. 어쨌든 그런 가운데 대통령의 답변은 끝났고, 행사는 마무리되었다. 그런 질문이 있었다고 특별히 기억하는 사람도 없는 듯 보였다.

얼마 후 그 이야기를 다시 꺼낸 것은 남미 순방을 마치고 돌아온 대통령 자신이었다. 귀국한 지 며칠 지나지 않아 다시 유럽 순방을 떠나야 하는 상황이었다. 강행군이었다. 그는 부속실장인 나를 불러 NSC에 지시를 내릴 수 있도록 준비하라고 했다. 유럽을 방문하는 계기에 이라크에 주둔하고 있는 파병 부대를 위문하겠다는 것이었다. 일정은 유럽 순방이 끝나는 시점으로 결정되었다. 참모들은 긴장했다. 보안이 제대로 지켜질 수 있을지에 대한 우려가 가장 컸다. 그는 개의치 않았다.

"보안이 깨지면 깨지는 대로 가야지요."

12월 초, 폴란드를 거쳐 프랑스에 도착한 대통령은 이라크 아르빌 방문을 본격적으로 준비했다. 예정된 아르빌 방문 시간에 맞추기 위해 프랑스에서의 일정이 반나절 연장되었다. 일정 변경에도 불구하고 기자들이나 수행원들은 이상한 기미를 눈치 채지 못했다. 늘어난 체류 시간을 활용하여 대통령 내외는 퐁피두센터를 방문했다. 늦은 저녁, 마침내 대통령이 탑승한 전세기는 파리의 드골 공항을 이륙했다. 비행기가 안정 고도에 진입하자마자 그가 직접 기자들 앞에 나섰다.

"여러분, 라오스에서 파리까지 정말 수고가 많았습니다. 참 힘들 었지요? 여러분 보기에는 어떤가요? 잘 된 것 같은가요? 표정으로 읽을게요. 그냥 최선을 다했다, 크게 차질은 없었던 것 같다, 생각했 던 것만큼은 했다고 자평하고 싶습니다. 서울로 돌아가는 일만 남 았는데… (잠깐 포즈를 취한 뒤) 여러분한테 좀 이렇게 미안한, 양해의 말씀을 하나 구하고 싶습니다. 뭐라고 하지? (약간 주저하면서) 양해 를 구하고 싶습니다.

이 비행기가 서울로 바로 못 갑니다. 쿠웨이트에 들러서 여러분 들이 쿠웨이트에서 좀 지체해 주시고, 저는 그동안에 여러분 중 몇 분과 아르빌을 다녀와야겠습니다. 그동안 공개하지 않고 여러 분한 테 협력을 구해 비공개 리에 부대 배치가 완전히 끝났습니다. 그래 서 장병들이 안착했기 때문에 연말을 기해 아무래도 제가 가서 한 번 위로하고 격려하는 것이 도리라고 생각했습니다. 또 기왕에 파병 을 해서 우리 장병들이 수고를 하는데 그리하는 게 도움이 될 것 같 아 다녀오기로 했습니다. 쿠웨이트에 도착해서 우리 군용기로 갈아 타고 새벽에 아르빌에 도착합니다. 장병들과 아침을 같이 먹을 수 있습니다. 간단하게 장병들을 격려하는 프로그램을 하고 다시 여러 분과 합류해 [서울로] 갑니다. 8일 도착한다고 기사들을 썼을 텐데… (웃음) 그 오보는 국민이 다 양해하고 받아 주시지 않겠습니까? 빨리 송고하고 싶으실 텐데 좀 힘들더라도 아르빌에서 돌아올 때까지 도 와주십시오. 그렇게 하는 게 좋겠지요. 자세한 것은 국가안보보좌관 이 설명해 주시구요. 잘 부탁합니다."

전세기는 12월 8일 새벽에 쿠웨이트의 무바라크 공항에 착륙했 다. 사막 지대라 더운 날씨일 것으로 예상했지만 생각보다는 건조했

"이 비행기가 서울로
바로 못 갑니다.
여러분들이 쿠웨이트에서
좀 지체해 주시고, 저는 그동안에
여러분 중 몇 분과 아르빌을
다녀와야겠습니다."

다. 대통령과 수행원, 그리고 풀 기자들이 군용기로 옮겨 탔다. 새벽 5시에 이륙한 군용기는 830킬로미터를 2시간 20분 동안 날아 아르빌 공항에 도착했다. 지급된 방탄조끼를 입으면서 수행원들의 분위기도 긴장으로 바뀌었다. 공항에서 다시 차량 편으로 20분을 달렸다. 자이툰 부대에 도착한 시각은 아침 7시 15분. 대통령은 장병들과 함께 아침 식사를 했다. 파병 결정과 관련하여 큰 부담과 불편이 그동안 대통령의 마음을 짓눌러온 것이 사실이었다. 그 부담을 덜어내려는 듯 그는 장병들에게 힘차게 이야기했다.

"처음에 파병할 때 고심을 많이 했다. 명분 또 국익, 그 다음에 안전…. 다 각기 기준이 달라서 논란은 많이 있었지만, 어떻든 안전이라는 측면이 누구도 이의를 제기할 수 없는 공통의 관심사여서 걱정 많이 했다. 여러분의 선배들이 내게 자신을 갖게 해 준 말이 있다. '우리 군이 가서 위험에 처하는 경우는 주민들로부터 불신을 받을 때이고, 친근하게 결합했을 때는 성공할 수 있다. 그런데 우리 군은 그런 점에서 한 번도 실패한 적이 없다. 세계 어느 나라 군대보다도 잘 한다. 어디 가더라도 한국군은 스스로의 안전을 지키면서 임무를 120퍼센트 150퍼센트 수행할 것이다. 믿고 결단을 내려 달라'고 조언하더라. 해외 파병 다녀온 지휘관들이 그랬다. 나도 그걸 믿었다. 실적이 있었으니까. 오늘 와서 보니 또 한 번 우리 군의 능력이 증명되는 것 같다. 현장을 보면서도 느낌이 있고 사단장 보고와 영상 보고를 보면서 받은 느낌이 있다. 이 자리에서 여러분과 짧은 대화를 나누다 보니 정말 실감이 나고 확신을 갖게 됐다. 여러분, 참 장하다. 여러분이 계속 보람을 갖고 꼭 성공해 달라."

자이툰 방문을 마친 대통령 일행은 쿠웨이트 무바라크 공항으로 돌아온 후 기자들의 기사 송고를 위해 한 시간 더 그곳에 머물렀다. 이 행사를 끝으로 그는 라오스와 유럽 3개국 순방 일정을 마무리하고 귀국길에 올랐다. 서울공항에 도착한 것이 12월 9일 새벽 4시 40분. 귀국해 보니 여론이 바뀌어 있었다. 대통령에 대한 칭찬이 여기저기서 쏟아져 나왔다. 보수 언론까지도 칭찬 일색이었다. 더불어 대통령에 대한 지지도도 급상승했다. 그를 만나는 사람들은 모두 이구동성으로 '감동'을 이야기했다. 그는 멋쩍은 반응을 보였다.

"나는 그렇게까지 기대를 한 것이 아니었는데…."

21

2004년

겨울

대통령의 위기

2004년의 마지막 해외 순방은 1박 2일로 일본을 다녀오는 짧은 일정이었다. NSC의 이종석 차장 등이 지속적으로 추진해 온 한일 셔틀 외교의 일환이었다. 이번에는 도쿄가 아니라 가고시마의 이부츠키라는 작은 마을이었다. 고이즈미 일본 총리의 고향이었다. 정상회담 장소를 놓고 적지 않은 논란이 있었다. 정한론征韓論의 발상지라는 것이었다. 우여곡절 끝에 장소는 그대로 확정되었다.

일본 방문은 민항 전세기가 아닌, 대통령 전용기를 이용했다. 공군1호기로 불리는 비행기인데 낡은 기종이었다. 대통령 전용 공간을 제외한 나머지 공간에 40여 명 정도의 수행원들이 탑승할 수 있었다. 좌석 구분은 거의 없었다. 앞쪽 두 열 정도의 좌석이 비즈니스 석처럼 널찍한 편이었다. 국내의 남쪽 지역에 행사가 있을 때는 이 전용기를 주로 이용했다. 중부권에서 행사가 있을 때에는 승용차로 이동하는 경우도 있었지만, 대통령은 KTX를 주로 이용했다.

12월 17일, 대통령과 권양숙 여사는 낮 12시에 관저를 나섰다. 가까운 나라여서 출발 시간에도 여유가 있었다. 고이즈미 총리가 독신이긴 했지만, 대통령은 권 여사와 동행했다. 서울공항으로 이동한 일행은 공군1호기에 탑승했다. 비행기 앞쪽의 대통령 전용 공간까지 수행을 한 문용욱 수행비서는 지시가 있을 것에 대비해 잠시 대기했다. 그는 별도의 지시를 하지 않았다. 공군1호기는 곧 일본을 향해 이륙했다.

수행원 좌석으로 온 문용욱이 자리를 잡고 안전벨트를 맸다. 미리 탑승해서 기다리고 있던 내가 고개를 갸우뚱하며 말을 걸었다.

"아무래도 말씀하시는 모습이 이상하지 않아? 하룻밤 사이에 말투가 어눌해지셨어."

"글쎄요, 좀 이상하시지요. 그렇게 느꼈나요?"

부속실 직원들은 대통령의 말투가 평소와 다르다는 점을 감지하고 있었다. 출국을 앞두고 관저에서 대통령을 볼 때부터 이상 징후가 느껴졌다. 처음에는 발음이 약간 불분명하다는 정도였다. 그런데 보고와 지시를 주고받는 과정에서 말을 하는 속도가 상당히 느리다는 것을 확인했다. 문용욱은 수면 부족 때문이 아닐까 생각했다. 부속실은 최근 계속된 해외 순방 일정으로 대통령의 피로가 극에 달한 것으로 판단했다. 일본 방문을 마치는 대로 며칠간 휴식 일정을 잡기로 했다.

다행히 다른 큰 이상은 없어 보였다. 걷는 모습도 지극히 정상이었고, 지시하는 내용에도 조리가 있었으며, 기억력도 평소와 같이 정확했다. 부속실이 대통령의 상태를 너무 예민하게 보는 게 아닌가 하는 의구심도 들었다. 다른 참모들 중에는 대통령의 모습이 특별히 이상하다고 느끼는 사람이 없었기 때문이다. 아무튼 긴장의 끈을 조일 수밖에 없었다. 공군1호기는 이미 서울공항을 이륙한 상태였다. 만일 일본에서 비상 상황이 발생한다면 어떠한 대응책도 국내보다 나을 수는 없을 것이었다. 나는 의무실장을 가까운 곳으로 불러 의견을 물었다. 의무실장의 느낌도 동일했다. 이상 징후를 느끼고 있었다. 같은 느낌을 확인하자 모두 심각한 표정이 되었다. 우선 일본에 도착한 이후에도 대통령의 어눌한 말투가 계속되는지 주의 깊게 관찰하기로 했다.

전용기는 천천히 일본 가고시마를 향해 날아갔다. 고이즈미 총리가 공항에서 영접했다. 대통령 내외와 고이즈미 총리는 회담 장소인 이부츠키로 가기 위해 일본 측이 마련한 헬기에 나누어 탑승했다. 이부츠키에 내린 후에는 다시 승용차 편으로 이동하여 숙소인 하쿠수이칸白水館에 도착했다. 오후 3시였다. 30분 후면 한일정상회담이 열리게 되어 있었다. 대통령과 부속실 직원들은 회담 준비를 시작했다. 세 사람의 기대와는 달리 대통령의 말은 여전히 어눌했다.

문용욱은 혹시 하는 생각에 아침의 상황을 권 여사에게 물어 보았다. 권 여사 역시 대통령의 발음이 이상하다는 사실을 감지하고 있었다. 이상 징후가 하나 더 있었다. 관저에서 출국 준비를 하려고 바지를 갈아입던 대통령이 갑자기 어지럼증을 느끼면서 휘청했다는 것이었다. 심상치 않았다.

양·한방 주치의, 경호실장, 의무실장, 부속실장, 수행비서가 한 자리에 모여 일련의 상황을 정리했다. 주치의가 조심스럽게 '뇌경색' 가능성을 언급했다. 관계자들의 얼굴이 새파래졌다. 예사롭지 않은 일이었지만 코앞에 닥친 정상회담을 취소할 수는 없었다. 주치의는 일단 직원들을 안심시키면서 대통령의 상태를 주의 깊게 관찰할 것을 주문했다.

이부츠키는 평온한 마을이었다. 깔끔한 풍광이 인상적이었다. 평온한 풍광을 지켜보는 부속실 직원들의 마음은 결코 평온하지 않았다. 당장이라도 모든 일정을 취소하고 귀국해야 한다는 생각이 그들의 머릿속을 맴돌고 있었다. 정상회담이 시작되기 직전, 나는 대통령에게 물었다.

"대통령님, 말투가 이상하십니다. 조금 어눌하게 들립니다."
그는 기다렸다는 듯이 고개를 끄덕였다.
"그래, 그렇지. 안 그래도 나도 이상하다고 생각하고 있어."

이상이 생긴 것은 확실했다. 피로 누적으로 인한 일시적 현상인지, 아니면 심각한 큰 문제인지에 대한 판단이 남았을 뿐이었다. 부속실 직원들은 회담장인 지하 1층 겐사이 룸 주변을 맴돌면서 문틈으로 들려오는 대통령의 목소리를 수시로 점검했다. 다행스럽게도 일본 측 회담 참석자들은 물론, 우리 측 참석자들도 대통령의 말투에서 이상 징후를 느끼지 못하고 있었다. 경호실도 바짝 긴장하기는 마찬가지였다. 모두들 무사히 정상회담이 끝나기만을 바라고 있었다. 대통령의 말투는 여전히 어눌했지만 의사를 전달하는 데에는 아무런 문제가 없었다. 논리도 정연했다. 기억력과 논리가 분명한 것을 확인하면서 부속실은 과로로 인한 사소한 이상에 그쳤으면 좋겠다는 희망을 키웠다. 손이 땀으로 흥건히 젖는 가운데 두어 시간이 지나갔고, 마침내 정상회담은 끝이 났다.

끝은 아니었다. 일정은 계속되었다. 쉴 틈이 없었다. 장소를 이동하여 한·일 두 정상의 공동 기자회견이 열렸다. 그의 말투는 여전히 느렸고 발음은 불분명했다. 그 점만은 확실했다. 하지만 한국에서 함께 날아온 청와대 출입 기자들 역시 그의 말투에서 이상을 발견하지 못하고 있었다. 그는 기자회견 일정도 완벽하게 마무리했다. 그는 회견에서 고이즈미 총리가 메구미 유골 문제와 관련하여 일본 국민을 설득하려 노력한 점을 높이 평가한다고 언급했다. 기자회견이 끝나고 다시 지하 1층에서 만찬이 예정되어 있었다. 그사이 10여 분 남짓 시간 여유가 있었다. 숙소로 올라가 쉬기에는 짧은 시간이었다. 대통령은 지하 1층의 다른 방에서 대기하다가 만찬에 참석하기로 했다. 잠시 휴식을 취하는 동안 내가 대통령에게 물었다.

"괜찮으신 건가요?"

그는 담배를 피워 물었다. 피곤한 모습이었다.

"음. 괘앤찮다."

그러면서 나에게 미소를 지어 보였다.

"심상치 않아 보입니다. 힘들진 않으신가요?"

"힘들지는 않다. 발음이 뜻대로 되지 않아서 그렇지…."

그는 다시 담배를 길게 한 모금 내뱉었다.

"그냥 서울로 돌아가시는 게 어떻겠습니까? 아무래도 불안합니다."

나는 경호실장 및 양·한방 주치의들과 상의한 내용을 보고했다. 만일의 상황에 대비해서 가고시마 공항에 있는 공군1호기도 비상 대기시켜 놓았고, 또 가고시마 공항까지 가는 자동차 편도 확보해 두었다는 내용이었다. 문제는 판단이었다. 나는 대통령 스스로가 몸 상태를 가장 잘 알고 있을 것으로 생각했다.

"괜찮다. 버틸 수 있다."

그의 두 눈은 또렷해 보이지 않았다. 피로 탓인지 초점도 분명치 않아 보였다. 거기에 어눌한 말투가 겹치자 내 눈에는 대통령이 그 냥 앉아 있는 것조차 힘겨워하는 것으로 보였다. 순간 눈시울이 뜨 거워졌다.

"대통령님. 안 되겠습니다. 만찬을 마치고 나서 그냥 귀국하는 것으로 하시지요. 이러다가 일이 생기면 안 됩니다."

그는 담배를 두어 모금 더 피우더니 다시 새로운 담배에 불을 붙 였다.

"괜찮다. 내가 지금 귀국한다 하면 사람들이 또 얼마나 걱정을 하겠노? 그냥 가자."

더 이상 말을 잇지 못한 채, 나는 담배를 피우는 그의 모습을 물 끄러미 바라볼 수밖에 없었다. 그러는 사이에 10분이라는 시간이 흘렀다. 다시 만찬장으로 이동해야 했다. 부속실 직원들은 초조함을 감추지 못했다. 그렇게 힘겨운 모습으로 과연 하루를 무사하게 끝낼 수 있을지 걱정스러웠다. 대통령이 초인적인 힘을 발휘해 주기를 기대하는 수밖에 없었다. 경호실장은 비상 상황에 대비해 최단 시간 내에 서울에 도착할 수 있도록 만반의 준비와 점검을 거듭하고 있었다. 두 시간 여에 걸쳐 진행된 만찬은 무사히 끝났다. 주치의들과 경호실장, 부속실 직원들은 가슴을 쓸어내렸다.

관계자들 모두가 대통령 내외의 숙소에 모였다. 일본식 방으로 다다미가 깔려 있는 꽤 널찍한 방이었다. 양·한방 주치의가 대통령을 검진했다. 눈과 입, 귀 등을 면밀하게 살펴보았다. 두 팔을 양쪽으로 뻗고 다다미 위를 10미터 이상 똑바로 걸어 보라는 주문도 있었다. 그는 실수 없이 모든 주문을 소화하고 실행했다. 어느덧 어눌한 말투도 정상으로 회복되어 갔다. 주치의를 비롯한 직원들의 얼굴에서 긴장이 풀리고 있었다. 주치의는 의심하고 있는 증세를 대통령에게 직접 이야기하지 않았다.

"오늘 밤 푹 주무시는 게 중요합니다."
"아, 네. 알겠습니다."

그도 긴장하고 있었는지 대답에 새삼스럽게 힘이 들어가 있었다. 주치의는 방을 나서기 전에 대통령을 바라보며 한마디를 덧붙였다.

"앞으로 담배는 반드시 끊으셔야 합니다."

긴 밤이 지나고 아침이 밝았다. 그날 일정은 오전에 고이즈미 총리와 차를 마시며 작별 환담을 나눈 뒤, 오후에 '심수관 도요'를 방문하고 귀국하는 것이었다. 부속실은 아침 식사를 하기 전에 그의 숙소에 들러 상황을 살펴보았다. 대통령은 지난밤에 비해 한결 나아진 모습이었다. 어눌한 말투가 약간 남아 있었지만 모든 것이 원상으로 회복되고 있었다. 주치의는 대통령을 다시 진찰한 후 예정대로 일정을 소화해도 좋겠다는 의견을 냈다. 주치의가 방을 나서자 그는 기다렸다는 듯이 나에게 몇 가지 이야기를 하면서 기록할 것을 주문했다.

"이제 6자회담의 공은 북한으로 넘어갔다. 우리는 성의를 다해 미국과 일본에 설명했다."

2004년 후반의 기나긴 순방 일정. 강행군으로 몸은 피폐해져 있었지만, 그는 순방의 끝에서 홀가분한 기분을 느끼고 있었다. 현안인 북핵 문제의 해결을 위해서 자신이 할 수 있는 일을 다 했다는 일종의 만족감이었다. 그의 관심은 이제 다른 곳으로 넘어가고 있었다.

"이제 북핵 문제는 북한의 태도를 기다리면 되고, 새해 연초부터는 경제 문제를 챙겨야 되겠다. 빈부 격차, 양극화 문제를 챙겨야 한다."

반기문 외교부 장관이 지난밤 열린 한일 외교장관 회담의 결과를 보고하러 왔을 때도 그는 같은 맥락의 이야기를 되풀이했다.

그날 오후 그는 서울공항에 안착했다. 다시 이틀 후인 12월 20일 늦은 저녁 시간. 대통령 내외는 외부에서 열린 '사랑의 열매' 음악회에 참석했다. 행사가 끝나기를 기다려 그는 서울대병원을 찾아가 검진을 받았다. 수행한 부속실 직원들은 초조하게 결과를 기다렸다. 오후 9시 25분부터 10시 45분까지 오랜 시간 동안 검진이 이어졌다.

결과는 그 자리에서 바로 나왔다. 뇌경색의 흔적이 뇌 한가운데에 남아 있었다. 큰일이 났을 수도 있는 상황이었다. 위기가 대통령을 가까스로 비켜 간 것이었다. 며칠 후 그는 열린우리당 지도부를 초청하여 만찬을 함께하는 자리에서 자신에게 닥쳤던 위기를 은유적으로 표현했다.

"주치의 명령에 의해 집에 갇혀 있습니다. 선거운동을 지독하게 해 보았지만, 이번처럼은…. 대통령이 젊어야겠습니다."

주치의는 대통령에게 금연을 강권했다. 그가 거부할 수 있는 상황이 아니었다. 그동안 그는 여러 차례 금연에 도전했었다. 해수부 장관을 그만둔 후에는 금연 패치까지 동원하면서 시도하기도 했다. 모두 다 실패로 끝났다. 부속실은 이 시점에 대통령의 금연이 과연 가능할지에 대해 회의적이었다. 하루하루가 고뇌와 결단의 연속이었다. 국민으로부터 수임받은 권력의 책임감이 어깨를 짓누르는 나날이었다. 그런 상황에서 금연은 그의 유일한 탈출구를 봉쇄하는 것이나 마찬가지라는 생각이었다. 그러나 뇌경색의 위험은 엄연한 현실이었다.

금연을 하던 중 그는 습관적으로 본관 소집무실의 소파 옆 서랍에 있던 담배를 찾곤 했다. 더 이상 그곳에는 담배가 없었다. 한참 후 어느 날, 홍보수석으로부터 보고를 받던 그는 무심결에 그 서랍을 열어 보더니 혼잣말로 탄식을 하며 말하기도 했다.

"아, 맞아. 이게 아니라 내가 담배를 끊었었지."

22

눈꺼풀 수술과
단축된 휴가

애초부터 설 연휴를 제주에서 보내겠다는 생각 자체가 무리였는지도 모를 일이었다. 대통령은 그다지 내키지 않는 발길을 제주도로 돌렸다. 아내 권양숙 여사와 두 주치의, 그리고 부속실 직원들이 동행한 단출한 여행이었다. 어떤 행사도 예정되어 있지 않았다. 순수하게 휴식을 위한 것이었다. 그저 따뜻한 남쪽 섬에서 잠시 시름을 잊은 채 국정 운영의 책임감으로 잔뜩 오그라든 어깨를 펴고 라운딩도 하면서 즐기다 오면 될 일이었다.

주위 사람들이 걱정하듯이 대통령은 어쩌면 중증의 일 중독자일 수도 있었다. 무엇이든 지나치면 역효과가 나게 되고 효율이 떨어지게 된다. 그런 상황은 본인만 모를 뿐, 주위 모든 사람은 알고 있다.

대통령 자신도 어쩌면 그런 단계에 와 있을지도 모른다는 걱정을 하고 있을 법했다. 어쨌든 그렇게 던져 버리고 온 대통령직의 무거운 짐이었고, 탈출해서 벗어난 서울이었다.

그러나 제주의 바람은 그를 따뜻하게 맞아주지 않았다. 바람은 매서웠다. 한기는 느껴지지 않았지만 제법 드센 바람이었다. 공군 1호기의 트랩에서 내리는 순간 강한 바람이 대통령의 얼굴을 때리고 지나갔다. 그는 멈칫했다. 발걸음이 앞으로 나아가지 않았다. 관저를 나설 때부터도 내키지 않던 걸음이 여전히 곳곳에서 멈칫거리고 있었다. 그는 선글라스를 고쳐 쓴 다음 멀리 한라산 정상을 보았다. 날이 맑아서 산 정상이 그대로 보였다. 바로 앞에는 BMW760 방탄차가 그를 기다리고 있었다. 바람이 그를 차 안으로 내몰았다. 방탄차는 중문을 향해 달렸다. 눈꺼풀이 무겁게 내려앉고 있었다. 그는 창밖을 외면했다.

대통령은 며칠 전 눈꺼풀 수술을 했다. 상안검하수증이었다. 위쪽 눈꺼풀이 밀려 내려와 자꾸 눈을 덮었다. 3일간 설 공휴일이 마침 한 주의 정중앙에 자리를 잡으면서 앞뒤의 휴일까지 포함하면 비교적 긴 설 연휴가 생겼다. 그 기회를 이용해 수술을 받기로 했다. 그때가 아니면 또 달리 치료할 시간도 없을 듯했다. 그가 공식 석상에 나타나지 않는 시간이 1주일 이상 계속되기는 어려웠다. 대통령에게는 이틀이 멀다 하고 공식 일정이 두세 건씩 있었다. 외국의 정상이나 장관들이 방문해 회담을 하는 일, 새로 부임한 대사에게 신임장을 제정하는 일, 새롭게 임명한 장차관과 청와대 참모들에게 임명장을 주는 일, 그 밖에도 기본적으로 만나야 할 외빈들이 적지 않았다.

그것은 의례적인 일들이었다. 그 밖에도 각종 공식 회의가 있었다.

국무회의도 있었고 청와대 내부의 수석보좌관 회의도 있었다. 각종 위원회 회의는 대부분 공개적으로 열렸다. 물론 외부 행사에 참석할 일도 있었다. 이 모든 공개 행사에는 TV 카메라와 스틸 카메라, 그리고 볼펜 기자로 구성된 풀 기자단이 따라다녔다. 그의 한 마디 한 마디를 그들이 받아 적고 촬영했다. 대통령이 눈꺼풀 수술을 했다고 해서 그런 공식적인 일정에 불참할 수는 없는 노릇이었다.

그렇다고 퉁퉁 부은 눈을 카메라 앞에 노출해 국민들에게 보이는 것도 도리가 아니었다. 선글라스를 낀 채로 행사에 참석하는 것은 더더욱 안 될 일이었다. 긴 설 연휴가 구세주인 셈이었다. 그 기간 동안에는 특별한 공식 일정이 없었다. 수술한 다음 날에는 부시 미국 대통령과의 통화가 예정되어 있었는데 그것이 공식 일정이라면 공식 일정이었다. 다행히 TV로 화면이 나가는 일정은 아니었다. 그것은 자료 화면으로 대체될 것이었다.

5일 아침, 전화 통화를 진행하기 위해 실무진들이 올라왔다. 부속실이 사전에 이야기를 해서 준비 인원을 최소화했다. 의전비서관실의 행정관이 혼자 올라와 전화 시스템을 설치했다. 전화 통화를 준비하는 일은 생각보다는 간단치 않았다. 대통령이 사용할 전화기에 통역자가 사용할 전화를 연결하고, 거기에 다시 최초로 전화 연결을 할 실무진의 전화를 연결해야 했다. 이 시스템은 관저의 응접실에 설치되었다.

통화를 하기 전에 이루어지는 사전 보고에는 안보보좌관을 비롯해 외교보좌관 등이 참석하는데, 그날은 이종석 사무차장만이 관저로 올라왔다. 부속실 직원들을 제외하면 이종석 차장 등 청와대 직원 세 사람이 행사를 준비한 셈이었다. 그들은 수술 후 부기가 오를

대로 올라있는 대통령의 눈을 보고 깜짝 놀라는 기색이었다. 전화
통화에서 그는 제2기 부시 행정부의 정식 출범을 축하했다. 통화가
끝나고 나서 실무진이 철수한 뒤 그는 이종석 차장과 잠시 환담을
나누었다.

부시 대통령과의 통화가 끝나고 긴 시간의 칩거가 시작되었다.
생각 같아서는 청와대 인근의 고궁에라도 나들이를 하고 싶었지만
부어오른 눈 때문에 엄두를 낼 수 없었다. 눈이 괜찮은 상황이라면
'이지원' 시스템을 통해 내부 보고서들을 처리하기도 하고, 평소에
읽고 싶었던 책들을 마음껏 읽을 수도 있는 시간이었다. 하지만 모
두 눈에 부담이 되는 일이었다. 그는 관저 내부에서 가족들과 식사
하고 휴식을 취하고 TV를 보며 갇혀 지냈다. 그렇게 5박 6일을 지
냈다. 외부와의 유일한 소통은 설날인 9일에 김우식 비서실장이 인
사차 전화를 걸어 온 것에 응답한 일뿐이었다. 봄이 멀지 않았음을
알리는 안개비가 내렸다. 다음 날인 10일 오후 그는 3박 4일의 일정
으로 제주도를 향해 비공식 휴가를 떠났다. 몇몇 부속실 직원들만
대동했다. 두 주치의도 동행했다.

때마침 북핵 문제 해결을 위해 동분서주했던 그가 애타게 기다
리던 북한 측의 답이 왔다. 그날 오전의 일이었다. 북한 외무성이 핵
무기 보유를 공식으로 선언한 것이었다. 보고를 접하는 순간 그는
표정도 없었고 일언반구의 언급도 하지 않았다. 불편한 기색이 섞
인 침묵이었다. 그동안 북핵 문제 해결을 위해 지구를 한 바퀴 돌며
미국을 비롯한 서방세계의 여론에 호소하는 데 심혈을 기울여 왔다.
그 모든 노력이 수포로 돌아가고 있었다. 그는 NSC에 별도의 지시
를 내리지 않았다. 그런 일이 생길 때마다 언론들이 가장 먼저 하는

일은 대통령과 청와대의 반응을 묻는 것이었다. 그가 하는 말은 다 기사가 된다. 말을 하지 않는 것 역시 기사가 된다. 왜 말을 하지 않았을까 하는 분석 기사도 뒤따른다. 이런 중대한 사태 앞에서 대통령의 언급이 없다는 것은 적대적인 언론들이 비난을 쏟아 내기에 좋은 빌미가 된다. 그는 NSC가 적절하게 알아서 입장을 밝힐 것으로 생각했다. 문제는 제주도 행이었다.

북핵 보유 선언이라는 상황 앞에서 대통령이 제주도로 휴가를 떠나는 것을 두고도 공격이 제기될 수 있었다. '대통령이 그렇게 한가하게 쉬고 있을 때냐'는 공격이다. 그는 좌고우면하지 않고 예정대로 제주도로 가는 공군1호기에 몸을 실었다. 그런 상황에서 제주도행을 취소하는 것은 그가 가장 꺼리는 선택이었다. 북한의 한마디에 화들짝 놀라 예정된 휴식을 취소하면서까지 허둥대는 모습은 결코 보이기 싫었다. 그는 자신의 자존심뿐만이 아니라 대한민국의 자존심까지 생각해야 했다.

마침 NSC상임위에서도 대통령이 나서서 무언가 대응을 해야 할 상황은 아니라는 판단을 보내 왔다. 제주도 휴가 일정은 예정대로 시작되었다. 북핵 보유 선언과 관련된 상황은 유선을 통해 수시로 보고하기로 했고, NSC를 중심으로 열리는 각종 회의의 결과는 곧바로 문서로 정리해 이메일을 통해 보고하기로 정리되었다. 결국 북핵 보유 선언이 대한민국 대통령의 휴가를 방해하지는 못한 셈이었다.

문제는 제주도의 바람이었다. 북핵 바람이라도 되는 듯이 바람이 맹위를 떨치고 있었다. 첫날, 그는 숙소에 머물렀다. 저녁 식사를 하기 위해 잠시 외출한 것이 전부였다. 그는 숙소에서 조금 떨어진 곳에 위치한 식당에서 경호실장, 주치의 등과 함께 식사를 했다. 삼

겹살에 소주를 한잔할 수도 있었지만, 아직 수술한 부위가 아물지 않아 불가능했다. 식사를 마치고 돌아온 그는 숙소의 베란다에서 제주도의 바다와 산을 둘러보았다. 여전히 바람이 거세었다. 그는 주치의, 경호실장과 함께 실내에서 환담을 나누었다. 송인성 주치의의 입담이 자칫 가라앉을 수도 있었던 분위기를 가볍게 만들어 주었다.

한밤중, 그는 잠을 이루지 못했다. 많은 상념 때문이었는지, 쉬지 않고 윙윙 울어대는 제주의 바닷바람 때문이었는지 알 수 없었다. 그는 침실을 나왔다. 밤 2시, 한밤중이었지만 바깥은 숙소 호텔의 조명과 인근 호텔의 조명들로 환한 편이었다. 바람이 세차게 테라스의 창을 때리고 있었다. 찬 바람을 맞아 볼 요량으로 그는 문을 열고 테라스로 나갔다. 그곳에서 문득 아래를 보니 한 남자가 거센 바람을 맞으며 서 있었다. 일정한 거리를 두고 또 한 사람이 서 있었다. 경호원들이었다. 그들의 모습을 보는 순간 미안한 마음이 앞섰다.

'저 친구들은 명절 휴일에 이곳까지 와서 밤잠을 못자고 저렇게 서 있구나.'

경호원 한 명이 테라스에 나와 있는 그를 발견하고는 인사를 했다. 한밤중에 테라스에 나온 대통령의 모습을 보자 더욱 긴장하는 눈치였다. 그는 제주의 밤공기를 만끽하려던 계획을 접고 서둘러 침실로 돌아왔다.

다음 날에는 인근 중문 골프장에서 라운딩이 예정되어 있었다. 바람은 잦아든 것처럼 보이다가도 다시금 강해지곤 했다. 제주도의 바람이 유감없이 자신의 진면목을 보여 주고 있었다. 그는 9홀을 미처 다 돌기도 전에 숙소로 돌아가자고 일행에게 청했다. 일행은 함께 숙소로 귀환했다. 당황한 표정의 부속실장을 쳐다보면서 그가 말했다.

"그냥 올라가세. 바람 때문에 안 되겠다."

부속실은 귀경 준비를 서둘렀다. 일정이 3박 4일에서 1박 2일로 단축되어 버렸다. 바람이 그의 제주도 휴식을 방해하는 데 끝내 성공한 것이었다. 아니면 울고 싶은 심경에 제주도의 바람이 뺨을 때려 준 것인지도 모를 일이었다. 북핵 보유 선언도 그러했고, 거기에 경호원들에 대한 미안함까지, 대통령은 이래저래 마음이 편하지 않았던 휴식을 접었다.

23

2007년
1월

개헌 제안

2005년 6월 초에 대통령이 이호철 국정상
황실장에게 한 가지 지시를 내렸다.

"적당한 시기에 개헌안을 제안하려고 한다. 이호철 상황실장이
소문상 정무기획비서관과 의논해서 준비해 달라."

당시 대통령이 이야기한 개헌안은 크게 세 가지 내용을 담는 것
이었다. 첫째는 대통령의 임기를 4년 단임으로 하는 것이었다. 단임
을 제안하되 국민들의 뜻이 중임이면 1차 연임으로 가면서 국회의
원과 대통령의 임기를 엇비슷한 시기가 되도록 하자는 것이었다. 둘
째는 국무총리의 국무위원 해임건의권에 관한 것이었고, 셋째는 면

책특권에 관한 것이었다.

어느 날 문득 생각이 나서 지시한 것이 아니었다. 개헌은 노무현 대통령후보의 공약이었다. 2002년 대선 당시 공약집에도 "임기 내에 국민의 뜻을 모아 권력 구조 개편을 위한 개헌을 추진"할 것임이 명시되어 있었다.

1년이 넘는 기간 동안 준비되어 온 '개헌'은 2006년 후반기에 접어들면서 청와대 내부에서 공론화되기 시작했다. 핵심은 '4년 연임'과 '대선과 총선의 동시 실시'였다. 여기에 문제가 하나 있었다. 대선과 총선의 시기를 일치시키려면 대통령의 임기를 1년 단축할 필요가 있다는 주장이 제기되었다. 주장한 사람은 다름 아닌 대통령이었다. 참모들은 일제히 반대했다.

2006년 12월 말 어느 날, 청와대 비서실이 술렁거렸다. 급히 연락을 받은 정무 관련 수석·비서관들이 속속들이 여민1관 2층에 있는 비서실장실에 모여들었다. 긴급하게 소집된 회의였던 터라, 영문도 모른 채 달려온 사람들은 이병완 비서실장이 건네 준 서류 한 장을 돌려 보기에 바빴다. 호기심과 약간의 불안감이 뒤섞여 있던 사람들의 표정이 이내 당혹과 난감함으로 바뀌고 있었다. 그 문서는 대통령이 '이지원'을 통해 정무기획비서관실에 내린 지시였다. 하루 전날, 정무기획비서관실은 "개헌관련 주요쟁점 검토의견"이라는 제하의 보고서를 대통령에게 올렸다. 그날 회람된 그의 지시는 골자가 다음과 같았다.

"1월 중 일단 발표합시다. 전당대회와는 상관없이 진행합시다."

여기까지는 이미 어느 정도 논의되어 온 사안이었다. 문제는 그 다음의 문구였다.

"공식 제안 시기는 국회에서 부결할 경우, 대통령이 사임하면 5-6월에 후임 선거와 취임이 이루어져서 그 다음 대통령 선거와 총선이 동시 선거가 되도록 맞출 수 있게 조정하여 주시기 바랍니다."

개헌안이 부결되는 경우, 대통령이 사임을 함으로써 다음 대통령과 다음 국회의원의 임기가 엇비슷하게 끝날 수 있도록 하자는 지시였다. 이번 개헌 제안이 성사되지 못하면 다음번에라도 임기를 맞추어 주어 개헌이 가능하도록 하겠다는 취지였다. 문제는 '이지원' 이라는 공식 계통의 문서에 그가 공식적으로 사임을 언급했다는 사실이었다. 여민1관의 분위기가 무겁게 가라앉았다. 난상 토론이 이어졌다. 이병완 실장이 최종 정리를 했다. 참모들은 개헌 제안을 추진하는 것으로 하되, 대통령의 임기 단축은 결코 바람직하지 않다는 데 의견 일치를 보았다. 그리고 이러한 방침을 총리까지 참석하는 정무 팀의 보고를 통해 건의하여 최종 확정 짓기로 했다. 다음 날 회의석상에서 대통령이 심경을 이야기했다.

"나는 연연해할 것도 없고 후세의 평가에 전전긍긍할 생각도 없다. 어차피 역사라는 것은 보는 사람의 관점에 따라 다르게 평가되는 것이다. 세종대왕이 송시열한테 평가받을 수도 없는 것이고, 남인은 서인한테 평가받지 못하는 것이다. 그 점을 확고히 생각하고 가자."

한 해가 마무리되어 가고 있었다. 임기를 1년 남짓 남긴 대통령은 사면초가의 상황에 있었다. 헌법재판소장 등 몇 차례의 인사파동으로 대통령의 리더십은 손상을 받고 있었다. 그런가 하면 2005년 대연정에 이은 한미FTA의 추진으로 지지자들의 상당수는 이미 등을 돌린 상태였다. 보수 세력과 언론은 여전히 북한 핵실험 등 남북관계와 작전통제권 문제를 놓고 대통령을 몰아붙이고 있었다. 대통령의 유일한 근거인 열린우리당은 2007년 대선을 앞두고 진로를 알 수 없을 정도로 크게 동요하고 있었다. 힘겨워하는 대통령을 위로하기 위해 한명숙 총리가 그를 총리공관의 만찬에 초대했다. 대통령과 가까운 문화예술인들이 함께한 자리였다. 문성근 씨, 이창동 전 장관, 황지우 한예종 총장, 박재동 화백 등이었다. 대통령으로서도 이 사람들을 만나는 것은 오랜만의 일이었다. 그는 반가움을 표했다.

"나는 당신들이 다 내 곁을 떠난 줄 알았는데…."

그들이 아직 자신의 주변에 머무르고 있다는 사실에 대통령은 감사했다. 그들은 외로움의 끝에서 만난 친구들이었고, 배수진을 친 장수를 도우러 온 원군이었고, 막다른 골목으로 쫓기던 사람에게 열린 새로운 길이었다. 이 자리에서 그들과 한명숙 총리의 설득으로 그는 더 이상 임기 단축 이야기를 꺼내지 않기로 정리했다. 이병완 비서실장을 비롯한 참모들의 설득도 주효했다. '임기 단축' 이야기를 꺼내면 개헌 제안이 정략적으로 비쳐지게 되고 결국 실현 가능성이 없어진다는 논리였다. 대통령이 수긍했다. 다음 날, 한명숙 총리까지 참석한 가운데 개헌안을 제안하기 위한 회의가 청와대 관저에

서 열렸다. 12월 말의 일이었다. 그날 4년 연임제, 대통령과 국회의
원의 임기 일치를 내용으로 하는 원포인트 개헌안의 윤곽이 완성되
었다. 제안 시기는 대통령이 1월로 예정된 아세안+3 행사에 참석하
고 돌아온 직후로 결정되었다. 여야 모두 개헌안 내용에 대해 찬성
의사를 밝힌 적이 있는 만큼, 반대하는 것 자체가 정치적 부담으로
작용할 것으로 그는 생각했다. 임기 단축 문제는 결국 거론치 않는
것으로 최종 정리되었다. 그 자리에서 그가 이야기했다.

"개헌이 부결되면, 다음 대통령이 개헌 약속을 해야 할 것이다.
나는 임기를 단축하면서, 즉 내 살을 깎아서라도 국가의 중요한 제
도 변경을 성사시켜야 하는 것으로 생각했다."

황금돼지띠인 2007년의 새해 벽두에 비가 살짝 내렸다. 새해 첫
날, 대통령은 수석급 이상의 청와대 참모들과 함께 배창호 감독의
영화 "길"을 관람한 뒤 함께 오찬을 나누었다. 언론은 연초부터 그의
입을 주목하고 있었다. 그가 새해에 어떤 이야기를 던질지 촉각을
곤두세우고 있었다. 무언가 새로운 화두를 던질 것이라는 심상치 않
은 분위기가 감지되고 있었다.
새해 처음 열린 국무회의에서 그는 앞으로 국무회의에 매주 참
석할 생각임을 밝혔다. 다시 이틀 후에 열린 정무 팀과의 회의에서
그는 개헌안을 최종 손질했다.

"내 공약이긴 하지만 그동안엔 되겠나 하는 생각 때문에 망설였
다. 그러나 안 돼야 할 이유가 없다. 내가 할 수 있는 최대한 노력을
다하겠다. 이것 때문에 국정에 지장을 줄 일도 없다. 국정의 어려운

일, 혹시 위기로 발전할 가능성이 있는 현안들, 그리고 미래를 위해서 준비해야 하는 일들에 대해 하나하나 다 점검해 봤는데, 개헌 논의 때문에 그런 과제들이 지장받을 일은 없다.”

　그날, 개헌을 제안할 날짜가 1월 9일로 앞당겨졌다. 디데이가 앞당겨진 것은 연말 정기국회가 끝나면서 대통령의 다음 카드에 대해 시중에서 온갖 억측들이 난무하고 있었기 때문이다. 제안 내용이 사전에 알려질 경우의 부담도 감안되었다. 아울러 제안을 하는 방식도 대통령이 대국민 담화를 통해 직접 발의 방침을 밝히는 것으로 결정되었다. 일요일에는 김원기 전 국회의장, 이해찬 전 총리, 문희상 전 의장 등을 관저로 초청하여 개헌안을 제안할 것임을 사전에 설명했다. 1월 9일 당일에는 오전에 열린 국무회의에서 대통령이 직접 국무위원들에게 설명을 했다.
　대통령은 그즈음 들어 부쩍 잠을 깊이 들지 못하는 날이 많았다. 담화를 발표하는 날 아침에도 그는 불면의 고통을 호소했다.

　“어젯밤에 잠을 못 잤습니다. 이것 때문이 아니라, 다른 것 때문에…. 뭣 때문인지 모르겠는데 잠이 안 왔습니다.”

　그런데 개헌 제안을 마친 뒤에는 대통령의 표정이 오히려 밝아졌다. 할 일을 다 했다는 표정이었다. 그는 홀가분한 표정으로 그동안의 마음고생과 힘겨움을 털어 버리고 있었다. 개헌 제안의 실무를 맡아 왔던 정무 팀과의 만찬에서 그는 말했다.

　“국무회의에서 임기 이야기를 했던 것은 한나라당한테 연말 국회를 해 달라는 것, 그런 다목적 카드가 있었던 것입니다. 진심은 개헌의 가능성을 열어 놓겠다는 것이 핵심이었습니다. 자꾸 발목 잡으면 자빠지겠다는 것이지요."

김근태 의장으로부터 이병완 비서실장을 통해 환영의 메시지가 왔다. 대통령은 웃는 얼굴로 김 의장을 만나겠다고 답했다. 그는 퇴임 이후 만들 재단의 이름을 미리 지었다면서 참모들에게 의견을 물었다. 이름은 '노사모시민주권재단'이었다. 대통령이 기분 좋은 담배를 계속 피우자, 권 여사가 이를 제지했다.

시중의 반응은 싸늘했다. 야당은 물론 언론도 마찬가지였다. 대통령은 실망하지 않았다. 예상보다 반대 기류가 강하게 느껴지긴 했지만 그 정도로 계획을 접을 사람은 아니었다. 그날부터 대통령은 적극적인 설득에 나섰다. 헌법 기관장들과 오찬을 함께했다. 진보 언론조차도 개헌을 제안한 시기가 '정략'이라고 비판하기 시작했다. 한나라당은 "개헌 논의에 대응하지 말라"며 입단속에 나섰다. 뭔가 노림수가 있는 제안으로 보는 분위기가 역력했다. 심지어는 대통령이 다시 대선에 나서기 위한 개헌으로 오해하는 분위기도 적지 않았다. 한나라당은 개헌 제안을 설명하려는 청와대의 초청을 거부했다. 열린우리당 지도부와의 오찬에서, 그는 개헌 제안의 진정성을 이야기했다.

"아무리 생각해도 이것이 나에게 어떤 이득이 되는지를 모르겠습니다. 2004년 탄핵 때도 그랬습니다. 야당이 밀어붙여서 벼랑 끝으로 밀어 버리려고 했다가 내가 옆으로 피하니까, 자신들이 떨어졌던 것입니다. 저를 그런 정략의 대가로 생각해 주는 것은 고맙지만….”

개헌 제안은 그의 큰 기대와는 달리 논의다운 논의도 제대로 이루어지지 못한 채 묻혀 버릴 위기에 처했다. 청와대 비서관들은 지역별로 분담을 해서 개헌의 필요성을 전파하느라 분주하게 움직였다. 하지만 여론은 끝까지 청와대 편이 아니었다. 대다수가 그 필요성은 인정하면서도 시기에 대해 의문을 표했다. 대통령은 “잔머리를 굴리기보다는 큰 머리를 써야 한다”고 말했다.

“정치라는 것은 이기는 것만이 정치가 아니다. 깃발이 분명해야한다. 깃발과 논리가 분명하면 결국은 이기게 되어 있다. 이 승부를너무 단기간으로 보면 안 된다. 당장은 여론이 전부인 것 같지만, 길게 보면 숫자가 아니라 대의명분이다. 그게 있기 때문에 우리가 민주화도 한 것이고, 안 된다고 했던 6월 항쟁도 성공했고, 민주주의도 여기까지 온 것이다. 정치인은 당장의 승부를 초월해서 할 일은해야 한다.”

24

퇴임

퇴임을 두어 달 앞두고 있을 무렵이었다. 뒤
편의 북악산을 산책하던 대통령을 우연히 내가 수행했다. 나는 나쁜
소식을 전했다.

"강금원 회장이 뇌종양이라고 합니다."
"…."
"정밀 검진을 해 봐야겠지만…, 어쨌든 종양의 위치는 안 좋은
곳입니다."

묵묵히 듣기만 하던 대통령이 물었다.

"강 회장, 몇 살이지?"

"50대 중반인 것으로 알고 있습니다."

"아직 살아야 할 많은 날들이 있는데….'

그는 말을 이어 가지 않았다. 그러고는 입을 굳게 다문 채 백악
정으로 올랐다. 겨울 산은 쓸쓸했다. 믿고 의지하던 사람의 중병 앞
에서도 그는 아쉬움을 겉으로 드러내지 않았다.

대통령 선거가 치러진 이튿날인 12월 20일 아침, 그의 표정은
담담했다. 지난밤 약간의 눈이 내렸지만 아침에는 그 대부분이 녹아
내렸다. 청와대 녹지원 근처에는 곧 사라지게 될 참여정부의 흔적처
럼 군데군데 눈이 쌓여 있었다. 예상한 것이었지만 생각보다 표차가
컸다. 언론에서는 노무현 정부에 대한 거부감을 지적하고 있었다.
"무능한 정부에 대한 심판"이라는 해설도 있었다. 김경수 연설기획
비서관이 9시에서 9시 반 사이에 당선자에게 축하 전화를 걸 예정
이라고 보고했다.

"보통 그렇게 전화 통화를 다 하는가?" 대통령이 되물었다.

"미국은 보통 일주일 간격을 두고 한다고 합니다." 김경수의 대
답이었다.

대통령은 9시 정각에 통화를 한 후 일정을 소화할 수 있도록 하
자고 했다. 그러면서 그는 지나가듯 한마디 했다.

"새것이 등장할 때는 옛것이 악이 되는 법이다."

대통령은 참여정부 인수위원회 시절에 로드맵을 작성하던 과정
에서 지난날을 다 오류·부실·미진으로 규정했던 것이 항상 민망했

다는 소회를 덧붙였다. 전화는 9시 정각에 연결되었다.

"축하드립니다. 그동안 수고 많았습니다. 허허허. 선거란 게 대부분 그런 것이고, 본질적으로 싸움이고, 싸움이란 것이 도를 넘게 마련이니까, 그런 것은 대체로 이해를 합니다."

"나도 대통령을 해 보니까, 역시 대통령이라는 자리는 특별하고 모두 국민들이 협조를 해야 하는 자리입니다. 다른 사람들은 협조를 못하더라도 해 본 사람은 협조를 해야지요. 안 해 본 사람들은 모르니까 그렇다 치고… 정치적으로나 정책적으로 입장이 다른 것은 다르다 하더라도, 오히려 대통령직은 공통성이 더 많습니다. 최대한 협조하겠습니다. 앞으로도 잘하시도록 협력할 것입니다."

"국민들 위해서 좋은 정치 하시기 바랍니다. […] 세상 일이 대통령 마음대로 안되는 게 많더군요."

대통령은 당선자와 곧 회동을 갖기로 하고는 다시 한 번 축하의 인사를 하면서 전화 통화를 마무리했다. 그리고 12월 31일, 그는 "정치와 패배의 미학"을 이야기했다.

"정치와 패배의 미학, 이런 이름을 붙여서 이야기해 보자. 정치라는 것은 민주주의 이전부터 본질적으로 권력 투쟁이니까 승패가 반드시 갈리게 되어 있고, 패배는 필연적인 것이다. 패배를 어떻게 받아들이는지에 따라서 재기의 밑거름이 되기도 하고 영원히 일어나지 못하는 경우도 생긴다. 영원히 패배로 귀결되기도 한다. 또 어떤 사람은 패배를 통해서 자산을 축적해 간다. 사실은 패배의 현장에서 새싹을 틔워야 하는 것이다. 이것을 가지고 사례들을 찾아보자.

패배를 성공으로 만든 사례를 찾아보자. 그래서 우리가 패배를 어떻게 받아들이고 다음을 위해 어떻게 준비할 것인지 연구해 보자. 이야기를 모아 보자."

정치적 결별과 패배, 그리고 좌절의 한 해였던 2007년이 그렇게 저물어 갔다. 그리고 2008년의 1월 2일 아침, 그는 "사람 사는 세상"에서 80년대 느낌이 난다면서 새로운 콘셉트의 카피를 들고 나왔다. "우공이산"이었다.

"'사람 사는 세상'은 너무 추상적이다. 대안적 전략이 없고 낭만적이고 너무 포괄적이다. 그래서 아마추어리즘이나 낭만주의, 비현실적인 느낌 같은 것이 부담이 되어서 다른 것을 찾았다."

"민주주의 역사라는 것을 짧게 볼 수 없고, 그렇다고 포기할 수도 없고, 단기적 승리가 영원히 계속되는 것도 아니고, 그런 가운데 결국은 갈지자걸음을 할 수밖에 없는데, 그렇다고 역사가 좌우 운동만 하면 안 되어서, 내가 생각한 것이 바보 우愚 자, 어리석은 그런 것이다. 다소 역설적인 것이다. 너무 똑똑한 사람들 때문에, 좀 바보 같은 사람들이 세상을 다시 만들자. 세상의 희망을 바보 같은 사람들이 바꿔 보자. 약하게 말하면 지금의 현상에 대한 도피처이다. 사실 내 심리 상태에 약간 그런 게 있다. 실패한 사람으로 낙인찍으려 하니까. 아니 무슨 소리야? 우공이산!"

그날 오후, 그는 안희정 씨의 출판 기념회에 보낼 동영상을 촬영했다. 자신이 당선되기까지 최고의 공을 세운 일등 공신이었지만 지난 5년을 감옥에서, 아니면 낭인으로 살아야 했던 참모였다. 촬영

도중 결국 그는 눈물을 쏟았다. 그렇게 그는 새해의 초입을 눈물로 시작하고 있었다. 브리핑 기획 또는 출판기획팀의 회의가 아침마다 이어졌다. 아침 회의 때마다 지난 5년에 대한 대통령의 소회와 단상, 그리고 현실 담론이 이어졌다. 이러한 일상은 퇴임 때까지 계속되었다. 그는 지난 5년을 카피화하고 있었다.

"5년 내내 모든 업적은 기득권과의 싸움에 있었다."
"민주주의라는 것은 아직 갈 길이 멀다."
"낙관주의라는 것을 버리면 역사의 동력이 떨어진다."
"완성은 없을지 모르지만 진보는 있다."

가끔은 진보 진영에 대한 섭섭한 속내를 드러내기도 했다.

"보수는 '가지 말자'고 하고, 온건 진보는 '걸어가자'고 한다. 급진 진보는 '뛰어가자'고 한다. 뛰어가든 걸어가든 '가자'는 사람들끼리 연대를 해야 하는데, 선거 때는 표를 갉아먹는 경쟁을 할 수밖에 없다 하더라도, 일상 의정 활동에서도 뛰자는 사람은 걷자는 사람을 적으로 생각한다. 그래서 우리나라 진보가 이상하다. 진보끼리 정책 연대가 안 된다."

지난 일에 대한 가정도 있었고, 패배 원인에 대한 분석도 있었다.

"언론하고 싸우지 않았더라면 우리가 선거에 이겼을까? 내가 말을 조심하고 실수하지 않으면 결론이 달라졌을까? '파병'하지 않고 'FTA' 하지 않았으면 결과가 달라졌을까?"

"상대는 기본적으로 너무나 강했다. 너무 잘 결속했다. 결속의 토대에는 강고한 지역 구도가 있지 않은가?"

그에게 있어 퇴임은 곧 현실 정치에서의 퇴장을 의미하는 것이기도 했다. 그는 이제 정치의 영역에서 철학의 영역으로 발을 옮기고 있었다.

"물러나는 것인가? 돌아가는 것인가? 정치란 무엇인가? 맨 앞에 있는 것이 정치이고, 맨 마지막에 있는 것이 정치이다."

그는 실제로 퇴임하는 날을 전후한 구체적 일정도 결정하고 지시했다.

"22일에 비워 주면 저쪽도 준비가 가능할 것이다. 그리고 24일 저녁에 상징적으로 자고, 25일에 여기서 출발하는 것으로 하자. 보통 그날은 걸어 나간다. […] 물러나는 사람은 조용히 나가고, 몇 시간 뒤에 앞문으로 들어가고 하는 것이다. 서양에선 아주 자연스러운 일이다. 그런 상징성 같은 게 있기 때문에 방에 침구 하나 이불 하나 걷어 버리면 끝난다. 이불 두 짝만 남는다. 내려가는 편에 싣고 가면 된다. 그렇게 재검토해 보게."

그는 각계의 신년 인사회 일정을 소화했다. 2008년 경제 점검회의에도 참석했다. 정책과 관련하여 장관이나 청와대 참모들에게 전화를 걸어 확인하곤 했다. 늘 하던 그대로였다. 1월 13일에는 350여 명의 노사모 회원들과 북악산에 올랐다. 인테리어 공사 단계로 접어든 사저의 건축 현황을 챙겼으며, 참여정부 5년의 국정 자료집을 만들기 위한 인터뷰에 응했다. 청와대에서 일했던 비서실 직원들을 초청한 비서실 홈커밍데이 행사를 치렀고, 퇴임 연설문을 준비하는 작업에 착수했다. 촬영 제작 중인 MBC 다큐멘터리 제작팀과 인터뷰도 했다. 참여정부 청와대 출신으로 4월에 치러질 18대 총선을 준비 중인 사람들과 간담회를 갖고 기념 촬영을 했다. 3명의 수석과 14명의 비서관 출신들이었는데, 그들은 총선에서 전원 낙천, 또는 낙선의 고배를 들었다.

그러는 동안 대통합민주신당은 손학규 전 경기지사를 당 대표로 선출했고, 유시민 의원이 탈당과 무소속 출마를 선언했다. 헌법재판소는 대통령이 낸 헌법 소원을 기각했고, 대통령은 새 정부의 정부 조직 개편안에 대해 거부권 행사를 할 수도 있음을 기자회견을 통해 밝혔다. 그의 단상과 생각의 구술은 계속되고 있었다.

"우리 진보 진영을 이야기한다면, 분열될수록 약하게 되어 있다. 지난번, 내가 진보의 역사는 이루었으나, 진보 세력은 다 해체되고 말았다. 다시 통합하는 것, 할 수 있는 데까지 통합하는 것이 지금 우리가 해야 할 일이다. 역사적으로도 국가적으로나 정당으로나 지난날의 역사를 봤을 때 분열의 역사가 가장 치명적인 손실을 입혔다. 부도덕한 정치 지도자나 불법적 지도자, 그 누가 나왔을 때보다 더 치명적인 손실을 안겨 준 것이 분열이다."

대통령은 나에게 유시민 전 장관에게 보낼 편지를 쓰라고 지시하면서 상당히 긴 내용을 구술했다. 자신이 걸어온 길과는 다른 선택이지만, 그래도 그 길을 이해한다는 내용이 핵심이었다. 그러나 그 편지는 결국 부쳐지지도 않았고 공개되지도 않았다.

1월 21일 아침에 눈이 내렸다. 내리는 눈을 보며 대통령이 말했다.

"눈이 오네…. 눈이 오면 눈 보러 올라와야 하나?"

"나는 아침에 늦잠 자는 게 소원이었다. 막상 늦잠 자 보니 자꾸 늘어지고, 그거 미치겠더라. 더 피로해지고, 하루 종일 피곤하다. 그래서 건강을 유지하기 어려운 것 아닌가 하는 불안감이 있다. 생활 리듬을 바꾸어 저녁에 일찍 자 버리니까 일찍 일어나는 게 고통스럽지 않고 괜찮은데 아쉬운 것이 있다. 볼 만한 TV 프로그램들은 보통 저녁 10시 넘어서 나온다…. 어쨌든 시골로 가니까 일찍 마쳐지지 않을까? 아침 티타임, 이건 계속 가져갔으면 좋겠다."

설 연휴가 긴 2월의 둘째 주, 대통령은 사저와 진해 휴양지를 다녀온 후 청와대 관저에서 마지막으로 긴 휴가를 보냈다. 2월 22일, 그는 비서실 직원들과 간담회를 가진 후 청와대 출입 기자단과도 짧은 고별 간담회를 가졌다. 예정했던 대로 그는 그날 청와대를 떠나 진해로 향했다. 그리고 2월 24일, 늦은 오후인 5시 반에 청와대 본관 세종실에서 국무위원들과 간담회를 가졌다. 김영주 산업자원부 장관으로부터 재임 중 있었던 몇 가지 에피소드를 들으면서 대통령은 파안대소했다. 대통령이 국무위원들에게 감사의 뜻을 전하면서 소회를 담담하게 이야기했다.

"이미지가 전투적으로 보여서 보통 일도 제가 하면 전투적으로

그는 KTX를 타고
고향 봉하로
돌아갈 것이다.
서울역에 배웅 나온
시민들에게 응답하고 있다.

보입니다. 반대쪽에서 저에 대한 적대감도 적지 않은 편이었습니다. 매번 바람이 불어서 여러분이 바람을 감당하면서 일을 해야 하니까 힘이 들었을 것입니다. '돌격 앞으로' 하느라고 힘들었을 것입니다."

그리고 한마디를 덧붙였다.

"강이 평지에 오면 반드시 똑바로 흐르지를 않습니다. 좌우로 굽이쳐서 물길을 이루며 앞으로 나아갑니다."

다음 날 아침, 대한민국의 전직 대통령 노무현은 인수문을 나서면서 청와대와 작별했다. 다른 전직 대통령들과 달리 그는 두 번 다시 이곳 청와대 땅을 밟지 못하는 운명이었다.

3부

봉하,

454일간의
기록

25

2008년
2월

귀향

　　북악산 자락의 공기는 제법 쌀쌀했지만, 인수문을 나서는 대통령의 발걸음은 가벼웠다. 정확하게 만 5년을 살았던 관저의 큰 문을 나서는 순간 그는 자유를 되찾기 시작했다. 그동안 그 대문 안에 살았던 존재는 자유인이 아니었다. 말 한 마디의 무게가 남달랐고, 일거수일투족이 무거웠다. 눈물은 물론 기사였고, 웃음도 가십이었다.

　　일정은 분 단위로 계산되었다. 수많은 과제들이 그의 결정을 기다렸으며, 그의 결심을 받아내려는 참모들이 줄을 이었다. 공개 행사나 정례 회의가 있을 때마다 TV 카메라가 그를 따라다녔고, 그런 날이면 아침부터 메이크업을 하는 데 적지 않은 시간을 들여야 했다. 한 달에도 수차례 외국에서 온 정상들이나 손님들이 청와대를 찾아왔다. 그들과의 만남은 절반이 실용적인 대화였고, 나머지 절반은 의례적인 이야기로 채워졌다. 저 아래 태평양에서 태풍이 만들어지면 부속실이나 의전비서관실은 긴장을 해야 했다. 만일에 대비하여 대통령의 일정을 재점검해야 했다. 태풍이 한반도로 방향을 틀면 때마침 잡아 놓았던 휴가라도 취소해야 하는 것이 대통령이라는 직업의 도리였다.

대통령은 모든 일의 출발 지점이었고, 모든 일의 최종 보고 지점이었다. 국민들에게는 무조건적으로 무한 봉사를 해야 하는 신하였다. 국민들은 대통령을, 남자를 여자로 바꾸는 일을 빼놓고는 무엇이든 다 할 수 있는 사람으로 생각했다. 야당의 입장에서는 매일매일 두드리고 비판을 가해야 하는 최고의 정적이었다. 언론의 지면과 화면에서는 비평과 논평, 나아가 야유와 풍자의 단골손님이었다. 화두에 오른 대통령은 사람들의 이목을 집중시켰다. 대통령을 자유롭게 비판하고 공격해야 제 역할을 다하는 언론처럼 비쳐졌다. 간혹 대통령에 대해 지지 발언을 하고 그의 정책을 찬성하기라도 하면, 그 사람은 정치적인 사람 또는 사이비 지식인으로 매도될 위험을 감수해야 했다. 2003년 2월부터 2008년 2월까지 대한민국 대통령의 초상은 그런 모습이었다. 대통령이라는 허물을 벗고 그는 마침내 관저의 대문인 인수문을 나왔다. 기나긴 속박이었다.

국회에서 열린 새 대통령의 취임식에 참석했을 때, 그는 이미 전직 대통령 신분이었다. 행사가 끝난 뒤 그와 권양숙 여사는 서울역으로 이동했다. 많은 지지자들과 시민들이 서울역 광장 일대에 모여 있었다. 전직 대통령의 귀향을 호기심 어린 눈으로 지켜보는 사람들도 있었고, 그동안의 노고에 위로를 보내는 지지자들도 있었다. 봉하 사저까지 가는 길에 동행을 자청한 전직 참모들도 있었다.

신분은 엄연히 전직이었지만, 귀향하는 일행은 대통령 전용 열차에 탑승했다. 그는 새 대통령의 배려를 고맙게 생각하고 있었다. 재임 중에도 기차 편으로 고향을 찾아가곤 했었다. KTX도 이용했지만 일반 열차도 자주 이용했다. '경복호'라는 대통령 전용 열차는 KTX에 비해 속도는 느렸지만 편안한 맛이 있었다. 대통령 내외를 위한 전용 칸에는 식사나 회의를 할 수 있는 칸이 연결되어 있었다. 그 뒤로 연결된 서너 량의 객차에는 사저까지 동행하는 참모와 지인들이 탑승했다. 서울역을 출발한 열차는 이내 한강 철교를 지났다. 거의 20년 만에 마무리 짓는 서울 생활이었다. 그는 한강을 볼 때마다 강물이 역류하는 듯한 착각을 한다고 말하곤 했다. 그날 그가 본 한강도 그러했는지는 알 수 없었다.

대통령의 홀가분한 마음처럼 열차는 경쾌하게 움직였다. 참모와 측근들의 표정도 마찬가지였다. 그들의 표정에서도 중압감에서 해방된 기쁨이 보였다. 권력이란 그런 것이었다. 양날의 칼이었다. 자신만은 결코 아닌 듯하다가도 어느 날 문득 돌아보면 자신도 모르게 깊이 중독되어 있음을 발견하게 되는 것이 권력이었다. 그는 중독되지 않으려 애썼다. 언젠가는 올 수밖에 없는 그날을 위해 끝없이 절제하며 스스로를 채찍질해 왔다. 그러나 때로는 누릴 줄도 알아야 하는 것이 권력이기도 했다. 버겁게 생각하면 집채보다 더한 바위의 무게로 어깨를 짓누르는 것이 권력이었다. 그는 그 무거움에서 벗어나고 싶어 했다. 피할 수만 있다면 피하고 싶었다. 그것이 훌륭한 정치인의 덕목인지는 알 수 없었다. 남을 헐뜯어야 자신이 살아남는 전쟁터 같은 정치판이었다. 살벌한 전장에서 권력을 잡았지만 그는 권력의 행사를 끝까지 절제했다. 그렇게 버틴 5년 세월이었다.

언론에 비치는 그의 모습은 공격적이고 비판적이었다. 승부사 기질의 소유자로 보이기도 했다. 쉽게 드러나지 않았던 그의 이면도 있었다. 그곳에는 깊이를 알 수 없는 우울과 힘겨움이 이끼처럼 넓게 퍼져 있었다. 어쩌다 그가 힘겨움의 일단을 피력하기라도 하면 사람들은 너무도 당연하게 수많은 정치적 수사 가운데 하나로 받아들이곤 했다. 이제 더 이상 그 힘겨움을 토로하는 일도 없을 것이었다. 당장이라도 자리에서 내려오고 싶은 절박한 몸짓도 없을 것이었다. 그는 몇몇 참모들을 식당 칸으로 불러 이야기를 나누었다. 지난 5년 동안 그와 권 여사의 식사를 전담해 온 운영관이 열차에 동승해서 음식을 챙기고 있었다. 운영관이 챙겨 주는 음식도 그 점심이 마지막이었다. 그가 먹기 전에 경호실이 먼저 시식을 하는 '검식' 절차는 이미 아침 식사 때부터 거치지 않았다. 그는 더 이상 귀빈이 아니었다.

식사는 가벼웠다. 그동안 적지 않게 불어난 살이 부담이었다. 이제 고향의 벌판에서 부지런히 몸을 움직이면서 일을 하면 불어난 살도 빠지고 허약해진 건강도 회복하게 될 것이었다. 대전을 지난 열차는 가속도가 붙은 듯이 빠르게 달려 동대구를 지나고 경산, 청도를 지났다. 철로 주변의 비탈에 자리 잡은 복숭아밭들이 시야에 들어왔다. 봄이 되면 복사꽃들의 향연이 펼쳐지는 곳이었다. 복숭아밭은 고향이 멀지 않은 곳으로 다가왔음을 말해 주는 이정표이기도 했다.

영남 땅, 경상도는 그의 고향이었지만, 그는 그곳에서 정치적으로 인정을 받지 못했다. 언제나 배척받는 신세였다. 그곳에서 여러 번 선거를 치렀지만 그는 처음 한 차례만 당선의 영광을 안았다. 나머지 선거에서는 세 차례 모두 낙선했다. 낙선의 기록들이 쌓인 끝에 그는 전국적 인물이 되었고 결국 대통령이라는 자리에 오를 수 있었다. 역설逆說이었다. 따지고 보면 낙선에 감사해야 했다. 거듭된 도전과 낙선이 '노사모'라는 팬클럽을 만들어 내었고 결국에는 '노풍'을 만들어 내는 견인차가 된 것이었다. 대통령 선거 승리의 큰 밑거름이 되었다. 역설과 모순이 그의 가슴에 응어리를 만들어 놓았다.

대통령으로 재임하는 5년 동안 그 응어리가 풀어질 것으로 기대했지만 헛된 바람이었다. 대통령이 되면 남다른 권력으로 그 역설과 모순을 풀어낼 수 있을 것으로 자신했다. 권력의 절반 아니 권력의 전부를 던져서라도 그 역설만큼은 제대로 되잡고 싶었다. 그래서 대연정을 제안했고 개헌을 제안했지만 거대한 역풍 앞에서 그는 무릎을 꿇을 수밖에 없었다. 영남 땅에서 당당히 인정받는 정치인, 여전히 그것은 한 맺힌 소망으로 남아 있었다. 고향 땅에서 스스로의 힘으로 당선되는 꿈, 그것은 대통령 당선보다 더 간절한 소망이었다. 다시 출마할 수는 없는 처지였지만, 그는 그 응어리를 풀 수 있는 토대를 만들기로 했다. 첫 번째 시도가 귀향이었다. 그래서 그는 지금 열차를 타고 고향으로 내려가는 것이었다.

4월 총선이 임박해 있었다. 잇달아 치러지는 선거에서 상반된 결과를 기대하기는 어려웠다. 그의 그런 생각이 오히려 임기 말에 개헌을 제안했던 배경이기도 했다. 두 가지 선거 시기를 일치시킴으로써 대통령 선거에서 승리한 여당이 국회의원 선거에서도 안정된 의석을 확보해 국정을 안정적으로 운영할 수 있도록 하자는 취지였다. 대통령이 된 후에 더욱 절실하게 그 필요성을 절감한 문제였다. 그의 관심은 민주당이 영남권에서 몇 석을 얻을 수 있는지에 집중되었다.

영남 땅에서 당당히 인정받는
정치인. 여전히 그것은 한 맺힌
소망으로 남아 있다.
그는 그 응어리를 풀 수 있는
토대를 만들기로 했다.
첫 번째 시도가 귀향이었다.

열차는 밀양역에서 멈추어 섰다. 역 앞 광장에도 고향으로 내려가는 전직 대통령을 보기 위해 많은 사람들이 운집해 있었다. 그는 간단히 인사말을 마친 후 권 여사와 함께 승용차에 올랐다. 지인과 참모들은 준비된 대형 버스로 이동했다. 승용차와 버스는 다시 30여 분을 달려 봉하마을에 도착했다. 마을 회관 앞에 마련된 연단에서 그는 귀향 연설을 했다. 사법고시에 합격하여 연수원 생활을 하기 위해 떠난 지 30여 년 만에 다시 정착하기 위해 돌아온 고향이었다.

사저는 생가 뒤편에 자리를 잡았다. 봉화산의 풍광도 보이고 벌판 너머로는 뱀산과 개구리산이 모두 보였다. 사저가 완성되기까지 그가 들인 공이 적지 않았다. 일 하나하나에 꼼꼼한 분석과 검토를 하는 성격인 데다가 무언가를 만들어 내는 것도 즐겨하는 천성이라 궁리와 고민이 많았다. 그만큼 시행착오도 적지 않았다. 자신이 삶을 다할 때까지 살아야 할 집이었다. 치밀하게 계획하고 욕심도 많이 낼 수밖에 없었다. 고려해야 할 점들이 한두 가지가 아니었다. 무엇보다 편해야 했다. 전직 대통령을 찾아오는 손님들을 맞이하고 담소를 나눌 수 있는 공간도 있어야 했다. 작은 농촌 마을에 어울리는 외형도 갖추어야 했다. 너무 커서도 안 되지만 지나치게 초라해서도 안 되었다. 두루 실용적이어야 했다.

얼추 완성된 작품에 그는 만족했다. 지붕은 기와를 올리지 않은 슬래브였다. 기와를 높이 올리면 마을의 다른 집들과 어울리지도 않을 뿐더러 봉화산 일대의 풍광과도 어울리지 않는다는 것이 그의 생각이었다. 1층은 전체적으로 'ㅁ'자 형태였다. 구석구석 골고루 신경을 썼지만, 특히 내실과 회의실을 꾸미는 데 많은 공력을 들였다. 자신이 앉을 의자의 뒷면에 책장을 놓았다. 많은 책들을 일일이 손수분류했다. 80년대 인권 변호사 시절부터 읽었던 책들이 차곡차곡 정리되었다.

회의실의 양쪽 벽면은 기다란 통창이었다. 덕분에 실내는 불을 켜지 않아도 될 만큼 밝았다. 그의 자리에서는 사저의 현관으로 들어오는 손님들의 모습까지도 앉은 채로 확인할 수 있었다. 사저의 현관을 들어서는 손님들도 회의실 안의 모습을 엿볼 수 있었다. 회의실에는 컴퓨터의 화면을 크게 비추어 볼 수 있는 스크린도 설치했다. 스크린 옆에는 간단히 차를 준비해서 마실 수 있는 공간을 마련했다. 왼편의 통창 바깥으로는 층층이 나무들이 심어져 있었고, 그 뒤로는 야트막한 담장이 있었는데 그 너머로 뒷산의 풍광을 감상할 수 있었다. 회의실 서편에는 행랑채 같은 방들이 두어 개 이어져 있었고, 다시 그 앞으로는 비서실과 경호 데스크가 위치했다. 거기서 다시 맞은편으로는 주방과 식당이 있었고, 주방의 북쪽에 내실과 침실이 자리했다. 지하에도 두어 칸의 방과 창고가 있었다. 아들이나 딸 내외가 오면 머무를 수 있는 공간이었다.

첫 입주를 하는 날이었지만, 집안은 서울에서 내려온 참모들이 함께 들어갈 수 있을 만큼 넓지 못했다. 대문 앞에서 작별 인사를 해야 했다. 간단하게 고사 의식도 치렀다. 그는 가족들과 함께 사저 곳곳을 둘러보았다. 많은 일들이 집주인의 손길을 기다리고 있었다. 실내는 실내대로 일거리가 산적했고, 정원이나 집 주변에도 손대야 할 곳이 적지 않았다. 나무들도 하루빨리 제자리를 잡도록 도와주어야 했다. 며칠 걸릴 일은 아니었다. 한두 달에 걸쳐서 서서히 마무리해야 할 일이었다.

2월 말, 남녘의 끝자락이었지만 겨울인 것만큼은 어쩔 수 없었다. 날씨가 제법 쌀쌀했다. 바깥에는 아직 귀경하지 않은 채 삼삼오오 모여서 이야기하는 일행들이 군데군데 있었다. 대접을 할 방법이 없었다. 청와대처럼 영빈관이 있는 것도 아니었고, 따뜻한 물 한 잔씩을 대접할 인력도 없었다. 그는 자연인이었다.

봉하마을의 사저에 자리를 잡은 전직 대통령은 결코 한가한 사람이 아니었다. 임기 말부터 개발 작업에 힘을 쏟았던 '민주주의 2.0' 프로그램을 완성하는 일이 시급했다. 이런 작업을 할 때마다 그는 형용할 수 없는 기쁨을 느끼는 모습이었다. 프로그램이란 정교한 논리와 가능성의 결합이었다. 논리와 가능성, 정치를 하는 동안 그의 사고를 지배해 온 두 가지 축이었다. 그 두 축을 바탕으로 그는 힘겨운 도전을 하기도 했고 때로는 정치적 승부수를 띄우기도 했다.

특유의 호기심과 열정 역시 프로그램을 만들어 나가는 또 다른 동력이었다. 그는 이미 90년대 중반에 '노하우'라는 인명 관리 프로그램을 개발했다. 다만 실용화하기에는 몸집이 큰 프로그램이었다. 장치들이 너무 많았다. 청와대에서는 업무 관리 시스템인 '이지원'을 개발했다. 이 프로그램은 특허를 받았는데 그도 '직무 발명자' 가운데 한 사람이었다. '민주주의 2.0' 방식의 토론 프로그램을 운영하는 일은 퇴임 후의 소일을 위한 것이 아니었다. 이미 10여 년 전부터 꿈꾸어 왔던 것이었다. 이제 그 꿈을 확실하게 실현할 수 있는 기회였다.

다음은 농촌 문제였다. 봉하마을 사람들은 대통령의 귀향에 냉담하지는 않았다. 그렇다고 해서 크게 살가워한 것도 아니었다. 그의 귀향이 자신들의 척박한 삶에 어떤 영향을 미칠 것인지에 대해서만큼은 관심이 깊을 수밖에 없었다. 그의 귀향을 계기로 마을에도 좋은 일이 생기지 않겠느냐는 막연한 기대도 일각에 있었다. 그들을 실망시킬 수는 없었다. 그러나 오래 떠나 있던 고향이었다. 안착하기 위해서는 나름대로 노력이 필요했다. 그가 구상하는 '농촌 살리기' 사업은 마을 사람들과의 긴밀한 협력이 절대적으로 중요했다. 유기농 벼 재배와 화포천 가꾸기, 생태계 조성, 주변 환경의 정화 등은 귀향한 그의 당면 과제였다. 그는 절반의 기대와 절반의 설렘을 가슴에 품은 채로 아직은 낯선 사저에서 오지 않는 잠을 청했다. 다음 날 아침, 그는 간밤의 기대와 설렘이 혼자만의 착각일 수도 있음을 확인해야 했다. 아침 일찍부터 사저 앞으로 몰려든 방문객들 때문이었다.

"대통령님, 나와 주세요."

한갓진 농촌 생활을 꿈꾸었던 그로서는 뜻밖의 상황이 아닐 수 없었다. 어안이 벙벙해질 정도로 당황스러웠다. 솔직히 그는, 정권을 넘겨준 대통령, 낮은 지지율로 퇴임한 대통령으로 스스로를 규정짓고 있었다. '그런 전직 대통령에게 사람들이 찾아오면 얼마나 찾아오겠나? 손가락질 안 받으면 다행이지!' 하는 냉소가 있는 것도 사실이었다. 그런데 사람들이 그를 찾고 있었다. 그 이유를 천착해볼 여유가 그에게는 없었다. 그냥 한 차례 예의를 갖추면 끝날 것으로 생각했던 방문객들의 요청은 한 시간이 멀다 하고 이어졌다. 사저에서 새로운 생활을 함께 시작한 비서들의 얼굴에 웃음꽃이 피어났다.

26

친구

봉하는 쉬운 걸음으로 갈 수 있는 곳이 아니
었다. 청와대가 문턱이 높은 곳이었다면 봉하는 갈 길이 먼 곳이었
다. 강금원 회장은 자신의 골프장이 있는 충주에서 출발해 산을 넘
고 물을 건너서야 봉하에 닿을 수 있었다. 중부내륙고속도로를 이용
했는데 두 시간이 족히 걸렸다. 강 회장은 대통령의 귀향을 충분히
이해하면서도 속속들이 이해할 수는 없었다. 아쉽기도 했고 못마땅
하기도 했다. 귀향은 대통령이 자기 자신만을 고려한 결과라는 생각
이 강했다. 대통령은 고향에 묻혀 농사도 짓고 글도 쓰면서 자신의
뜻대로 영남 땅에 새롭게 정치적 근거지를 만들 수도 있을 것이었
다. 반대급부도 있었다. 대통령을 정기적으로 찾아봐야 하는 참모들
이나 지인들의 입장에서는 상당한 불편을 감수해야 했다. 강 회장이

그런 이야기를 하면 대통령은 실소를 머금으며 대답했다.

"멀면 안 오면 되지요. 꼭 인사를 얼굴 보고 해야 합니까? 요즘은 인터넷으로도 충분히 이야기를 주고받을 수 있습니다."

대통령은 편하면서도 어려운 상대였다. 타고난 성품을 잘 알고 있기에 편했고, 철학과 정치 노선을 잘 알고 있기에 어렵기도 했다. 격의 없는 소탈함이 무엇보다 좋았다. 나름의 고집과 원칙이 있는 점도 존경스러웠다. 자신과 닮은 점도 적지 않았다. 우선 가방끈이 길지 않았다. 강금원 회장은 만석꾼의 아들로 태어났지만 집안의 몰락으로 대학 진학을 포기해야 했다. 대통령의 집안 형편도 다를 바가 없었다. 누구의 도움 없이 혼자 힘으로 출세 가도를 달렸고, 그 결과 나름의 성공을 거둔 것도 비슷했다. 시쳇말로 두 사람 모두 주류는 아니었다. 사업의 주 무대인 부산에서 강 회장이 그러했듯이 대통령의 정치 역시 부산에서는 주류가 아니었다. 대통령이 영남 출신이면서도 호남의 정서를 배려하는 정치를 했다면, 강 회장은 호남 출신으로서 영남에서 힘겹게 사업의 기반을 닦아야 했다.

대통령은 강금원 회장을 친구로 대해 주었다. 그저 돈만 많은 친구가 아니라, 생각을 함께 나누고 인생의 행로를 같이하는 벗으로 생각해 주었다. 그런 대통령에게 투자하는 모든 것이 강 회장은 아깝지 않았다. 물론 자신과 의견을 달리하는 경우도 적지 않았지만, 최종적으로는 언제나 대통령의 생각과 판단에 따라 주었다. 대통령이 고향에 내려가 영농 법인을 설립하고 농사를 도모하기까지 강회장의 도움이 기여한 바가 있었다. 봉하마을을 중심으로 대통령이 벌인 여러 가지 일은 강 회장이 설립한 주식회사 '봉화'를 통해 이루어졌다. 사업에의 투자도, 필요한 인력의 조달도 이 회사를 통해 이루어졌다. 강 회장은 대통령의 사업에 투자하는 돈을 밑 빠진 독에 붓는 물로 생각하지 않았다. 사업가의 관점에서 볼 때 대통령은 보기드문 상품이었다. 말과 행동, 철학 등 모든 면에서 상품 가치가 충분한 사람이었다. 대통령을 통해 자신의 개인적 이익을 도모하려 한 것은 아니었지만, 모든 투자가 손해로만 귀결될 것이라는 절대적인 비관도 없었다.

쌀농사만큼은 예외였다. 대통령과 강금원 회장은 의견을 달리했다. 아무리 유기농을 하고 대통령의 이름을 빌려 브랜드화한다 해도 쌀농사로는 수익을 기대하기 어렵다는 것이 강 회장의 생각이었다. 강 회장은 큰 돈을 주식회사 봉화에 투자했다. 투자액 가운데 가장 큰 덩어리를 차지한 것은 사저 인근에 지어진 펜션형 주택이었다. 애초에는 대통령과 함께 귀향하는 참모들이 가족과 함께 생활하는 공간으로 활용할 계획이었는데, 막상 귀향한 참모들은 진영 읍내에 집을 얻는 경우가 많았다. 투자한 입장에서 보면 현실적인 쓰임새가 마땅하지 않았겠지만, 강금원 회장은 특별히 불만을 드러내지 않았다.

봉하에 내려온 방송사 취재진들이 퇴임한 대통령의 일상을 열심히 찍어 다큐멘터리로 내보냈다. 방송은 위력을 발휘했다. 그의 얼굴을 보기 위해 봉하 사저를 찾는 발길이 더욱 늘어났다. 마을은 북새통을 이루었다. 밀려드는 방문객들을 마을 사람들이 반겼다. 마을을 찾는 사람이 많다는 것은 어쨌든 좋은 일이었다. 방문객들을 상대로 한 장사도 시작되었다. 농사만 지으면서 조용히 살기를 원하는 사람의 입장에서 보면 난데없는 야단법석일 수도 있었다.

담장 바깥에서 들려오는 "나와 주세요!"라는 함성을 그는 외면

하지 않았다. 원래부터 자그마한 일조차도 쉬이 무시하거나 외면하는 성격이 아니었다. 지도자로서는 보기 드문 품성이었다. 지도자답다고 할 수도 있었고, 지도자답지 않다고 할 수도 있었다. 가끔은 그냥 모르는 척 외면하고 넘어갔으면 하는 일도 그는 요모조모 따지곤 했다. 일 자체의 절대적 비중이나 중요도에 개의치 않았다. 그는 작은 일은 작은 일대로 큰 일은 큰 일대로 시간과 공력을 투자했다. 항상 시간이 부족할 수밖에 없었다. 방문객들의 요청은 결코 외면할 수 없는 것이었다. 다만 식사 시간이나 사저를 찾아오는 개별 손님들과의 티타임을 제외한 나머지 낮 시간 모두를 방문객들과의 인사와 대화로 채워 나갈 수는 없는 노릇이었다. 계획하고 준비해 왔던 일들을 할 수 있는 시간을 확보해야 했다. 그러나 쉽지는 않았다. 그는 시간이 해결해 줄 것으로 기대했다. 당장은 방문객과의 대화에 많은 열정을 쏟았다.

전과 다름없이 대통령의 이야기는 길었다. 방문객들의 숫자가 많으면 많은 만큼 길었고, 이야기에 대한 호응도가 높으면 높은 만큼 길었다. 이야기 도중에 신명이 나기라도 하면 농담과 유머가 작렬했다. 기분이 내키면 기꺼이 노래도 불렀다.

비에 젖네 비에 젖네 전라도 길 일천 리가
비에 젖네 비에 젖네 김제 만경 넓은 벌에
점 찍은 듯 돌아앉은 아주까리 그 주막이
비에 젖네 비에 젖네

도를 넘어선 결례의 질문도 있었다. 정치적인 반대자가 악의를 품고 던지는 질문도 있었다. 그는 슬기롭게 비켜 갔다. 옆에서 지켜

보는 참모들의 입장에서도 기분이 상했지만, 그는 잘 참아 내고 있었다. 대통령으로 지낸 지난 5년이 그를 많이 변화시킨 것으로 보였다. 사람이 자리를 만들고 자리는 다시 사람을 만드는 법이었다. 사람과 사람이 만나서 대화를 하면 서로 수렴되어 가듯이, 사람과 자리도 마찬가지였다. 재임 중의 대통령은, 대통령이라는 가장 무거운 자리를 상대적으로 가볍게 만들어 놓았다.

낮은 권력을 추구했다. 권위가 떨어졌다는 비난도 많았지만 대통령은 퇴임하는 날까지도 권위를 추구하지 않았다. 기존의 권위주의에 익숙한 언론들은 대통령의 말과 행동에 대통령으로서의 품격이 없다고 비난을 퍼부었지만 그는 개의치 않았다. 그렇게 아주 높은 곳에만 있었던 대통령이라는 자리와 이미지가, 이 봉하마을에서의 만남처럼 담장 너머 손을 내밀면 만날 수 있는 곳까지 낮아졌다. 그러는 과정에서 노무현이라는 이름 석 자도 변해 왔다. 사람을 대하는 자세도, 세상을 보는 안목과 철학도 바뀌었다. 필연적인 변화였다. 보고 듣는 것이 달랐다. 대통령이 되기 이전에 보는 세상과 대통령이 되어 보는 세계는 분명히 달랐다.

그의 입담은 여전했다. 좌중을 쥐락펴락하는 재주도 전혀 녹슬지 않았다. 그는 기억력도 좋고 표현도 풍부했다. 하고 싶은 말도 많았다. 대중에게 알려야 할 것이 많았다. 참여정부의 정책을 홍보하기도 하고 방어하기도 했다. 민주 국가의 시민으로서 당연히 알아야 할 지식도 이야기 속에 담겨 있었다. 다만 그가 그 모든 것을 전달할 수는 없었다. 내용 가운데 일부를 과감히 포기하면서 전체 이야기 시간을 줄였으면 하는 요청들도 있었지만, 그로서는 조절이 쉽지 않은 듯했다. 그는 어렵고 딱딱한 이야기도 많이 했다. 그런 이야기들

아주 높은 곳에만 있었던
대통령이라는 자리와 이미지가,
이 봉하마을에서의
만남처럼 담장 너머
손을 내밀면 만날 수 있는
곳까지 낮아졌다.

담장 바깥에서 들려오는
"나와 주세요!"라는 함성을
그는 외면하지 않았다.
원래부터 자그마한 일조차도
쉬이 무시하거나 외면하는
성격이 아니었다.

이 방문객들에게 잘 전달되는 것인지는 알 수 없었다.

상당수 방문객들은 가까이서 만나는 대통령의 모습 자체에 만족하기도 했고, 그 대통령이 풀어내는 농담과 유머에 흡족해하기도 했다. 물론 대다수가 대통령의 긴 이야기에도 끝까지 귀를 기울였다. 한 시간을 훌쩍 넘겨 이야기를 이어 간 적도 한두 번이 아니었다. 그런 대화가 하루에 대여섯 차례 이어진 적도 있었다. 그는 각양각색의 방문객들에게 변함없이 일관된 메시지를 가지고 임했다. 청중의 노소를 가리지 않았고, 방문객의 남녀를 가리지 않았다. 똑같은 이야기를 똑같은 톤으로 전달하려고 애썼다.

그러던 어느 날, 그의 목소리 끝이 갈라지기 시작했다. 그는 힘겨움을 토로했다. 정작 해야 할 일을 못한다는 푸념도 나왔다. 하지만 인사를 중단할 생각도 없었고 중단할 수도 없었다. 그는 일정을 조정했다. 수시로 집 바깥으로 나가서 대화를 나누던 것이 하루 다섯 차례, 다시 네 차례, 다시 세 차례로 점차 줄어들었다. 그래도 목 상태는 쉽게 호전되지 않았다. 사저의 비서실은 옷깃에 다는 마이크를 준비했다. 효과적인 장치였다. 작은 발성으로도 청중에게는 더 큰 소리가 다가갔다. 전달력은 더욱 높아졌다. 다시 대통령의 이야기가 길어지기 시작했다.

그의 모든 이야기가 딱딱한 주제들로만 채워진 것은 물론 아니었다. 때로는 특정한 주제 없이 여러 방면에 걸쳐 주고받기식 대화가 이어지기도 했다. 방문객 중에서도 만만치 않은 입담을 자랑하는 사람들이 있었다. 아이들을 무등 태워 온 한 아버지는 아이에게 도움이 될 좋은 이야기를 들려달라고 청했다. '성공'과 '출세'를 주제로 대답을 하면서도 그는 자신이 과연 성공한 인생이었는지에 대해 항상 회의하는 모습이었다.

노래를 불러 달라는 요청은 빠지지 않고 이어졌다. "왜 여사님은 나오지 않으시나요?"라는 질문도 마찬가지였다. 그는 적당히 회피하거나 질문한 사람이 서운해하지 않도록 얼버무렸다. 난처한 질문이나 요청도 많았다. "대통령 한 번 더 하세요!" 하는 말은 농담에 가깝다는 생각에 굳이 답변하지 않았다. 이명박 정부에 대해 거친 비난을 쏟아 내면서 그의 생각을 이야기해 달라는 요구도 있었다. 난감한 표정을 지었지만 그는 끝내 답변하지 않았다. 전직 대통령이 아니라 야당의 정치인 신분으로 머물러 있었다면 아마 신랄한 비판을 쏟아 내었을지도 모를 일이었다. 사저를 찾아온 손님들을 데리고 나가 방문객들에게 소개하기도 했다. 대체로 참여정부에서 고위직을 지낸 사람들이었다. 봉하의 하루는 그렇게 시작되고 그렇게 저물었다.

봉하의 벌판에 오리를 풀어 놓을 무렵, 서울에서는 연일 이명박 정부의 한미 쇠고기 협상 결과에 반대하는 촛불시위가 벌어지고 있었다. 봉하의 퇴임 대통령은 쇠고기 협상에 대해, 또 촛불시위에 대해 공개적으로 의견을 밝히려 하지 않았다. 말은 그렇게 하지 않았지만 현직 대통령의 입장을 생각한 배려로 보였다. 방문객들을 상대로 현 정부의 일을 하나하나 비판하기 시작하면 그 모양도 사나울뿐더러 정부의 국정 운영에도 도움이 되지 않는다는 생각이 강한 것으로 보였다. 다만 쇠고기 협상의 문제점을 참여정부에 떠넘기려는 움직임에 대해서만큼은 사실관계를 정확히 밝히면서 대응했다.

청와대로부터 이상한 이야기들이 흘러나오기 시작한 것은 그즈음의 일이었다. 이른바 '기록물 유출 건'이었다. 서울 하늘에서 피어오른 검은 먹구름이 김해의 봉하마을까지 내려와 비를 뿌려대기 시작했다.

27

시비

봉하의 들은 어머니처럼 포근했고, 봉화산
은 아버지처럼 듬직했다. 찌들지 않은 맑은 공기에 그의 숨통이 트
이고 있었다. 너른 벌판 때문에 시야는 커지고 눈은 맑아졌다. 일찍
일어난 농부가 모판을 옮겨 놓는 논에서는 황새들이 날아올랐다. 새
들은 멀리 날아가지 않고 근처의 논에 다시 내려앉더니 물속에서 벌
레들을 찾았다. 봉하의 논이 그들의 집인 양, 새들은 지형에도 익숙
했고 행동에도 거침이 없었다. 서식하는 권역이 어디까지 이르는지
는 알 수 없었다. 멀리 낙동강 하구에서 오는 것일 수도 있었고, 가까
운 화포천의 습지에서 오는 것일 수도 있었다.

벌판 너머의 뱀산은 낮이나 밤이나 코앞에 있는 개구리산을 노
리고 있었다. 뱀산 자락에는 마옥당磨玉堂의 기억이 잠들어 있었다.

그가 고시 준비를 하기 위해 흙으로 지었던 공부방이었다. 뱀산은 수십 년 아니 수백 년 동안 개구리를 물지 못했다. 봉화산이 날개를 크게 벌려 뱀산을 향해 경고를 보내고 있기 때문이라 했다. 학산은 봉화산의 또 다른 이름이었다.

봉화산 정상에는 호미를 든 관음보살상이 있었다. 야트막하면서도 가파르고 작은 것 같으면서도 넓은 산이었다. 남쪽으로는 사자바위가 우뚝 서 있었다. 멀리서 보면 사자의 얼굴 같다고 해서 붙은 이름이었다. 부엉이바위는 마을을 향해 서 있었다. 부엉이바위 아래쪽에는 언제부터였는지 모르지만 누워 있는 마애불상이 하나 있었다. 원래부터 누워 있었던 것인지, 다른 연유로 누워 있게 된 것인지는 알 수 없었다. 이유야 어찌 되었든 누워서 쉬고 있는 부처의 모습에는 인간적인 구석이 있었다. 그 비슷한 느낌을 그는 《노무현이 만난 링컨》(학고재) 서문에서 짧게 언급하기도 했다.

위인의 약점은 범인의 위안이다. 무슨 말인가. 나는 젊은 시절에 석가모니의 일생을 읽으며 엉뚱한 데서 감동받았다. 석가모니가 설법 도중에 제자에게 허리가 아파서 눕고 싶다고 한 대목이었다. 그때 와락 다가오는 기쁨 같은 것이 있었다.

어린 시절부터 지켜보아 온 이 드러누운 불상의 모습이 머릿속 한편에 자리 잡고 있다가 석가모니의 일화를 접한 그에게 "와락 다가오는 기쁨"이 되어 나타난 것인지도 모른다. 대통령이 된 이후 누군가가 "이 산을 이제 봉황산으로 불러야 한다"고 했다. 그는 그냥 웃어넘기고 말았다. 대통령이 되기 전에 이미 봉황산이었으면 모르되, 되고 난 후에 봉황산으로 이름을 바꾸는 것은 혹세무민은 아니어도 '눈 가리고 아웅'이라고 생각한 것이었다. 도가 지나치면 안 하느니만 못하다는 것이 매사를 대하는 그의 자세였다. 봉화산 중턱에는 정토원이라는 절이 하나 있었다. 절을 지키는 선진규 법사와는 돈독한 사이였다. 아버님, 어머님의 영정도 그곳에 모셨다. 법사는 그와 정치적 견해를 같이하는 경우가 많았다. 서울에서 많은 전직 참모들이 단체로 온 적이 있었는데, 사저가 감당하기 어려운 식사를 선 법사가 기꺼이 감당해 주기도 했다. 그곳의 독경 소리가 사저까지 들리기도 했다.

봉하마을에는 마땅한 식당이 없었다. 사저에서 손님 접대를 감당할 수 없는 상황이면 부득이 읍내의 식당으로 나가야 했다. 강금원 회장이 젊은 시절부터 다녔다는 단골 갈비집도 그런 식당 가운데 하나였다. 굳이 따지면 식당이 아주 없는 것도 아니었다. 마을 길을 따라 봉화산을 지나 화포천 방향으로 한참 가면 메기국을 하는 집이 있었다. 그는 이곳에서 사저를 찾아온 손님들과 식사를 하기도 했다. 메기국의 맛이 꽤 괜찮은 편이었다. 경상도 특유의 방아잎 향기가 입 안 가득 퍼졌다. 그는 그곳에서 가끔 한두 잔 술을 마시기도 했다.

사저에서는 해와 달이 뜨고 지는 모습도 온전히 볼 수 있었다. 밤이면 별 무리들이 봉하의 작은 마을을 감싼 채 천천히 큰 원을 그리며 돌았다. 벌레와 짐승들의 소리가 가까운 곳에서 들렸다. 밤에도 경호동과 데스크는 불을 켜 놓고 있었다. 그 불빛에, 여느 시골 같으면 총총했을 별빛이 조금은 희미해져 있었다. 경호를 탓할 수는 없었다. 대통령이 된 이래 지금까지 경호란 고마우면서도 불편한 것이었다. 채 50여 가구가 되지 않는 마을의 밤은 때로는 적막할 만큼 조용했다. 사람들은 저마다 살아가는 일로 분주했다. 방문객들의 행렬이 빠져나가고 나면 그들을 상대로 이런저런 먹을거리를 팔던 주민들은 하나둘씩 가게 문을 닫았다.

그의 귀향은 마을 사람들에게 뜨거운 감자였다. 좋다고도 싫다고도 할 수 없는 일이었다. 그는 자신의 귀향이 마을 사람들에게 불편이나 불이익을 가져다주는 일이 없도록 하기 위해 노심초사했다. 비서들은 반대의 일에도 신경을 썼다. 혹시라도 주민들이 대통령의 이름을 팔아 부당하게 이익을 얻는 일이 없도록 하려는 것이었다. 노점을 차려 방문객들을 상대로 장사를 하는 것은 좋지만, 제품이나 먹을거리의 품질과 가격에 문제라도 생기면 그것은 곧바로 봉하마을과 대통령의 이미지에 먹칠을 하게 될 것이었다. 자연스럽게 돌아가도록 내버려 두어도 될 일 같았지만, 지난 5년 동안 본의와는 상관없이 받아 온 음해성 공격에 익숙해 있던 터라 비서들은 매사에 조심을 넘어 소심할 수밖에 없었다.

그는 마을 입구 쪽에 위치한 노사모 회관에도 들렀다. 회원 두서너 명이 아침부터 늦게까지 회관을 지키고 있었다. 노사모는 그에게 큰 힘이자 미안함이었다. 대통령을 만들어 준 동력이자 막강한 후원자였지만, 회원들을 바라보는 그의 마음에는 언제나 미안함이 가득했다. 그는 자신을 대통령으로 만들어 준 두 가지 큰 밑천으로 5공 청문회와 노사모를 꼽았다. 다른 정치인들이 쉽게 가질 수 없는 행운이라 했다. 그 행운의 하나인 노사모가 단순히 '노무현을 사랑하는 사람들의 모임'으로 끝나지 않기를 그는 바랐다. 고유명사 '노사모'에서 시작했지만 그것이 일반명사인 '노사모'로 바뀌기를 희망했다. 적극적으로 참여해서 정치를 바꾸는 시민들이 더욱 많아졌으면 하는 소망이었다. 그런 시민들이 있어야 한국 정치가 한 단계 더 높은 수준으로 발전할 것이라는 믿음이 있었다. 정치가 썩었다고 등을 돌리는 풍토, 나아가 정치인을 도매금으로 비판하는 현실에 대한 반작용이기도 했다.

재임 중에도 지근거리인 부속실에서 그를 보좌해 온 두 참모가 귀향을 함께 했다. 김경수가 그 한 사람이었고, 문용욱이 또 다른 한 사람이었다. 두 사람은 다른 점이 많았다. 문용욱은 입이 무거웠다. 주변 사람들의 표현을 빌리자면 '자물통'이었다. 그렇다고 김경수의 입이 가벼운 것은 아니었다. 김경수는 말을 많이 해야 하는 위치에 있었다. 기자들과 언론을 상대하는 일은 전적으로 김경수의 몫이었다.

두 사람 모두 봉하마을로 내려오기까지 어려운 결단의 과정이 있었다. 학교를 다니던 아이들까지 데리고 이 작은 시골 마을로 선뜻 내려온 것이었다. 지난 5년 동안의 청와대 생활 자체도 편한 것이 아니어서 어쩌면 그와 조금 거리를 두면서 쉬엄쉬엄 살고 싶기도 했을 텐데, 그들은 대통령의 청을 두말 않고 받아들였다. 두 사람 모두 경남의 인근 도시에서 성장기를 보냈다. 진주에서 고등학교를 나와 서울로 유학을 간 친구들이었다. 노사모든 가까운 비서든, 그에게는 언제나 미안함이었다. 그래서 정치란 늘 주변 사람들에게 민폐를 끼치는 일이라고 그는 생각해 왔다. 항상 어려운 부탁을 해야만 했다.

그는 사저의 서재에서 책을 펼쳤다. 언제나 책에 목말라 있었다. 지식은 그의 지향점 가운데 하나였다. 그 자체가 목표는 아니었지만 많이 아는 사람이 되고자 노력했다. 어떤 일이든, 새롭게 일을 시작할 때면 늘 책으로 첫걸음을 떼었다. 책 속에 원리가 있고 진리가 있었다. 책 속으로 발걸음을 옮기면 그곳에 길이 있었다. 어린 시절에는 영웅의 이야기가 꿈을 갖게 했고, 실패의 이야기들이 반면교사가 되었다.

특별히 역사를 좋아했다. 역사의 가정假定도 즐겨 했다. 역사는 가정하는 것이 아니라 했지만, 그는 그렇게 하면서 오늘의 현실에 대한 시사점을 찾았다. 대원군이 개방 정책을 펼쳤다면, 광복 후 해방 공간에서 강대국의 신탁통치 안을 받아들였다면…. 그의 가정은 열리지 않은 역사에 대한 궁금증이기도 했고, 자신의 정치적 선택에서 오류를 최소화하기 위한 노력이기도 했다. 오류를 줄이기 위해서 그는 토론도 즐겨 했다. 토론을 통해 결론에 도달하는 과정을 가장 바람직한 민주주의의 전형으로 생각했다. 토론, 시스템, 그리고 지식의 추구. 이 세 가지에 대한 그의 집착이 어우러져 탄생한 것이 '민주주의 2.0' 프로그램이었다. 한마디로 지식과 토론의 시스템이었다.

퇴임한 대통령이 '민주주의 2.0'을 개발하는 과정은 재임 중에 청와대 업무 관리 시스템인 '이지원'을 만들 당시와 전혀 달랐다. 무엇보다 예산의 한계가 큰 제약이었다. 필요한 인력도 쉽게 충원할수 없었다. 더욱이 '민주주의 2.0'은 '이지원'과 같은 업무 관리 시스템 단계의 기능을 넘어서 지식 포털 성격의 사이트를 지향하고 있었다. 아무리 인터넷에 정통한 대통령이라 해도 결코 쉬운 일이 아니었다. 자신감만으로 도전할 수 있는 일은 아니었다. 그는 언제나 그랬듯이 실패를 두려워하지 않았다. 사이트를 열면 참여하는 사람들을 중심으로 수준 높은 토론이 이루어질 것으로 확신했다. 그런 과정을 거쳐 대한민국의 토론 문화를 한 차원 높은 수준으로 끌어올리겠다는 포부도 있었다. 그가 직접 의견을 제시하고 토론을 주도하는 사이트를 구상한 것이 아니었다. 그런 기능은 자신의 홈페이지인 '사람 사는 세상'만으로도 충분했다. 또 하나의 홈페이지가 아니라 검증된 지식과 치열한 토론이 어우러지는 사이트를 지향했다. 김종민 비서관을 비롯한 실무자들이 분주하게 봉하와 서울을 오가며 작업을 했다.

마침내 사이트가 완성되고 오픈이 되었지만 우려는 현실이 되어 나타났다. 그가 기대했던 수준 높은 토론은 이루어지지 않았다. 댓글과 의견과 주장이 혼재되어 갈피를 잡기 어려웠다. 위키피디아식 지식 사이트의 구현도 난망해 보였다. 서로 감정을 절제하는 가운데 핵심을 찌르는 토론이 이루어지기보다는 감정이 섞인 단발성 글들이 난무했다. 쇠고기 협상 파동의 여파로 인해 그러한 경향이 더욱 두드러졌다. 대통령이 원하던 것은 그런 모습이 아니었다. 그는 실패를 인정해야 했다.

장기적 과제로 몰두해 보고 싶은 일이 또 하나 있었다. 대통령으로 재임할 당시부터 그는 이 구상을 참모들에게 자주 이야기하곤 했다. 그것은 정책 과정에 대한 연구였다. 하나의 정책이 입안되고 그것이 토론과 논의와 평가를 거친 끝에 정책으로 완성되어 시행되기까지의 과정을 실제의 사례를 통해 연구·분석하는 것이었다. 대통령으로서의 경험은 그 연구를 하는 데 무엇보다 큰 자산이 될 것이었다. 그것이 다른 사람들의 동일한 연구와 자신의 연구를 차별화할 수 있는 토대였다. 그는 자료들이 필요했다. 그 필요성을 감안해 그는 재임 중의 기록물을 정리해서 국가기록원에 넘기는 한편, 봉하마을의 사저로 가져갈 한 세트를 별도로 복사해 두었다.

재임 중의 기록은 사실상 그가 원하면 언제든지 국가기록원에서 열람하거나 복사할 수 있는 것이었다. 그러나 필요할 때마다 자료를 열람하기 위해 봉하마을에서 국가기록원까지 그가 직접 올라올 수는 없는 형편이었다. 전직 대통령의 열람권을 보장하기 위해 애초 국가기록원에서 제공하기로 한 전용망을 통한 열람 시스템 구축도 기약 없이 미루어지기만 했다. 정책 과정 연구의 필요성 외에도 혹시라도 있을 수 있는, 재임 시절의 사안에 대한 논란에 대비하기 위해서라도 그에게는 기록과 그 기록을 검색할 장치가 필요했다. 자신의 언행에 대한 기록을 확보하지 못한다면 악의적인 왜곡과 비방에 대응할 근거를 잃어버릴 수도 있었다. 그래서 그에게는 참여정부 5년의 청와대 기록이 필요했다. 충분히 이해될 것으로 생각했다. 가볍게 판단한 것이었다. 그 점이 실수였다.

이명박 정부는 정확히 그 지점을 아프게 치고 들어왔다. 새로운 권력은 봉하의 퇴임 대통령을 압박하기 시작했다. '봉하 사저의 대통령이 실정법을 위반하여 기록물을 가져갔다'는 청와대 핵심 관계자의 말이 언론에 보도되었다.

28

2008년

여름

휴가

평창의 여름은 서늘했다. 용평 콘도에 도착한 버스에서 대통령과 권 여사가 내렸다. 강금원 회장 내외도 뒤이어 내렸다. 퇴임 대통령의 여름휴가가 이곳에서 시작될 참이었다. 강 회장은 충주에서 직접 이곳으로 미리 와 대통령 내외를 맞이하면서 휴가 일정에 합류할 수도 있었지만 굳이 그렇게 하지 않았다. 일부러 봉하마을까지 내려가 그곳에서부터 대통령과 휴가를 함께 시작했다. 그것이 대통령을 모시는 예의라고 생각했다.

대통령에게 말벗이 필요하다는 생각으로 강금원 회장은 발걸음을 봉하로 돌렸다. 그 생각은 과히 틀리지 않았다. 대통령과 강 회장은 봉하마을을 출발한 버스가 강원도 땅에 도착할 때까지 뒤편에 마련된 회의용 탁자에 마주 앉아 이야기꽃을 피웠다. 대통령 내외의 여름휴가를 위해 사저 부속실은 콘도 두 채를 빌려 놓았다. 전직 대통령이지만 수행원들이 있기 때문에 여름휴가조차도 작은 행사가 아니었다. 일주일 정도 일정이었는데, 모처럼 휴가인지라 강 회장은 대통령 내외가 편안한 마음으로 휴식을 취할 수 있도록 배려를 아끼지 않았다. 식사는 대통령의 소탈한 스타일을 생각할 때 큰 어려움이 없을 것이었다. 사람들로 시끌벅적한 식당이어도 문제 될 것이 없었다. 오히려 대통령 자신이 그런 곳을 선호하는 편이었다. 다만 잠자리만큼은 각별히 신경을 쓰려고 했다. 화려하게 고급스러운 곳은 아니더라도 마음이 편안할 수 있도록 깔끔하고 반듯한 데를 고집했다.

기록물 건 때문에 불편할 대로 불편해져 있는 대통령의 심기를 감안한 것이었다. 퇴임 대통령은 청와대와 날을 세우고 있었다. 기록물 관련 참모들을 검찰이 곧 소환할 것이라는 언론 보도가 이어지고 있었다. 강금원 회장은 그래도 그가 시름과 걱정을 잠시 내려놓고 한갓진 마음으로 맛있는 것을 먹고 멋있는 것을 보게 되기를 바랐다. 봉하 사저는 이미 편히 쉴 수 있는 곳이 아니라는 생각이 강했다.

유난히 비가 많은 여름이었다. 강원도 곳곳을 다니는 일주일 동안 비를 무척 많이 만났다. 따뜻하면서도 습한 느낌을 주는 남쪽의 비와는 달리 강원도의 비는 차가우면서도 건조한 느낌이 있었다. 비구름은 대통령의 일정을 따라다니고 있었다. 그의 표정에도 비가 그치지 않고 있었다. 휴가의 테마는 '잘사는 농촌 견학'이었다. 방문지는 봉하 사저의 비서들이 미리 선정해 놓았다. 대통령은 바람마을 의야지 등 평창과 영월 일대의 잘사는 농촌들을 둘러보았다. 그는 진지하게 관람했고 열심히 경청했다. 잘사는 농촌의 핵심은 역시 지도자였다. 젊은 지도자가 정체되어 있던 농촌을 다시 일으켜 세우는 경우가 많았다. 대통령도 같은 생각이었다.

그와 강 회장은 자생식물원, 백두대간 약초나라, 동그라미펜션, 메주와 첼리스트, 산채으뜸마을을 함께 다녔다. 강릉의 선교장에서는 분위기 좋은 곳에 앉아 차도 한 잔 했고, 배를 타고 건너간 청령포에서는 단종의 비극과 만나기도 했다. 대통령은 스스로 변화를 모색하는 농촌 사람들의 의지에 감동을 받고 있었다. 바람마을 의야지에서는 직접 풀 썰매를 타다가 뒤집어지기도 했다. 마을을 홍보해주자는 생각으로 몸을 던진 것이었다. 물론 풀 썰매가 뒤집어질 것까지 예상한 것은 아니었지만 결과적으로 그의 의도는 성공했다. 휴가가 막바지에 다다를수록 그의 표정도 굳어지고 있었다. 휴가 도중에도 기록물 사건과 관련한 보도들이 계속 전해지고 있었다. 그는 아무런 대꾸도 언급도 하지 않았다.

장거리 이동을 해야 할 일이 있을 때 그는 여러 사람이 함께 탑승할 수 있는 버스를 선호했다. 사람들과 대화하기를 즐기는 취향 때문이기도 했다. 재임 중에도 경호실의 버스 편으로 장거리를 이동한 경우가 여러 차례 있었다. 대통령의 버스 이용을 두고도 언론에서는 말들이 많았다. 버스의 방탄 여부를 따지면서 경호에 구멍이 뚫렸다는 주장을 펴기도 했다. 비상 상황이 발생할 경우 이동하는 버스에서 시급한 군사 지휘가 가능한지에 대한 의문 제기도 있었다.

대통령의 버스 선호는 퇴임 후에도 계속되었다. 강금원 회장은 대통령의 선호를 감안하여 주식회사 봉화의 명의로 버스를 마련했다. 버스는 마을 회관 앞 주차장에 자리 잡고 있었는데, 사용할 일이 생각처럼 많지는 않다. 내부가 약간 개조된 것이었다. 뒤편에는 서로 마주보며 대화를 나눌 수 있는 공간이 있었는데 담배를 좋아하는 그를 위해 재떨이가 마련되어 있었다. 버스는 강원도에서 보내는 여름휴가에서 제 역할을 톡톡히 해내었다. 지난 20여 년 간 대통령의 운전을 도맡아 해 온 최영은 버스 운전에도 능숙했다. 강원도 산골의 가파른 언덕을 주저 없이 올라갔고, 구불구불한 국도도 막힘없이 나아갔다. 미리 예정했던 시간을 지나 도착하는 일은 거의 없었다.

휴가 일정의 마지막은 강금원 회장의 골프장이었다. 그는 그곳에서 이틀간 머무르면서 휴식을 취하기로 예정되어 있었다. 한 달여 전에도 그 골프장을 다녀갔었다. 강 회장의 주선으로 전직 참모들과 골프도 하면서 담소를 나누는 시간을 가졌다. 퇴임한 이후에 먼 곳까지 나온 일정은 그것이 처음이었다. 강 회장은 대통령에게 자신의 골프장에 자주 올 것을 청했다. 대통령이 너무 작은 마을에 갇혀 지낸다는 느낌을 지울 수 없었기 때문이다. 전직 참모들이 번갈아 봉하마을에 내려오긴 했지만, 그들이 귀경할 일을 생각하면 마음 편하게 이야기를 나누기도 어려웠다. 봉하마을에서 1박을 하는 일정이 되어야 편한 마음으로 저녁도 함께하면서 소주 한 잔도 기울일 수 있었다.

그런저런 이유로 강 회장은 그에게 2박 3일의 충주 골프장 일정을 권했다. 그는 의외로 곧바로 승락했다. 감히 먼저 청하지는 못하고 있었지만 그렇게 배려를 해 주니 기꺼이 나들이를 하겠다는 화답으로 보였다. 충주로 가는 일정에 맞추어 그는 청와대에서 함께 일했던 주요 참모들을 골프장으로 불렀다. 골프를 하는 사람도, 하지 않는 사람도 함께 불렀다. 골프보다는 대화가 목적이었다. 강금원 회장은 대통령이 겉으로 말은 하지 않았지만 사람들을 무척 그리워하고 있음을 알아차렸다.

그는 이틀에 걸쳐 사람들과 어울려 운동을 했다. 늦게 배우긴 했지만 한때는 연습을 게을리하지 않을 정도로 골프의 매력에 빠지기도 했던 그였다. 그러던 골프 열정이 언제였는지도 모르게 사라져 버렸다. 대통령 직무를 수행하는 동안 골프에 대한 흥미를 조금씩 잃어버린 것으로 보였다. 퇴임한 대통령은 골프 자체를 즐기기 위해서 자리나 행사를 만들지 않았다. 다만 강 회장이 자리를 만들어 놓고 권하면 거절하는 일은 거의 없었다. 골프 자체보다 필드를 걸으며 사람들과 나누는 대화를 즐기는 것으로 보였다.

그것이 한 달여 전의 일이었다. 그동안 기록물 사건을 둘러싼 논란과 파장은 더욱 확산일로를 걸어 왔다. 어떻게 보면 정말 아무 일도 아닐 수 있는 일이 엄청나게 큰 일이 되어 있었다. 그는 강하게 항변하고 싶어 했다. 힘겹게 정치를 해 오는 동안 눈앞에 닥친 싸움을 회피한 적이 없는 사람이었다. 부당한 일이라 생각되면 결과에 대한 전망이나 싸움 자체의 유불리를 떠나서 억울함을 토로하면서 당당하게 맞서 온 것이 그의 캐릭터였다.

이번에는 달랐다. 참모들을 소환하겠다는 이야기가 그의 결심을 크게 흔들어 놓고 있었다. 사실상 그의 항복을 요구하는 것이었다. 마침내 그는 기록물 사본을 반환하기로 결심했다. 복잡다단한 심경과 불편한 심기를 그대로 드러내어 홈페이지에 글로 남기는 것이 전부였다. 대통령은 그것으로 모든 것을 털어 버리려 애썼다. 실망과 미움이 증오로 커져 가지 않도록 스스로를 달래었다.

버스는 어느덧 강원도와 충청도의 경계를 넘었다. 정확히 말하면 경기도에 잠시 들어섰다가 충청북도로 넘어온 것이었다. 강금원 회장의 골프장은 충청북도 충주의 앙성면에 있었다. 인근에 강원도

원주와 경기도 여주, 그리고 충주가 만나는 지점이 있었다. 세 도道가 만난다는 의미에서 삼합三合이라는 지명이 붙었다. 남한강 물줄기가 서서히 흘러가면서 고즈넉한 풍광을 만들고 있는 곳이었다. 대통령 내외는 골프장에 묵는 일정을 단축하여 하루 일찍 봉하 사저로 돌아가기로 했다. 그의 마음이 편치 않음을 느꼈는지 강 회장도 쉽게 동의했다. 봉하마을로 돌아가는 날, 대통령 내외는 강 회장과 함께 골프장 인근에 있는 사유지를 둘러보았다. 강 회장이 인근에 마련해 놓은 땅이었는데, 그 가운데 좋은 집터가 있었다. 강 회장이 대통령에게 권했다.

"봉하에서만 지내지 마시고, 여기 경치도 좋은데 이곳에 집을 하나 장만해 놓겠습니다. 절반은 이곳에 와서 지내시지요."

그는 구체적으로 대답하지 않았다. 다만 이곳에 오면 서울의 사람들을 만나기에는 편하겠다는 말을 덧붙일 뿐이었다. 강 회장은 그것을 의사가 아주 없지는 않은 것으로 해석했다. 그렇게 여름이 지나가고 있었다.

공기업 등에 대한 검찰의 수사가 전방위로 진행되고 있었다. 관련하여 언론의 지면마다 참여정부 인사들의 이름이 이니셜로 거론되고 있었다. 실제로 혐의가 확인되었다는 후속 기사는 그리 많지 않았다. 그즈음 강금원 회장에게도 주위 사람들이 걱정하는 소리를 자주 건네기 시작했다. 강 회장의 집안은 혼사 준비에 여념이 없었다. 돌아오는 9월에 아들과 딸을 한 날에 함께 결혼시킬 작정이었다. 두 결혼식 모두, 주례를 대통령이 맡기로 했다. 사돈이 될 강금원

그가 주례를 선 날은
마침 자신의
예순 두 번째 생일
바로 다음 날이었다.
그날이 그로서는 살아서
마지막으로 맞이한 생일이었다.

회장 내외와 이병완 전 비서실장 내외가 함께 봉하 사저를 찾아가 청한 일이었다.

"강 회장과 이 실장의 결혼식인데 당연히 내가 주례를 서야지요."

그는 이 주례를 설 수 있는 사람은 오직 자신뿐이라는 표정이었다. 유쾌한 얼굴이었다. 자신과의 관계가 인연이 되어 맺어진 혼사라 기쁨이 더한 듯했다. 대통령이 강 회장 내외 그리고 이병완 실장 내외와 식사를 하던 도중 우연히 각자의 아들딸 이야기가 나왔는데, 강 회장에게 장가 안 간 아들이 있었고 이 실장에게 연애 한 번 못해 봤다는 딸이 있었다. 이야기 끝에 만남이 성사되었고 결혼까지 이르게 되었다. 의도한 바는 아니었지만 대통령의 후원자 집안과 비서실장의 집안이 사돈이 되고 거기에 대통령이 직접 주례를 서게 되니, 양가의 행사라기보다는 참여정부의 큰 행사처럼 여겨졌다.

결혼식장은 강 회장의 골프장이었다. 9월 초였지만 늦더위가 기승을 부렸다. 결혼식 자체는 무탈하게 진행되었다. 뜨거운 불볕더위에 대통령도 참석자들도 모두 지쳐 버린 결혼식이었다. 강 회장의 아이디어로 결혼식장 위로 경비행기가 날았다. 다음 날 아침 적대적인 언론들은 일제히, 경비행기까지 동원한 호화 결혼식이라며 맹공을 퍼부었다. 그가 주례를 선 날은 마침 자신의 예순 두 번째 생일 바로 다음 날이었다. 강 회장은 아들딸의 결혼식 준비에 몰두하느라 그의 생일을 제대로 챙기지 못했다. 강 회장이 챙기지 못한 그날이 그로서는 살아서 마지막으로 맞이한 생일이었다.

29

2008년
가을 겨울

칩거

다분히 참여정부를 겨냥한 것으로 보이는 검찰의 전방위 수사는 가을에도 계속되고 있었다. 참여정부 고위 관계자들의 이름이 수시로 언론에 오르내리다가 사라지고 있었다. 이명박 정부는 세계적인 금융 위기의 태풍을 맞아 위기 관리 능력을 시험받고 있었다. 봉하의 퇴임 대통령은 한국 경제의 기초가 튼튼하다면서 크게 걱정하지 않아도 좋을 것이라고 방문객들에게 이야기했다. 현 정부 경제 정책의 잘잘못에 대해서는 특별히 언급하지 않았다. 자신의 재임 중 일각의 비판에도 불구하고 양적인 외형 성장보다는 내실을 다지는 데 치중했기 때문에 정부가 잘 관리만 하면 큰 문제가 없을 것이라는 확신이 있었다.

기록물 사건으로 인한 유감이 있기는 했지만, 그는 정부가 하는 일에 대놓고 비난을 퍼붓는 일은 가급적 하지 않았다. 다만 참여정부에 대해 먼지 털기식 뒷조사를 하는 것에 대해서만큼은 간혹 불편한 심기를 드러내었다. 어쨌든 어서 빨리 일련의 수사들이 마무리되기를 기다릴 수밖에 없었다. 일련의 수사가 이듬해 봄까지 계속될 것이라는 전망도 심심치 않게 들려왔다.

가을이 뒤늦게 봉하 사저에 깃들었다. 시간은 생각한 만큼 빠르게 흘러가 주지 않았다. 생가 마당으로 나가 방문객들에게 인사를 하고 사저를 찾아오는 손님들을 맞이하다 보면 하루가 흘러가긴 했다. 그는 한 달에 두어 차례 강금원 회장과 함께 다른 지역에 나들이를 다녀오기도 했다. 잘사는 농촌으로 소문이 나 있거나 함평나비축제처럼 독특한 사업으로 마을 이름이 브랜드로 거듭나고 있는 곳들이었다. 봉하마을의 미래를 염두에 두고 바람직한 모델을 찾기 위한 노력이었다.

봉하의 들판에 황금빛이 감돌기 시작했다. 가을걷이를 준비할 때였다. 퇴임 초기의 일시적 현상일 것으로 생각했던 방문객들의 인파는 여전히 변함이 없었다. 경상남도 김해시 진영읍 봉하마을의 전직 대통령 사저는 이제 하나의 관광 코스가 되고 있었다. 그를 지지했던 사람에게나 지지하지 않았던 사람에게나 귀향한 대통령과 사저는 빼놓을 수 없는 구경거리인 셈이었다. 그 사람들이 집으로 돌아가는 길에 작은 무엇 하나라도 남았다는 생각이 들기를 바라는 마음으로 그는 정성을 다해 이야기를 했다. 지금은 전해 줄 것이 이야기뿐이지만 후년이나 내후년이 되면 장군차 체험도 할 수 있게 될 것이었다. 머릿속에 많은 아이디어들이 맴돌았다.

10월 초, 그는 오랜만에 서울 나들이를 했다. 10·4 남북정상회담 1주년을 기념한 학술 심포지엄이 열려 그 자리에서 연설을 하게 되었다. 이번에는 하고 싶은 말들을 했다. 이명박 정부 들어서 악화된 남북 관계에 대한 이야기였다. 다른 것은 몰라도 남북 관계에 대해서만큼은 분명하게 지적하고 싶은 것이 많았다. 전직 참모들이 보내 준 여러 가지 참고 자료를 토대로 언제나 그랬듯이 그가 직접 연설문을 작성했다. 초안의 몇몇 내용에 대해 참모들이 우려를 표했다. 퇴임한 대통령이지만 참모들은 재임 중일 때와 마찬가지로 그가 대외적으로 하려는 말을 막아서는 경우가 많았다. 재임 중에도 그는 참모들의 건의를 받아들여 정작 하고 싶었던 말을 결국에는 접어 버린 일이 한두 번이 아니었다. 언론들이 대통령을 보고 "인의 장막에 둘러싸여 있다"고 하자, 그는 이렇게 되받아 말하기도 했다.

"맞아요. 내 이야기가 밖으로 못 나가도록 하는 인의 장막이 있지요!"

서울 나들이를 하고 나서 일주일 정도가 지났을 무렵, 그들 내외는 강 회장의 제안으로 통영을 다녀왔다. 통영은 그가 항상 가 보고 싶어 한 땅이었다. 그곳은 바다도 산도 온통 아름다움이었다. 새내기 변호사이던 시절에 통영의 달아공원에서 본 다도해의 풍경은 그의 뇌리에서 30년 동안 천국 그 자체의 느낌으로 남아 있었다. 그래서 재임 마지막 해인 2007년 여름에는 일부러 시간을 내어 달아공원을 찾기도 했다. 또 그곳의 쪽빛 바다를 소재로 그림을 그려 온 통영 출신 전혁림 화백의 작품전을 일부러 찾아간 끝에 그림을 구입해 청와대 인왕실에 걸어 두기도 했다. 그림 앞에서 그는 통영 바다의 비릿한 냄새를 마시곤 했었다. 이번에 일행이 다녀온 곳은 통영에서 다시 요트를 타고 가는 학림섬이었다. 강 회장의 지인이 소유하고 있는 별장에서 모두 함께 하루를 묵었다. 돌아오는 길에는 바다목장에서 낚시도 했다. 조피볼락이 줄줄이 낚싯대에 매달려 올라왔다.

곧 가을걷이를 해야 했다. 가을걷이가 시작되는 시기에 맞추어 미곡 처리장도 완성했다. 그가 공력을 무척 많이 들인 성과물이었다. 가을걷이가 끝나면 농촌은 휴식기였다. 동절기에는 방문객들의 수도 줄어들 것이었다. 그는 겨울에 해야 할 일들을 결정했다. 글을 쓰고 책을 내는 일이었다. 회고록은 아니었다. 그것은 아직 더 먼 장래의 일이었다. 그에 앞서 당장 쓰고 싶은 책이 있었다. 대통령이 되기 오래전부터 '사상서', '정치 입문서' 또는 '정치학개론'으로 표현하면서 써 보기로 마음먹었던 책이었다. 새로운 세대들이 민주주의의 교육 자료로 활용할 수 있는 책을 쓰고 싶었다. 이제 그 일을 시작할 때가 되었다.

그렇게 농부 노무현으로서의 1년차 생활이 얼추 마무리되고 있었다. 사실 대통령에서 자연인으로 돌아온 것도 큰 변화였지만, 도시에서 농촌으로 이동한 것도 그에 못지않은 큰 변화였다. 새롭게 시작하려는 일들 역시 이제까지 해 보았던 일들이 아니라 전혀 새로운 일들이었다. 수개월에 걸친 지난 농촌 생활을 돌아보면 그는 나름대로 잘 적응하고 있는 편이었다. 그러나 강금원 회장은 틈만 나면 "봉하마을의 생활을 빨리 접어야 한다"고 그에게 말하곤 했다.

사실 귀향을 결정하게 되기까지는 국토의 균형 발전이라는 상징성을 염두에 둔 것도 있었다. 그것은 그와 참여정부가 온갖 역풍을 무릅쓰고 추진했던 역점 사업 가운데 하나였다. 영남 지역, 특히 부산·경남에 발을 딛고 살면서 지긋지긋한 지역 구도 정치를 무너뜨리는 데 어떻게든 일조를 해야겠다는 각오도 있었다. 그곳을 떠날 수는 없었다. 강 회장의 제안대로 충주의 골프장 옆에 소박한 거처를 하나 마련하는 것은 생각해 볼 수도 있는 일이었다. 하지만 그것도 역시 현실적으로는 무리한 일이었다. 문제는 불편함이었다. 그 자신의 불편보다 그를 찾아오는 참모나 손님들의 불편이 컸다. 물론 그 자신도 불편했다. 만날 수 있는 사람의 범위에 한계가 있었다. 정치인의 길을 걸은 뒤부터는 항상 사람들 사이에서 일을 도모해 왔고, 사람들과 함께 희로애락을 겪어 왔다. 무엇보다 사람들과의 대화를 즐거워했다. 아쉬움은 서울이나 수도권에 사는 편익에 대한 것이 아니라 바로 그 사람들에 대한 것이었다.

봉하 쌀은 생각보다 인기가 좋았다. 대통령 브랜드가 위력을 발휘한 것인지는 알 수 없었지만, 그의 얼굴에는 오랜만에 미소가 활짝 피어났다. 얼마 후 농협의 세종증권 인수와 관련하여 박연차 회장의 이름이 오르내리기 시작했다. "지난 정권 사정의 마지막 고비가 될 것"이라는 전망을 어느 방송사 기자가 전하고 있었다.

그는 강 회장의 골프장으로 전직 홍보 참모들을 불러 모았다. 책의 주제에 대해서는 언급하지 않았지만 어쨌든 집필 작업을 시작할 것임을 밝혔다. 자신이 쓰는 글을 포함해 참여정부의 기록들을 펴낼 출판사의 설립도 검토하라고 나에게 주문했다. 돈을 벌기 위해 사업을 벌일 생각은 없었지만, 기왕이면 책도 쓰고 그것이 돈벌이에 보탬이 되었으면 하는 생각이 있었다. 글을 쓰는 작업은 온라인을 통해 협업을 해 나가기로 했다. '민주주의 2.0'이나 홈페이지의 카페를 통해 집단 창작을 하는 새로운 방식을 모색하자고 그는 제안했다.

집필 작업을 막 준비할 무렵, 형님의 구체적 혐의가 드러났다. 더 이상 주저할 것이 없었다. 방문객들에게 마지막으로 인사를 했다. 어차피 겨울이라 방문객 인사는 일단락을 지어야 할 시기이기도 했다. 형님은 구속되었고, 그는 칩거를 시작했다. 글을 쓰는 참모들 가운데 한두 사람이 대표로 봉하마을에 내려와 함께 생활하며 작업할 것을 주문했다. 온라인 작업으로 하기에는 한계도 있었고, 무엇보다 직접 컴퓨터 작업을 하려 하니 예전에 수술했던 허리에 무리가 왔다. 날마다 얼굴을 맞대고 논의하면서 검증할 사람들이 필요하기도 했다. 그는 구술로 이야기의 줄거리를 풀고 집필팀은 그것을 활자화하는 방식이었다. 옷가지를 싸들고 두 참모가 봉하마을로 내려왔다. 그의 주문에 따라 출판사 창업을 준비하던 나는 사무실을 닫고 봉하로 내려왔다. 양정철 비서관도 함께 내려왔다. 12월 초순의 일이었다.

30

고난

　　새해는 여전히 변함이 없는 모습으로 찾아
왔다. 새해를 맞는다는 것은 언제나 하나의 기대였다. 적어도 힘겨
운 고통을 겪고 있는 사람들에게는 그러했다. 대통령이 새롭게 맞이
한 새해는 아직 그 형상을 예측하기 어려운 것이었다. 남녘 진영의
봉화산에서 새해를 맞는 감상은 설렘보다는 긴장이었고, 고무보다
는 침잠이었다.

　　새해 아침, 서울에서 내려온 전직 비서관들 몇몇이 펜션형 주택
204호에 머물고 있었다. 대통령의 집필을 보좌하고 있는 나와 양정
철 이외에도 안영배, 정구철 등 세모를 맞아 서울에서 내려온 비서
관들이 눈에 띄었다. 새해를 맞이하기 하루 전날 봉하에 내려온 사
람들이었다. 새해 첫날에도 서울에서 KTX 한 칸을 빌려 수십 명에

달하는 전직 참모들이 내려왔다. 사저는 떡국을 준비하느라 분주했
다. 퇴임 이후에 가장 많은 손님을 치르는 날이었다. 예상보다 많은
사람들이 사저를 찾아왔다. 형님이 구속된 이후 그는 외부 출입을
거의 하지 않는 편이었다. 가급적 사람들과의 접촉을 꺼렸다. 전직
참모들이나 지인들이 새해 인사를 오겠다고 하면 손사래를 치며 말
렸다. 그래도 결국 올 만한 사람들은 거의 다 온 듯했다.

대통령 내외는 주요 손님들과 사저의 식당에서 오찬을 함께했
다. 다른 손님들은 서재 옆에 붙어 있는 사랑채에서 떡국을 대접받
았다. 식사를 마친 그는 서재에서 손님들을 그룹별로 만나 새해 인
사와 덕담을 나누었다. 악수가 세배를 대신했다. 하고 싶은 말이 많
았던 듯 그는 이야기를 길게 이어 갔다. 그의 주문대로 정말로 사람
들이 찾아오지 않았다면 상당히 쓸쓸했을 법한 첫날이었다. 하고 싶
은 그 많은 말들도 달리 쏟아 낼 곳을 찾지 못했을 것이다. 대통령이
길게 쏟아 낸 이야기의 핵심을 한마디로 줄이면 '올해는 책을 쓰겠
다'였다.

"반드시 책으로 일가를 이루겠습니다."

그의 새해 포부였다. 퇴임 당시와 비교하면 당면한 포부가 바뀐
셈이었다. 그와 그를 둘러싼 현실이 타협할 수 있는 유일한 지점이
었다. 형님의 구속으로 인해 그는 어쩌면 마지막까지 갖고 있었을
많은 꿈과 포부들을 접었는지도 모를 일이었다. 그것은 전직 대통
령이라는 퇴색한 이미지의 타이틀보다는 시민운동가나 농촌운동가
같은 현재진행형의 타이틀을 갖는 꿈일 수도 있었고, 진보의 대표는

바라지 않더라도 그 진영에서 하나의 굳건한 축을 이루는 포부일 수도 있었다. 상대적으로 젊은 나이에 최고 권력자의 자리에서 물러난 대통령에게는 아직 창창한 시간들이 남아 있었다. 남아 있는 그 시간들만큼이나 그에게는 여전히 도모할 수 있는 많은 일들과 다시 뭔가를 이룰 무한한 가능성이 남아 있는 것이 사실이었다.

그러나 형님의 구속을 계기로 상황은 바뀌고 있었다. 그는 이제 자그마한 이 농촌에서 그에게 주어진 많은 시간들을 보낼 수 있는 일거리를 붙잡아야 했다. 집필이 어쩌면 유일한 대안이었다. 미국의 전직 대통령들처럼 세계적인 해비타트 운동이나 인권 운동을 할 수 있는 처지는 아니었다. 활동을 뒷받침해 줄 만한 탄탄한 재단도 없었다. 그런 재단을 만들 수 있는 정치적 상황도 아니었다.

대통령은 화요일과 금요일에 집필팀 회의를 주재했다. 오전 9시 반이나 10시 즈음에 시작된 회의는 점심 식사 직전인 12시까지 계속되었다. 그는 기본적으로 집필 주제를 천착하고 있었지만, 집필 방식에 대해서도 깊이 연구하고 있었다. 자칫 침울해질 수 있는 상황에서도 그는 놀라운 집중력을 발휘하고 있었다. 그는 봉하 사저를 찾아오는 아이들에게 어떤 이야기를 해 줄 것인가를 화두로 집필팀과 이야기를 나누었다. 아울러 협업으로 집필을 해 나갈 수 있는 시스템을 구축하고 있었다. 사저의 집필 회의를 중심에 두고 서울에 있는 참모들과의 네트워크를 구축하는 것이었다. 회의는 대체로 일방적으로 진행되었다. 그의 구술이 대부분을 차지했다. 그가 쓰려는 책이고, 집필팀은 그를 보좌하는 역할이다 보니 당연한 것이기도 했다. 대통령은 그렇게 말을 하면서 자신의 생각을 다듬고 발전시켜 나가는 스타일이었다.

대통령은 화요일과 금요일에
집필팀 회의를 주재했다.
자칫 침울해질 수 있는
상황에서도 그는 놀라운
집중력을 발휘하고 있었다.

1월도 그렇게 갔다. 한 달을 넘기는 일도 예전 같지는 않았다. 얼굴 어딘가에 잔주름이 하나 생기고, 가슴팍에 남모를 시름 하나가 늘어나야 비로소 한 달이 가는 듯했다. 다시 2월이 되고 며칠이 지나지 않았을 무렵, 대통령 내외는 불현듯 충주에 있는 강금원 회장의 골프장을 찾았다. 봉하 사저 안에서 겨울잠과도 같은 침묵의 시간을 보내고 있던 대통령이었다. 외부 출입을 거의 하지 않던 그가 멀리 충주까지 출타를 한 것이었다. 평소 같으면 1박이나 2박을 예정하고 편한 마음으로 찾았을 텐데, 그날따라 특별한 예정을 하지 않은 채 길을 떠난 것이었다.

"갑갑해서 왔습니다. 바람이나 쐴 요량으로요."

늦겨울 찬바람이 대통령의 얼굴에 스치고 있었다. 그 때문인지 표정은 차갑고 쌀쌀해 보였다. 우수가 깃든 표정 같기도 했다. 강금원 회장은 그의 그런 표정에 익숙하지 않았다. 자주 보던 얼굴 표정은 아니었다. 알 듯 말 듯한 그 표정에서 쓸쓸함이 짙게 묻어 나왔다.

"잘 오셨습니다. 아예 며칠 좀 쉬다가 가세요. 집은 며칠 비워도 아무 상관없습니다."
강 회장은 대통령에게 조심스럽게 청했다.
"저희 부부와 운동이나 한번 하시지요. 준비시키겠습니다."
그는 고개를 절레절레 흔들었다. 그렇게 하기 싫다는 의미가 아니라 그렇게 할 수 없다는 뜻으로 보였다.
"강 회장이 지난번 여름휴가 때 이야기했던 골프장 인근의 집터를 한번 구경했으면 해서요."

뜻밖의 이야기였다. 강 회장은 순간적으로 뜨거워지는 눈시울을 감출 수 없었다. 대통령의 그 말은 결국 봉하 사저의 힘겨운 생활에 대한 솔직한 표현에 다름 아니었기 때문이다. 스스로 생각해서 명분이 없다고 판단되는 일은 결코 거들떠보지 않는 것이 대통령의 성격이었다. 힘겨움 한가운데에 와 있는 그의 속내가 비로소 드러나고 있었다. 참모들이나 비서들 앞에서야 여전히 의연한 모습을 보이고 있을 터였지만, 그 속은 어쩌면 이미 숯덩이처럼 검게 타들어 가고 있는지도 모를 일이었다. 강 회장은 대통령을 알고 지내 오는 동안 비슷한 상황을 몇 차례 겪어 보았다. 재임 중 대선 자금 수사로 인해 어려움에 처해 있을 때도 그랬고, 임기 후반에 접어들면서 인사 문제 때문에 당으로부터 집중적인 공격을 받아 상처가 날 때도 그랬다. 그래도 그때는 힘겨워도 퇴로가 있었다. 정말로 대통령 후보 자리에서 물러나거나, 아니면 싸움의 전선에서 물러나면 되는 힘겨움이었다. 그러나 지금은 달랐다. 지금 그에게는 퇴로가 없었다.

"네, 한번 가 보시지요. 잘 생각하셨습니다."

대통령 내외와 강 회장 내외는 골프장 인근의 집터를 둘러보았다. 골프장 입구에서 오른쪽 방향으로 골짜기를 따라 2킬로미터 정도 들어간 깊숙한 곳에 아늑한 터가 있었다. 그곳에는 이미 강 회장이 매입해 놓은 집이 한 채 있었다. 오래전에 지어진 집이었는데 그 자체로도 비교적 쓸 만했다. 강 회장은 대통령 내외가 그곳을 정말로 거주 공간으로 사용할 생각이 있다면 새롭게 뜯어고칠 작정이었다. 아예 집을 허물고 새롭게 지을 생각도 있었다. 대통령 내외는 여기저기를 찬찬히 뜯어보며 살폈다. 두 사람 모두 집터를 마음에 들어 하는 모습이었다. 그곳에 공간이 있으면 서울 나들이가 더 편해져서 손자나 손녀들을 더 자주 볼 수 있을 것이었다.

한편으로는 불행이 아닐 수 없었다. 거처를 옮기겠다고 마음을 먹은 것은 물론 아니지만, 퇴임 이후를 지내려고 정해 놓은 터전이 1년도 채 안 된 상황에서 마음에 부담을 주는 공간이 되어 버린 현실이었다. 집터를 보러 왔다는 사실 자체가 그 아픈 현실을 말해 주고 있었다. 두 쌍의 내외가 저녁 식사를 마치자 여덟 시가 되었다. 강 회장은 일찌감치 클럽하우스의 침실을 정돈해 둘 것을 직원들에게 지시해 놓고 있었다.

"이제 클럽하우스로 올라가서 쉬시지요."
"아닙니다. 오늘 내려가야지요."
"아니, 왜? 무슨 급한 일이라도….'
거듭되는 강 회장의 청에 그는 머뭇거리다가 입을 열었다.
"아닙니다. 그저 다른 곳에서 자기는 마음이 편치 않습니다."

강 회장은 더 이상 1박을 청하지 않았다. 대통령 내외는 서둘러 봉하를 향해 떠났다. 떠나는 뒷모습을 지켜보는 강 회장의 눈에 다시 이슬이 맺혔.

나날이 그의 웃음이 헛헛해지고 있었다. 말수도 부쩍 줄어들었다. 주로 이야기를 하는 편인 대통령이 듣는 쪽으로 변한 것도 그즈음의 일이었다. 특유의 농담이나 유머가 눈에 띄게 줄었다. 그 시기의 유일한 농담은 농담이라기보다 과거에 대한 회고였다. 그가 군에서 복무하던 시절에 뱀을 잡아먹었다는 이야기였다. 그의 이야기에 좌중은 웃음바다가 되었다. 하지만 대통령의 웃음은 길지 않았다. 그나마 그것이 오랜만에 웃는 웃음이었다. 사저의 식당 창문에 우담발라 꽃이 핀 것을 두고도 사람들은 기대가 섞인 희망을 주고받았다.

"아무래도 올해는 좋은 일이 있지 않겠습니까?"

간절한 소망들이었다. 그 기대에도 불구하고 운명의 날들은 다가오고 있었다. 대통령 내외는 수척해져 갔다. 박연차 회장을 수사하던 대검 중수부의 칼끝은 점차 봉하 사저를 향하고 있었다.

31

2009년

봄

유폐

 5년 전 탄핵 때도 그는 이렇게 갇혀 있었다. 그때는 청와대 관저였고 지금은 봉하 사저였다. 그때나 지금이나 바깥으로 나가 움직일 수는 있었다. 출입이 봉쇄된 것은 아니었다. 하지만 그때나 지금이나 밖으로 나갈 수가 없었다. 그의 바깥출입은 아주 특별한 일이 있을 때나 생각할 수 있는 일이 되었다. 사저는 좁은 공간이 되었다. 공간은 언제든지 바깥으로 확장될 수 있을 때 넓게 느껴지기 마련이다. 바깥이 더 이상 나갈 수 없는 곳이 되어 그 경계가 닫혀 버릴 때 내부의 공간은 아무리 넓어도 좁게 느껴질 수밖에 없다.

 그들 내외는 담장을 경계로 그 안에 갇혀 있었다. 담장도 낮은 편이라 집 건물과 담장 사이의 공간에도 쉽게 나갈 수가 없었다. 결국 실제로 오고갈 수 있는 공간은 거기서도 다시 절반이었다. 집 건물 밖으로 나가면 언론에 노출될 가능성이 높았다. 사실 사진 찍히는 것을 두려워할 일은 아니었다. 집안에서야 마음 편히 돌아다니면 그만이었지만, 언론에 사진이 나오는 것은 또 다른 일이었다. 호사가들이나 적대적인 언론에 불쾌한 공격이나 야유의 빌미를 주는 것이 싫었다.

그는 좁은 공간 안에서 부지런히 움직여야 했다. 살아 있음을 확인하기 위해서 움직여야 했고, 움직임으로써 다시 살아가는 동력을 얻어야 했다. 좁은 공간에서 할 수 있는 일은 그리 많지 않았다. 정원을 가꾸는 일이 그나마 노동에 가까운 것이었지만 이미 할 수 없는 일이 되어 있었다. 손님이 오면 차를 마시고 대화를 나누며 시간을 보낼 수 있었다. 그러나 손님들은 일체 발을 끊었다. 오겠다는 사람이 없지는 않았지만, 그가 먼저 오지 말라고 강권했다.

그의 대화 상대는 법률자문팀이었다. 문재인, 전해철, 정재성 등 변호인들이었다. 문재인 실장에게는 미안한 마음이 늘 있었다. 5년 전 탄핵 당시, 문 실장은 청와대를 그만두고 떠난 네팔 여행 중에서 돌아와 탄핵 변호인단을 이끌어 주었다. 이번에도 마찬가지였다. 누군가는 재임 중에 검찰을 장악하고 퇴임 후를 대비해 조율도 했어야 한다는 주장을 하기도 했다. 하지만 그것은 길이 아니었다. 어차피 애초부터 검찰을 장악할 의사는 없었다. 그것은 문재인의 뜻도 아니었고, 전해철의 뜻도 아니었다. 대통령 노무현의 뜻이었다. 그랬던 만큼 퇴임을 앞두고 검찰과 특별히 거래를 할 일도 없었고, 퇴임 이후를 위해 조율을 할 일도 없었다. 천부당만부당한 일이었다.

2월 초순, 그들 내외는 충주의 시그너스 골프장 인근에 강 회장이 집을 짓겠다는 터를 구경하고 왔다. 조용하고 아늑한 곳이었다.

갑갑하고 숨 막히는 현실에서 벗어나고 싶은 마음에 구경이라도 해 보자는 생각으로 나선 길이었다. 검찰의 소환으로 서초동 대검 중수 부에 출석하기 위해 서울에 다녀온 것을 제외하면 그날의 충주행이 가장 멀리 다녀온 마지막 외출이었다.

봉하마을에 다시 봄이 찾아왔지만, 그는 결국 바깥으로 나가지 못했다. 3월의 공기는 청명했다. 새들의 소리도 맑았다. 사저 안의 분위기는 그와 반대로 치달았다. 공기는 더욱 흐려지고 분위기는 가라앉았다. 방문객들은 그의 흔적을 보려고 까치발로 섰지만, 그는 사저 밖으로 나가지 않았다. 진보주의와 관련한 집필 작업에 더욱 몰두했다. 서울에서 카메라 기자들이 대거 몰려오기 시작했다. 봉하의 풍경 하나하나가 모두 기사가 되었다. 비서들이 사저에 출입하는 모습은 비교적 큼지막한 사진 기사였다. 집필팀은 사저에서 사용하는 스타렉스 미니버스 편으로 출입했다. 그래야 기자들의 눈을 피할 수 있었다. 그는 살아 있음을 확인하기 위해서라도 집필 회의를 계속했다. 그것마저 놓아 버리면 하루도 버티지 못하고 쓰러질 것 같았다. 그는 집필팀 회의 참가자들에게 넋두리를 했다.

"자네들마저 없다면 이곳을 누가 찾아오겠는가? 이것이라도 안 하면 내가 어떻게 살 수 있겠는가?"

무언가라도 붙들고 있으려는 그의 노력은 처절했다. 책을 내기 위해 집필팀 회의를 하면서도 그는 실제로 책을 낼 수 있을 것인지 에 대해 의심했다. 책을 내는 것이 무슨 의미가 있는지에 대해서도 회의했다. 미래는 그의 것이 아니었다. 아무것도, 그 무엇도 장담할 수 없었다. 확실하게 이야기할 수 있는 근거가 자신에게는 없었다.

그는 어쩌면 지지자들로부터 지지를 잃을 것이며, 측근들을 붙잡고 있을 힘도 없어질 것이며, 가까운 사람들의 감옥행을 감내해야 할 것이었다. 심하면 자신에게도 그런 상황이 현실이 되어 다가올 수도 있었다. 집필팀 회의에서 그는 안타까움을 표현했다.

"운명의 여신은 우리 편이 아닌가 보다. 이렇게까지 사태가 전개되는 것을 보니⋯."

그는 모든 것을 포기하기 시작했다. 모든 가능성에 대비하고 있었다. 그가 처해 있는 상황처럼 지난해 봄 사저 뒷산에 심어 놓은 장군차나무들의 상태가 좋지 않았다. 비서들을 불러 일을 시켰다. 여러 사람이 힘을 모아 장군차나무들을 펜션형 주택촌의 뒷산으로 옮겨 심는 일이었다. 비서들이 하루 종일 그 일을 하던 날, 그도 마을에 잠깐 나가 바깥 공기를 쐬었다.

담배가 점점 더 늘어 갔다. 마음의 병이 몸의 병을 키우고 있었다. 부산대 병원에 가서 진료를 받았다. 4월에 정상문 비서관이 긴급 체포되자 그는 곧바로 홈페이지에 글을 올렸다. 정 비서관이 자신을 위해 받은 돈이라는 내용이었다. 언론의 지면은 연일 그에 관한 뉴스로 채워지기 시작했다. 언론과 야당의 파상 공세가 이어졌다. 민주당 일각에서도 그를 비난하는 발언들이 나오기 시작했다. 이광재 의원이 구속되고, 안희정 최고위원에 대해서도 내사가 이어지고 있었다. 강금원 회장은 결국 구속되었다. 그는 기존의 홈페이지를 닫기로 하면서 지지자들에게 글을 남겼다.

"이제 저를 버리셔야 합니다."

지인들이 그에게 책을 보내 주었다. 마음의 수양에 관한 책들이 부쩍 많아졌다. 그에게 언제나 위로와 격려를 보내 준 사람들이었다. 지인들은 집권 초기에는 성공한 대통령이 되라고 했었다. 임기 후반기로 넘어갈 무렵 언론과 야당의 공격이 거세어지면서 지지도가 낮아지자, 이번에는 '역사가 업적을 평가할 것'이라고 위로를 보내 왔었다. 지인들이 보내 준 책을 보면서 이제 그는 스스로 마음을 다스려야 할 때가 되었음을 알 수 있었다. 사람들이 자신에게 보내는 메시지에는 언제나 그의 처지와 상황이 그대로 반영되어 있었기 때문이다.

박연차 회장이 선물했다는 시계 이야기가 나오면서 그는 치졸한 사람으로 몰리고 있었다. 그는 대응하지 않았다. 털어도 먼지 안 나게 살아야 했는데, 그렇게 살지 못한 잘못이었다. 그 책임을 스스로 짊어져야 했다. 항변이 무의미했다. 그는 상황을 너무나 잘 파악하고 있었다. 아무런 항변 없이, 불만의 표시 없이 검찰의 수사를 받았다. 비가 내려 땅이 질펀하게 젖은 날에도 사저 맞은편 뱀산에서 망원렌즈를 들이대며 사생활을 찍어대는 기자들이 있었다. 그는 그들을 보면서 '산다는 게 뭘까' 하는 생각을 했다.

사저의 마당에도 나갈 수가 없었다. 그는 빠삐용처럼 방 안을 맴돌았다. 맴돌면서 할 수 있는 일이란 아무것도 없었다. 숫자를 세는 일뿐이었다.

"하나, 둘, 셋, 넷, 다섯, 여섯, 일곱."

다시 돌아서서 걸어도 정확히 일곱 걸음이었다. 그는 그렇게 방안을 돌았다. 수사는 어느 방향으로 가고 있는 것인지 5월에 접어들면서 늘어지기 시작했다. 자신의 구속을 목표로 삼고 있는 것으로 보였다. 차라리 모든 것을 인정해 버릴까 하는 생각이 자꾸만 그의 머릿속을 휘감고 돌았다. 모두를 위해서, 자신이 인정할 수 없는 것을 인정해 버리는 방법이었다. 그는 보름여 동안 잠시 중단되어 있던 집필팀 회의를 다시 소집했다. 그 회의에서 진보주의와 관련한 집필 작업을 초안 상태에서 서울의 미래발전연구원으로 넘기기로 결정했다. 회고록은 아니지만 그가 하고 싶었던 이야기들을 모아 메모로 정리해 나에게 넘겼다. 그들이 그 글들을 최종적으로 완성하게 될 것이었다. 집필팀도 해체했다. 5월 19일의 일이었다. 그날 보석으로 나올 것으로 예상했던 강금원 회장은 재판부가 판단을 유보한 탓에 나오지 못했다.

32

2009년
5월

작별

"막상 시작해 놓고 보니 제겐 벅찬 일임을 알게 되었습니다."

그는 사실상 '포기'를 이야기하고 있었다. 평생 그를 지탱해 왔던 탐구와 학습, 그 세계와의 단절이었다. 살아 있음을 확인하는 근거였던 일과 도전, 그 집념과의 절연이었다. 그는 끝까지 붙잡기 위해 안간힘으로 버티던 것들을 하나둘씩 손에서 놓기 시작했다. 좀처럼 잘 사용하지 않던 표현이 등장했다. '벅차다'는 표현은 노무현의 용어가 아니었다. 글은 계속되고 있었다.

"그래도 이름값으로 어떻게 좀 더 많은 사람들에게 이야기를 전해 보고 싶어서 억지를 부렸는데, 이젠 한계에 온 것 같네요. 자책골을 넣은 선수는 쉬는 것이 도리일 것이고, 또 열심히 뛴다고 도움이 되지도 않을 것입니다. 일이 이렇게 되었으니 이젠 제가 이 일을 책임감을 가지고 끌고 갈 수는 없을 것이고요."

그는 '한계'를 이야기하고 있었다. '자책골'이라는 표현으로 자신을 책망하고 있었다. 힘겨운 상황일수록 더욱 힘을 내는 인간형이었던 그가 이제 더 이상 '도움'이 될 수 없음을 토로하고 있었다. 그가 무너지고 있었다. 정치인 노무현이 퇴로 없는 막다른 골목에 몰리고 있었다. 그는 지푸라기라도 붙잡기 위해 안간힘을 쓰고 있었다.

"글이나 자료를 보다가 생각이 나는 대로 자료를 올려 보겠습니다. 이 연구를 위해서가 아니라 스스로 무언가 하지 않고는 버티기가 어려워서 하는 일로 생각해 주시기 바랍니다."

2009년 5월 6일 오후 5시 9분. '사람 사는 세상' 홈페이지의 비공개 카페인 '진보주의 연구모임'의 자유게시판에 올라온 필명 '노무현'의 글이었다. 이로써 그는 2008년 12월부터 본격적으로 시작했던 '진보주의' 관련 공동 집필 작업에서 사실상 손을 떼었다. "무언가 하지 않고는 버티기가 어려워서" 자료를 올리겠다고 했지만, 그날 이후 그가 자료를 올린 것은 두 건뿐이었다. 5월 15일, "일자리 나누기의 성공 사례"와 "수소경제, 스마트 그리드"라는 짤막한 글이었다. 그는 '진보주의 연구 모임'은 물론, '봉화 글마당' 등 자신의 이름으로 가입한 카페에 더 이상 글을 올리지 않았다.

14일과 15일 오전, 이틀에 걸쳐 사저의 회의실에서 '진보주의 연구모임' 집필 회의가 열렸다. 양정철, 김경수, 문용욱, 이송평, 박은하, 신미희 그리고 윤태영이 회의에 참석했다. 분위기는 무거웠다. 이미 오래전에 웃음기가 사라진 그의 얼굴은 낯설었고, 유머나 농담이 사라진 그의 언어는 금방이라도 바스러질 듯 건조했다. 회의실 양면 통창에 봄볕이 한껏 내리쬐고 있었지만 빛은 더 이상 방 안으로 들어오지 못한 채 바깥을 맴돌았다. 회의실의 가라앉은 분위기가 밝은 햇살을 차단하고 있는 듯했다. 목소리는 작고 나지막했지만, 그는 그래도 미래를 이야기하고 있었다. 뭔가 결정을 한 사람처럼 보이지는 않았다. 그는 여전히 사람들 속에서 자신의 삶을 발견하는 사람이었고, 사람들과의 대화에서 삶의 동력을 찾는 사람이었다.

최근 그의 일정은 단출한 편이었다. 5월의 시작을, 그는 사저가 아닌 다른 곳에서 맞아야 했다. 4월 30일 일찍 집을 나섰던 그는 서울 대검찰청 중앙수사부에서 조사를 받은 후 다음 날인 5월 1일 아침에야 돌아왔다. 그는 자신을 기다리던 참모들과 아침 식사를 함께했다. 상처가 난 자존에도 불구하고 그는 의연함을 잃지 않고 있었다. 이튿날인 2일 점심에는 한명숙 전 총리가 사저를 찾았다. 4일에는 김병준 전 정책실장 내외가 찾아와 환담을 나누었다. 굵직하다 할 수 있는 손님들은 그들이 전부였다. 문재인 전 비서실장과 정재성 변호사로 이루어진 변호팀이 일주일에 두어 차례 그를 만났다. 때로는 차 한 잔을 놓고 때로는 식사를 겸해서 관련한 회의를 했다. 그것도 5월 13일이 마지막이었다. 그 밖에, 친구인 원창희 내외가 찾아온 것과 최인호 전 비서관이 위로 차 다녀간 것이 5월 일정의 전부였다. 그는 세상의 주목을 한 몸에 받고 있었지만, 그를 직접 눈으로 본 사람들은 그리 많지 않았다. 그는 그렇게 봉하 사저에 갇혀 있었다. 외로움은 오롯이 그의 것이었다.

사저 마당 곳곳에 봄꽃들이 피어 있었다. 이웃한 봉화산은 물론, 맞은편 멀리 뱀산에도 신록이 우거져 있었다. 봉하의 벌판은 농사로 분주했다. 그는 바깥으로 나갈 수 없었다. 그곳에는 멀리서라도 그들 내외의 모습을 담으려는 카메라의 시선들이 있었다. 그는 집안에서 맴돌았다. 서재 겸 회의실 통창을 통해 내다볼 수 있는 네모진 작은 안마당조차도 그에게는 분에 넘치는 사치가 되어 있었다. 창에는 블라인드가 드리워졌다. 찾아오려는 사람들은 더러 있었지만 그는 한사코 만류했다. 오는 사람도 불필요하게 언론의 이야깃거리가 되어야 했고, 또 손님을 맞이할 만큼 편안함이 깃들어 있는 공간이 사저 내에는 없었다.

5월 14일 오전의 회의에서 그는 홈페이지 '사람 사는 세상'의 개편 방향을 이야기했다. 메뉴 개편에 대한 의견이 오고 간 후 그는 홈페이지가 지향할 바에 대해 의견을 개진했다.

"시민이 감정적 싸움을 하면 정치의 하위 세력이 될 수밖에 없다. 시민은 정치의 축이다. 더 좋은 놈 선택하는 것이고 덜 나쁜 놈 선택하는 것이다. 그 기준은 사람의 신뢰성 등이 있겠지만 어떤 정책을 할 것인가이다. 나머지는 부차적이다. 정책에 대한 신뢰를 어떻게 유지해 나갈 것인가이다. 정책에 대한 판단 자료, 정당에 대한 판단 자료, 사람에 대한 판단 자료. 시민들 사이에 이런 것의 기준을 세워 봐야 한다. 그 기준을 세워 나가는, 판단 기준을 키워 나가는 마당으로 끌고 나가야 한다."

그는 '사람 사는 세상' 회원들에게 말하고 싶은 것이 있다고 했다.

"노무현 갖고만 되는 게 아니다. 수준 높은 토론이 있어야 하고, 정책의 방향이 나와야 하고, 시민적 사고가 있어서 큰 정책을 묶어낼 수 있어야 하고, 그 다음에 '합종연횡을 할 수 있다'는 것이다. 시민이라는 게 막연한 시민이 아니고 자신의 이해관계뿐 아니라 남의 이해관계도 판단할 수 있어야 한다."

홈페이지 개편에 대한 논의가 끝나자, 그가 갑자기 회고록 이야기를 꺼내었다. '회고록은 한참 후의 과제로 생각하자'는 것이 그동안 그가 일관되게 견지해 온 입장이었다. 최소한 '진보주의 연구서'나 '정치학개론'과 같은 책들이 완성된 후에나 생각할 일이었다. 뜻밖의 화두였는데, 더욱 뜻밖의 일은 또 다른 데 있었다. 언제 정리를 해 놓은 것인지, 그는 맞은편 스크린에 자신이 정리한 회고록의 뼈대를 띄워 놓았다. 회고록의 큰 틀과 그 속에 담아야 할 주요 내용들이 배치되어 있었다. 그가 부연 설명을 했다.

"해답을 다 쓰는 게 아니고 생각할 소재나 문제를 던지는 수준이다. 우리들의 생각을 이렇게 정리해 놓고 이 문제들에 대해 하나씩 정리해 보자는 생각이다."

내가 일단의 느낌을 이야기했다.

"감성과 이론이 중간중간에 뒤섞여 있습니다. 어떤 부분은 딱딱한 이야기인 데 반해 살아오신 이야기는 감성적입니다. 그 흐름이 헷갈릴 수도 있을 듯합니다."

잠깐 생각에 잠겼던 대통령이 짧게 대답했다.

"사람은 원래 살과 뼈로 이루어진 것 아니었던가?"

다음 회의에서 회고록 집필 작업의 구체적 계획과 일정을 논의하기로 한 후 그날의 회의는 끝났다. 주말이 지나고 다시 회의가 열렸다. 5월 19일 화요일 오전의 일이었다. 사저의 비서실에서 작성해 오던 그의 일정표에 마지막으로 기록된 일정이었다.

회의가 시작되자, 집필팀은 그가 작성했던 회고록의 뼈대를 다시 스크린에 올렸다. 집필 작업을 구체적으로 논의하려는 것이었다. 스크린을 본 그는 예상 밖의 반응을 보였다.

"고치나마나 큰 줄거리는 별다름이 없을 것이고, 저거 덮어 놓고 다른 이야기 좀 하자."

그가 말하는 '다른 이야기'란 실체가 없는 것이었다. 그냥 막연한 것이었다. 그것은 그가 특별히 다른 이야기를 꺼내지 않은 것으로도 분명했다. 뜬금없이 다른 화제를 꺼낼 분위기도 아니어서 참석자들은 무슨 이야기를 해야 할지 몰라 머뭇거리기만 했다. 그때 회고록의 뼈대가 띄워져 있는 스크린의 하단 작업 표시줄에 네이트온 메신저의 말풍선이 떠올랐다. 그가 궁금증을 나타냈다. 그것이 자연스레 대화의 소재가 되었다. 이야기는 오래가지 않았다. 머릿속을 맴도는 어떤 생각을 지우려는 듯, 그는 대화를 이어 줄 화제를 찾고 있었다. 다시 다른 화제로 대화가 옮겨 갔지만 그것도 이내 끊어지고 말았다. 짧은 대화와 긴 침묵이 되풀이되고 있었다. 그가 차를 마시는 소리마저 없었다면, 회의실의 풍광은 그냥 그렇게 멈춰 버린 장면이라는 착각을 일으킬 수도 있었다. 그가 긴 침묵을 깼다.

"다른 이야기 좀 하지…."

그는 분명히 화제가 없었다. 화제가 없는 것도 여느 때와 달랐지만, 막연히 다른 이야기를 하자고 하는 것은 더욱 흔치 않은 일이었다. 결국 내가 집필팀을 대표해서 그날 보고하려고 예정하고 있던 이야기를 꺼내었다. 어쩌면 대통령이 기다리고 있던 이야기일 수도 있었다.

"저희 출판팀의 향후 계획입니다. 일단 진보주의 책은 한국미래발전연구원에 맡겨서 관리하는 수준으로 하겠습니다. 새 책(회고록)은 진보주의 책과 성격이 다르기 때문에 제가 전담하는 게 나을 듯합니다. 그래서 출판팀은 당장 출판 사업으로 끌고 가는 게 쉽지 않아서 해체하는 것이 맞지 않나 싶습니다. 어차피 구조 조정도 필요한 상황이고요."

보고를 듣던 그가 나지막한 어조로 물었다.

"대충 먹고살 수는 있나?"

양정철 전 비서관이 향후 진로를 이야기하기 시작했다. 대통령은 비서실로 통하는 인터폰을 눌렀다.

"담배 하나 주게."

그러고는 의견을 말했다.

"제일 절박한 것이 밥숟가락 놓는 것이다. 죽는다는 것이다. 그런 절박한 상황이 아니면 이것저것 해 볼 수 있는 것이지. 그런 상황

고려해서 버틸 수 있는 사람은 버티고…."

담배를 피워 물고 나서 그는 말을 이었다.

"우선 그렇게 해 보자."

결론을 짓는 그의 말에 유난히 기운이 없었다. 그가 다시 화제를 돌렸다. 비로소 회고록의 뼈대였다.

"저건 내용 좀 봤는가?"

본격적으로 논의가 이어졌다. 주로 내가 문제를 제기하면 대통령이 소상하게 답변하는 식이었다.

"전체적으로 기조를 변명으로 일관하지는 않았으면 좋겠다. 정말 이때는 아쉽다. 그런데 뭐 이렇게 평가해 놓은 것을 보면 참 그렇다. 그럴 법하다. 내가 생각해도 아쉽다. 다만 내가 그리했으면 무엇이 달라졌을까? 결국 무엇이 얼마나 달라졌을까 이런 부분에 대해서 이야기해 보는 것이다."

"로마가 포에니전쟁 등에서 이긴 것은 탁월한 장수와 신출귀몰한 전략도 있었지만, 병사가 있었기 때문이다. 뭐랄까, 일종의 애국심이나 사명감을 가진 병력이 존재했다는 것이다. 이 책 전체에서 내가 이야기하고자 하는 것은, 자꾸 지도자의 역량, 그때그때의 전략이 잘되었다 못되었다 하는데, 기본적으로 병사가 있어야 장수가 있고 전략이 있는 것이다. 보병 부대를 가지고 기병 전략을 쓸 수는 없는 것이다. 이를테면 그런 것이다. […] 좀 어려운 이야기이긴 하지만 시도를 해 봤으면….''

이야기를 나누는 도중에도 대화는 몇 차례 더 끊어졌다. 대화를 이어 가기 위한 침묵이라기보다 침묵을 덮기 위한 대화처럼 느껴졌다.

"내가 좀 더 정리를 하고…, 이 책을 위한 자료 마당 카페를 하나 만들어서 필요한 자료들을 구체적으로 모아 보자.''

회고록과 관련한 논의가 끝났다. 사실상 그의 설명이 전부였다. 다시 '사람 사는 세상' 홈페이지에 대한 논의가 이어졌다. 회의는 다른 날에 비해 한 시간 가량 일찍 끝났다.

"자, 수고들 했어. 그런 문제들 정리 좀 해 보자.''

회의실을 떠나면서 남긴 그의 마지막 말이었다. 해산하는 회의인 탓이었을까? 다음 회의 일정도 잡지 않았고, "그럼, 다시 보세"라는 평소 하던 인사도 하지 않았다. 그렇게 마지막 회의가 끝이 났다.

그날 보석으로 풀려날 것으로 기대했던 강금원 회장은 끝내 풀려나지 못했다. 보석 심리는 최종 결정이 다시 연기되었다. 시간은 운명의 주말을 향해 가고 있었다. 어느 날 저녁, 그는 사저를 찾아온 이웃 친구인 이재우와 술 한 잔을 나누었다. 그는 힘겨움을 토로했다. 자신에게 들이닥친, 그 깊이를 알 수 없는 심적 고통에서 비롯된 힘겨움이 아니었다. 자신 때문에 주변 사람들이 겪고 있을 고통을 헤아리는 데서 비롯된 힘겨움이었다.

그는 언제나, 자신을 만나지 않았다면 그들에게 지금과 같은 고통이 들이닥치지 않았을 것으로 생각했다. 모든 불행의 시작은 자신에게 있었다. 그는 그렇게 스스로를 원죄의 굴레 속에 가두어 두고 있었다. 낮에 담배를 얻어 피울 요량으로 들렀던 비서실에서 한참 동안 비서들이 일하는 모습을 지켜보던 그의 마음도 그러한 생각의 연장선 위에 있었다. 그의 귀향을 계기로 서울에서 봉하마을로 주거를 옮긴 비서진들이었다. 그리고 5월 23일 토요일 새벽.

침실과 붙어 있는 내실 공간의 북쪽 한 귀퉁이에 자리한 컴퓨터 앞에서 그는 글을 남기고 있었다. 창 바깥의 마당에는 홍매화의 잎이 어느새 무성해져 있었지만, 그 봄은 그에게 그것을 쳐다볼 겨를조차 허락하지 않았다. 마지막 남길 글을 바탕화면에 저장한 그는 내실을 나섰다. 문이 유난스레 큰 소리를 내며 닫혔다. 그는 경호팀에 인터폰을 했다.

검찰에 출두하던 날 이후 오랜만에 나서 보는 대문이었다. 바깥에서 기다리고 있던 경호관이 꾸벅 인사를 했다. 그는 앞장서서 걷기 시작했다. 담장 아래를 따라 듬성듬성 잡초가 자라나 있었다. 그는 잠시 웅크리고 앉아 풀을 뽑았다.

다시 일어선 그는 두 번 다시 돌아오지 않을 길을 따라 발걸음을 옮기기 시작했다. 그가 사랑했던 사람들, 그를 사랑했던 사람들, 그리고 그가 사랑했던 나라가 그의 발걸음을 지켜보며 슬픈 모습으로 남아 있었다.

대통령의
메모

"나의 구상"

재임 중, 노무현 대통령은 '이지원' 시스템 상의 메뉴인 '나의 구상'을 통해 자신의 생각을 메모 형식으로 정리 하곤 했다. 메모가 완성되면 대통령은 부속실과 연설 기획비서관실을 통해 각 수석실에 구체적인 지시로 전 달했다. 필자가 연설기획비서관 시절에 대통령에게서 전달받아 정리하거나 기록해 둔 노무현 대통령의 "나 의 구상"을 여기에 소개한다.

대통령비서실
www.president.go.kr

110-820 서울특별시 종로구 세종로 1번지 TEL : (02)770-0011(교)

2006년 11월 13일

국회의 협력을 간곡히 호소하는 서면, 또는 대국민 담화를 준비하라고 지시한 바 있습니다. 초고에 다음과 같은 취지를 반영하여 주시기 바랍니다.

국회가 협력하지 않으면 대통령은 아무 일도 할 수 없다. 많은 개혁 과제들이 밀려 있다. 헌재 구성마저도 하지 못하고 있다.

정권은 이미 국회에 있다. 흔히들 말하는 '대권'이라는 것은 더 이상 대통령의 권력이 아니다. 국회로 넘어가 있다. 여소야대의 국회에서는 더욱 그렇다. 국회가 책임감을 가지고 운영해야 한다.

지금 대통령은 손발이 묶인 대통령이다. 여소야대의 국회에서 일어나고 있는 각종 현상이 그렇다. 국회를 통과해야 하는 정책만이 발목 잡히는 것이 아니다. 인사를 흔들면 대통령은 정부마저도 통솔하기가 어렵게 된다. 그런데 여소야대의 국회이니 언제라도 해임 건의가 나올 수 있고 나오면 통과가 될 수 있는 국회 구조 아래서 실제로 걸핏하면 해임 요구가 남발하고 있다. 이런 형편이니 장관들이 국회를 의식하지 않을 수 없고, 자연 대통령의 지시라도 국회의 눈치를 보며 실행을 주저하게 되고 말도 아낀다. 정부가 제대로 돌아갈 수가 없다. 대통령의 정책이 제대로 추진될 수가 없는 상황이 된 것이다. 손발이 묶인 대통령이 된 것이다. 무엇을 할 수 있겠는가?

여당이 과반이 안 되니 힘이 없는 것은 당연한 이치이다. 그나마 당원들의 의사는 각양각색이고 지도력의 중심마저 허약하여 당이 통합된 힘을 발휘하지 못하고 있으니 정부는 더욱 어렵다.

이 모든 것이 대통령의 부덕과 부족함에서 비롯되는 일이라 국민들에게 송구스럽다. 그러나 정작 걱정스러운 것은 대통령이 할 일을 다 하지 못하여 국민들에게 누를 끼치는 일이나 생기지 않을까 하는 점이다. 과거 문민정부 말기에 김영삼 정부가 힘이 빠져서 국회 다수의 의석을 가지고도 경제 위기에 적절한 대응을 하지 못하여 결국 나라를 부도로 빠뜨린 일을 기억하고 있다.

국회의 협력을 바란다. 대통령 하자는 대로 다 해 달라는 주문이 아니다. 나라의 장래를 위하여 필요한 최소한의 일은 해 달라는 것이다. 여야 간에 의견이 다르지 않은 정책이라도 다루어 달라는 것이다. 그리고 헌법상 정해진 절차는 이행해 달라는 것이다. 적어도 직무 유기는 없어야 한다는 것이다. 그리고 대통령의 인사권은 존중해 달라는 것이다. 인사권도 제대로 행사하지 못하는 대통령이 무슨 일을 하고 무슨 책임을 질 수 있겠는가?

대강 정리해 보았습니다. 이대로 하라는 것이 아니라 이런 취지를 반영해 달라는 것입니다. 문서 카드로 올리면 다시 손질하겠습니다. 주거니 받거니 하거나 회의에서 논의하여 완성해 갑시다.

2006년 11월 13일

부동산 3인방 해임하라?

부동산 3인방이라는 실체는 없다.

김수현은 주거 문제 전문가로 청와대에 들어와서 주거 정책 담당, 한때 부동산 책임부서에서 부동산 정책을 입안하는 데 관여했고 지금은 주거 복지 업무-사회정책수석실에서 일한다. 주거 정책에 관하여 대통령이 자주 자문을 구한다.

발언 문제는 전체의 취지가 왜곡된 것이다. 그 사람은 참여정부의 정책이 실패했다고 생각하는 사람이 결코 아니다. 실패라는 표현을 통해서 무언가를 말하려고 한 것이다. 역설적인 표현이 꼬투리가 잡힌 것일 뿐이다.

한국은행 방문은 자문을 구하러 간 것뿐이다. 금리 정책은 대통령도 이래라 저래라 하지 않는 일이다. 일개 비서관이 한은 총재에게 금리 정책을 그것도 압력을 행사했다고 가정하는 것 자체가 우스운 일이다. 옛날 한나라당 정부는 그렇게 했는지 모르고 앞으로도 그렇게 할 생각인지는 모르나, 참여정부는 그렇게 하지 않는다. 김수현을 3인방 운운할 하등의 이유가 없다.

이백만, 정부 정책을 홍보하겠다고 청와대 브리핑에 글을 썼을 뿐이다. 불이 났다면 불을 꺼야 하지 않겠는가? 불을 끄려고 쓴 글에 성난 사람들의 항의가 몰렸다고 자리를 물러나라 하는 것은 사리에 맞지 않다. 그렇게 해서야 누가 정책을 말하려고 하겠는가? 모두가 책임질 일은 피하고 복지부동하게 될 것이다. 더욱이 그 글은 대통령이 직접 지시하여 쓴 글이다. 책임을 져도 대통령이 질 일이다.

건교부 장관, 신도시 발표가 적절하지 못하였다. 그 점은 이미 인정하였다. 그러나 부동산 가격 상승이 그 발표 때문인가? 발표를 그렇게 하지 않았다면 부동산 가격 상승이 생기지 않았을 것인가? 생각해 볼 일이다.

어떻든 주택 가격이 폭등하고 있으니 책임 부서의 장관이 물러나라고 한다면, 그것은 그의 정책의 잘잘못을 떠나서 정치적 주장으로는 있을 수 있는 일일 것이다. 그러나 이 시점에서는 그것도 책임 있는 주장이라고 보기 어렵다. 지금 정부는 주택 가격을 잡기 위한 정책을 열심히 다듬고 있다. 투기 억제 정책과 달리 공급 정책에 대해서는 건설교통부가 가장 바쁘고 책임 있는 결정도 가장 많이 해야 한다. 그런데 한창 바쁜 그 부처의 장관을 끌어내리리라고 한다. 새 장관 지명하고 청문회 하고 그러다 보면 부동산 정책은 물 건너갈 것이다.

그동안 한나라당은 정책을 만들 때마다 효과가 있을 만한 정책 수단은 반대했다. 그러고는 국회에서 합의하여 통과한 정책을 다른 대안도 없이 다음 날부터 흔들었다. 그리고 지금은 사람을 흔든다. 정책을 다듬고 있는 사람도 흔들고, 불을 끄려고 노력하는 사람도 흔든다. 그렇게 해서 지금 이 시간에도 부동산 정책을 흔들고 있는 것이다. 정부의 부동산 정책이 실패하고 집값이 오르기를 바라고 있는 것 같다.

대강 만들어 보냅니다. 사실관계와 논리를 좀 더 다듬어서 청와대 브리핑에 대통령, 또는 대통령비서실의 이름으로 싣기 바랍니다.

2006년 11월 13일

언론개혁–언론이 달라지고 있다

MBC 서울 경찰청 관련 정정 보도가 나왔습니다(2006. 11. 11. 21:00).

전에 못 보던 일입니다. 공무원 조직이 언론사를 상대로 정정 보도를 청구하고 언론사가 정정 보도를 한 것입니다. 이전에는 상상조차 할 수 없던 일이 일어나고 있는 것입니다.

이 밖에도 많은 사례가 있을 것입니다. 모아서 정리해 봅시다.

참여정부가 하고 있는 언론 개혁의 모습인 것입니다. 언론으로부터 차마 생각할 수도 없는 부당한 공격을 받으면서, 언론과 왜 싸우느냐는 타박을 받으면서, 심지어는 당과 참모들에게까지 불평을 들어 가며 굽히지 않고 언론 개혁의 노력을 계속한 결과입니다.

적당하게 타협하고 넘어가는 것보다 몇 배나 힘이 드는 일을 감당해 주신 공무원 여러분에게 감사를 드립니다.

언론은 사실을 보도해야 합니다. 정정 보도는 당연한 의무입니다. 이런 간단한 원리를 언론이 인정하고 실행하는 것이 당연한 세상이 될 때까지 우리는 노력해야 할 것입니다. 가시밭이 길이 될 때까지 우리는 긁히고 다치면서 아픔을 참고 가시밭길을 걸어가야 할 것입니다.

2006년 11월 13일

이백만 수석, 마음고생이 많지요?

보도를 보고 청와대 브리핑에 들어가 보았습니다. '낭패'라는 말이 또 꼬리가 잡힌 것 같습니다. 그러나 내용은 좋았습니다.

청와대 홍보수석이 왜 나서느냐고 시비하는 사람들도 있고, 홍보수석의 문책을 말하는 사람들이 있습니다만, 청와대 브리핑이 정책을 소개하고 국민을 설득하고 정책의 불신을 해소하기 위하여 노력하는 것은 당연한 일입니다. 문책을 거론할 일이 아닙니다. 더욱이 홍보수석의 기고는 대통령이 지시하여 한 일이니 대통령이 수석을 문책한다는 일은 사리에 닿지 않는 일입니다.

네티즌의 성화에 기죽어 물러설 일도 아닙니다. 흔들리지 말고 하나하나 논거를 제시하여 설득을 계속합시다. 대안도 없이 비난과 욕설을 퍼붓는 것이 문제를 해결하는 방안이 아니라는 점도 인내심을 가지고 설득합시다. 기왕에 논쟁이 벌어졌으니 이 마당을 최대한 활용합시다.

옛날에 내가 중학생이던 시절, 부산 공설 운동장에서 서울의 연예인들을 초청하여 시민 위안 잔치를 하던 중 여러 사람이 사람들의 발길에 밟혀 죽는 사고가 난 일이 있었습니다. 행사 중에 비가 오자 사람들 중에 누군가가 "비 온다, 뛰자!" 하고 소리를 지른 것이 발단이 되어 사람들이 한꺼번에 출구로 몰려 나가는 바람에 생긴 사고였습니다. 행사를 주관하는 사람들의 잘못이 있었겠지만, 사람들이 좀더 신중하게 행동하였더라면 생기지 않았을 사고였습니다. 나는 요즈음의 부동산 시장을 보면서 그 일을 생각합니다. 깊은 생각 없이 불안을 부추기는 행동이 모두를 피해자로 만든 끔찍한 결과라는 점에서 비슷하다는 생각을 합니다.

스스로 집을 마련해야 할 사람들이 불안해하는 것은 오히려 자연스럽다 할 것입니다. 그러나 그렇지 않은 사람들이 불안을 부추기는 일은 매우 유감스러운 일입니다. 불안을 부추기는 사람들 중에는 별 이해관계 없이 그렇게 하는 사람들도 많이 있지만, 이해관계를 가지고 하는 사람들이 더 많습니다. 그들이 고의로 정책의 신뢰를 흔들고 그것이 국민경제를 흔들고 결국에는 국민들에게 피해를 입히고 있으니, 청와대가 이를 지적하고 정책의 신뢰를 회복하고자 노력하는 것은 마땅히 해야 할 일입니다. 물론 정부가 잘못해 놓고 남의 탓을 한다는 비판이 따를 것입니다. 그러나 나는 그런 비판이 정당하다고 생각하지 않습니다. 최선을 다하여 정부 정책을 설명하고 아닌 것은 아니라고 말해 주시기 바랍니다.

이전에 국정 브리핑에서 한바탕 논쟁을 했던 일이 있습니다. 다시 점검하여, 이번 부동산 상승 현상의 특징과 원인을 진단하고, 정부 정책의 타당성을 설명합시다. 비판과 반론에 대하여도 조목조목 반박하고 대안을 물읍시다.

한나라당이 또 종부세를 흔들고 나옵니다. 양도세를 말하는 사람들도 있습니다. 그런 주장이 과연 대책이 되는지도 물어봅시다. 지난날 부동산 정책을 만들 때 반대하고 흔들었던 과정과 그 결과도 다시 정리하여 반박하는 것이 좋겠습니다.

이 모든 일 중에서도 가장 중요한 일은 부동산 정책의 신뢰성을 높이는 일입니다. 정부 정책의 타당성과 효과를 하나하나 설득하는 일입니다.

힘내세요. 그리고 최선을 다해 주세요.

2006년 11월 13일

쟁점 정책 사전 여론조사 방안 검토

여소야대의 환경, 여당의 무기력 등으로 정책 수행 환경이 아주 나빠졌습니다. 따라서 논쟁이 될 만한 정책은 사전에 여론조사를 통하여 여론의 향배를 예측하면서 정책 방향을 결정해 나가지 않으면 끊임없이 어려움에 처할 것 같습니다.

예컨대, PSI 정책, 북한 인권 결의 문제, 이라크 철군 문제, 레바논 파병 문제 등에 관하여는 각 당의 반응이 첨예하게 갈라질 것이고, 이에 대하여 여당에서는 통일된 의견이 나오지 않을 가능성이 높습니다.

그래서 이런 문제를 논의할 때에는 사전에 각 당의 반응과 여론 조사 등을 거쳐서 이후 전선의 향배를 미리 예측하려는 노력이 필요할 것 같습니다. 물론 어떤 의제를 내놓기 전에 각 당의 반응이나 여론을 미리 확인하기도 쉬운 일이 아니고, 또 사정에 따라 변하는 것이어서 그대로 의지하기 어려운 일이나 그래도 한번 시도를 해 보는 것은 어떨지 논의해 봅시다.

그래서 안건으로 제출합니다.

2006년 12월 28일

대통령과 책에 관한 글을 준비 바랍니다

윤태영 비서관, 대통령과 책에 관한 이야기는 좋은 이야깃거리가 될 듯합니다.

취임을 앞두고 국정 인수를 준비할 때부터 책을 읽었습니다. 그저 재미로, 일반적인 지식을 얻기 위하여 읽기도 했습니다만, 일을 앞두고 일을 위하여 책을 읽은 경우가 많았습니다.

그 이후에는 정책에 관한 토론과 학습을 하고, 정책을 시행하면서 이론이 정립된 것은 책으로 만들어 공무원 조직 사이에서 공유하게 하고, 국민들에게도 공유하도록 출간을 지시하기도 했습니다. 그렇게 나온 책들이 많이 있지요.

인사를 앞두고 대상자의 책을 읽고 그 사람의 생각을 검증하기도 하지요. 그렇게 검증한 사람도 있고, 책을 인연으로 발탁한 일도 있습니다.

지금은 기억이 나지는 않습니다만, 선거 와중에도 책을 읽었을 것입니다.

책을 요약해 달라고 한 일도 더러 있습니다.

요즈음은 이규성 장관의 외환 위기에 관한 책을 읽고 있지요.

비서실에 공지하여 책을 모으고, 책과 관련한 자료도 모아 봅시다. 그리고 글을 기획해 봅시다.

대통령은 지금 국정에 전념하고 있습니다

대통령에게 국정에 전념하라는 말을 하는 사람들이 있습니다. 처음에는 일부 야당과 일부 언론이 그런 말을 했습니다. 물론 대통령이 정치에 관한 발언을 할 때 국정을 소홀히 한다는 인상으로 대통령을 비난하기 위한 정치적인 공격 수단입니다. 그런데 요즈음은 일부 여당 인사들도 이런 말을 따라 하고 있습니다.

이런 공격은 사실을 왜곡한 부당한 공격입니다. 대통령은 열심히 일하고 있습니다. 과거 어느 대통령보다 바쁘게 일하고 있습니다.

각종 회의, 해외 순방 일정, 지시 건수 등 중요한 일정에 관한 통계로서 무슨 일을 하고 있는지 설명을 합시다. 대부분의 일정은 정치가 아닌 일반 국정에 관한 것입니다. 말하자면 국정에 전념하고 있는 것입니다.

대통령의 정치에 관한 발언을 마치 잘못된 일인 것처럼 공격하는 것은 사리를 벗어난 공격입니다. 대통령은 정치인입니다. 정당인입니다. 정치인으로서 대통령에 당선되었고, 정치인으로서 국정을 수행하고 있습니다. 정당과 선거, 정치적인 공방에 관한 발언과 행동만 정치가 아니라 국정 수행 자체가 정치인 것입니다. 대통령은 일상적으로 정치에 관여하고 정치적 발언을 해야 할 지위에 있습니다. 민주주의 선진국의 총리와 대통령 모두 일상적으로 정치적인 발언을 하고 당원의 행사에 격려 연설을 하고 선거에 지원 유세를 합니다.

유독 한국만 대통령이 정치적으로 중립이어야 한다거나 정치에 관여해서는 안 된다는 주장이 당연한 것처럼 행세하는 현상은 군사독재의 잔재입니다. 군사독재 시절의 대통령은, 여당에는 허수아비 정치인들을 내세워 놓고 야당의 정치 행위를 당리당략으로 비난하여 정치를 깎아내리면서, 실제로는 정보기관, 권력기관의 공작을 통하여 정치를 독단하는 체제였으니, 대통령이 정치에 관하여 발언할 필요도 없었고, 마치 여야를 초월한 중립적 지도자인 양 행세할 수도 있었습니다. 그러나 그것은 속임수입니다.

그러나 지금은 시대가 달라졌습니다. 더 이상 국민을 속일 수는 없습니다. 대통령은 정치를 하지 않고는 대통령이 될 수도 없고 국정을 수행할 수도 없습니다. 그리고 말을 하지 않고는 정치를 할 수가 없습니다. 더 이상 공작 정치를 할 수 없기 때문입니다. 실제로 이

전 정부까지는 당의 총재로서 직접적인 정치 행위를 했던 것입니다. 그러나 당을 직접 통제하고 있었기 때문에 직접적인 정치적 발언은 줄일 수도 있었을 것입니다. 그런데 지금은 그마저 달라졌습니다. 말을 하는 것 말고는 정치 행위를 할 수가 없습니다.

이치가 그렇다고 하더라도 우리 국민들은 아직 대통령의 정치 행위에 익숙하지 않고 낯설어하고 불편하게 생각하는 경향이 있으므로 대통령은 절제하여 왔습니다. 앞으로도 그렇게 할 것입니다. 불가피한 경우에만 말을 할 것입니다. 부당한 공격에 대하여 해명하고 논평하는 것, 민주정치의 기본을 흔드는 행위, 국정의 기반이 되는 당을 흔드는 행위 등에 적절한 의견을 말하는 것은 불가피한 정치 행위라고 생각합니다.

여당의 당원들에게 당부합니다. 대통령은 국정에 전념하고 있습니다. 마치 대통령이 국정을 소홀히 하고 있는 듯한 오해를 불러일으킬 만한 말은 삼가 주시기 바랍니다. 야당이야 대통령을 공격하는 것이 본분이니 사실과 다른 공격이나 정도를 넘는 공격을 할 수도 있을 것입니다. 그러나 여당이 야당의 부당한 공격을 따라 하는 것은 적절한 일이 아닙니다. 결과적으로 당을 해롭게 하는 것입니다.

야당이나 언론도 사실에 근거하지 않은 공격은 삼가 주시기 바랍니다. 부당한 논리로 하는 공격은 당장은 편리하게 생각될지는 모르나 언젠가는 부메랑이 되어 스스로의 발목을 잡게 될 수도 있습니다. 우리 모두를 위하여 정확한 사실과 타당한 논리로 토론하고 공방하는 수준 높은 정치 문화를 만들어 갑시다.

거듭 확인합니다. 대통령은 지금 국정에 전념하고 있습니다. 앞으로도 국정에 지장이 없도록 할 것입니다.

내용을 채우고 다듬어서 적절한 기회에 브리핑에 올리기 바랍니다. 나중에 책의 소재가 될 수도 있을 것입니다.

2007년 01월 02일

한나라당, 해 줄 것은 다 해 주면서 국력만 낭비

2006년의 국회 1년을 평가하면, 한나라당은 1년 내내 발목만 잡았다.

지나간 법을 가지고 국회의 발목을 잡은 것은 민주주의의 원칙을 훼손한 것이다.

여러 차례 합의를 번복, 독선적인 당 운영이 원인, 그야말로 독선과 아집의 표본, 민주주의 정당과는 거리가 먼 권위주의 정당임을 증명한 것.

잡았다 놓았다 했던 법안들, 결국은 거의 다 입법이 되었다.

예산은 민생 예산을 깎았다.

결국은 다 할 거면서, 시간만 끌고, 국력만 낭비, 당력도 낭비.

여론만 믿고서 그렇게 했을 것. 압도적인 지지가 위험한 이유이다.

대통령과 열린우리당이 얼마나 잘못했으면 이런 일이 생겼을까?

반성할 일이다.

대통령의 대선 역할론에 관하여

요즈음 언론에서는 대통령의 무슨 발언이 있을 때마다 '대선 역할론'을 들고 나옵니다. 정부의 정책마다 '대선용'이라고 갖다 붙여 정책의 효과를 깎아내리는 일부 언론의 습관성 보도와 맥을 같이 하는 것이어서 '대선 역할론'이라는 것이 또 다른 부정적인 이미지를 만들지 않을까 걱정이 됩니다.

대통령의 입장을 분명하게 밝힙니다. 대통령은 부당하게 대선에 개입할 의사가 없습니다. 앞으로 무리한 추측 보도는 삼가 주시기 바랍니다. 부당하게 개입하지 않는다는 뜻은 권력을 이용하여 선거에 개입하거나 선거법을 위반할 생각이 없다는 것입니다.

다만, 한 가지 더 분명하게 해 두고 싶은 것이 있습니다. 근거도 없이 사실을 왜곡·과장하거나 논리를 비약하여 부당하게 참여정부나 대통령을 비방하는 일에 대하여는 대응하여 해명이나 반박을 할 것입니다. 대선 와중에서 부당하게 참여정부의 정책이나 신뢰가 훼손되는 것은 바람직하지 않기 때문입니다. 요즈음 국가 위기 운운하는 것도 사실을 과장하여 참여정부를 깎아내리는 사례 중의 하나입니다. 적절한 기회에 대응할 것입니다.

이런 취지로 글을 하나 써 놓고, 이후에 논리에 맞지 않는 후보들의 비판에 대하여 대응해 나가는 방안을 준비해 주시기 바랍니다.

국정 비판, 정책으로 하자

참여정부에 대한 비판이 많았다. 대선 시기가 다가올수록 더 많아질 것이다. 특히 후보들이 경쟁적으로 참여정부 두드리기를 전략으로 채택할 가능성도 있다. 스스로 대안을 공부하고 준비하는 수고 없이 반사적 이익을 얻기에 대통령 두드리기만큼 좋은 소재도 없을 것이다.

대통령도 어지간한 비판은 감수할 각오를 하고 있다. 다만, 조건이 있다. 첫째, 비판은 막연한 이미지로 할 것이 아니라 구체적인 정책과 지표로 말하자. 둘째, 가능하면 대안을 제시하고 말하자. 셋째, 말할 사람이 말하자. 대통령과 함께 평가를 받고 책임을 나누어 져야 할 사람이 자기 대통령을 비방하여 자기를 드러내려는 행위는 보기가 좋지 않고 대통령도 참기 어렵다.

그동안 국정 실패, 국정 파탄, 민생 파탄 등의 단어가 언론에 자주 등장했다. 막연한 평가라 근거를 가지고 반박하기가 쉽지는 않은 평가들이나 지나치게 과장된 표현들이어서 구체적인 자료를 가지고 지난날의 상황과 비교하면 반론이 불가능한 것은 아니다. 홍보 실패, 당정 실패와 국정 실패는 다르다.

지나치게 과장된 비방들은 노무현에게만 해로운 것이 아니다. 경제에 대하여 지나치게 과장된 비방은 경제에 나쁜 영향을 준다. 그동안 외국 신문을 보는 사람들은 우리 신문을 보는 사람들보다 증시에서 훨씬 많은 이익을 챙겼다.

앞으로는 부당한 비방에 대하여는 대응을 할 생각이다. 물론 일은 열심히 할 것이다. 대통령이 말만 하면 "국정에 전념하라" 이런 억지를 덮어씌우는 일은 없기 바란다. 그 또한 사실의 왜곡이다.

브리핑 자료입니다. 준비해 두었다가 적절한 시기에 씁시다.

2007년 01월 05일

○○○ TV는 대통령에 관한 보도에서 객관적인 방송 용어를 사용하기 바란다

"노무현 대통령이 연일 '말잔치'를 벌이고 있습니다." ○○○ TV 아침 뉴스 앵커의 말이다.

들어 보니 전날 과천 청사에서 열린 공무원과의 오찬에서 대통령이 언론을 비판한 말에 대한 보도였다. 그런데 들머리에 '말잔치'라는 말로 대통령의 발언 자체를 비아냥거리고 들어간 것이다. '말잔치'라는 용어를 사용하여 한꺼번에 대통령이 말이 많다는 느낌과 실속 없는 말이라는 느낌을 주는 절묘한 재주를 부린 것이다.

방송이 그런 보도를 하면 안 된다. 언론은 대통령이 한 말의 내용과 그 현장의 분위기 등 사실을 있는 그대로 보도하는 것이 정도이다. 주관적인 감정이 들어 있는 용어를 사용하여 현장에서 있었던 사실과 다른, 비방조의 보도를 하는 것은 언론이 해서는 안 되는 일이다.

대통령의 이 발언은 방송 3사가 모두 보도했다. 다른 두 방송은 단순하게 사실만 보도했다. 다만 세 방송 모두 대통령이 언론에 대한 '불만'을 드러냈다는 보도를 했다. 역시 이미지가 좋지 않은 용어를 선택한 것이다. 대통령은 '불만'을 말한 것이 아니라 언론을 '비판'한 것이다. 대통령의 이 지적이 비판이 아니고 불만이라고 한다면 언론이 대통령을 비판하는 모든 기사를 불만의 표시라고 해야 할 것이다.

대통령이 말이 많다는 비판에 대하여는 이미 부당함을 지적한 바 있다. 그 외에도 말에 관한 시비에 관하여는 하나하나 사리를 밝혀 나갈 생각이다.

언어를 구사하는 것은 언론의 권한이다. 그러나 그 권한을 악용해서는 안 된다. 그것은 권리의 남용이다.

차제에 다시 밝힌다. 대통령은 지금 말잔치를 하고 있는 것이 아니라 부당한 특권과 지루한 투쟁을 하고 있는 것이다.

보도의 구체적인 내용은 다시 확인하여 정확하게 인용하여 주시기 바랍니다.

2007년 01월 05일

대출 규제, 언론의 대안은 무엇인가요?

요 며칠 동안 은행의 대출 규제에 관하여 대부분의 언론들은 '서민 금융이 막힌다'는 취지의 기사를 내고 있습니다. 말하자면 대출 규제의 이유보다는 부작용만을 부각하여 보도한 것입니다.

그렇다면 이들 언론들의 대안은 무엇이지요? 서민들의 형편을 생각해서 대출의 안전성 규제를 하지 말라는 것인가요? 능력도 없는 사람들에게 무작정 돈을 빌려 주었다가 서민들은 신용 불량자가 되고 은행도 위험해지는 상황이라도 오게 되면, 그때는 언론들은 어떤 보도를 할 것인가요?

언론도 비판을 할 때는 예측되는 결과와 대안을 신중하게 생각해 보고 책임 있게 보도해야 합니다.

브리핑 자료입니다.

대통령의 말에 대한 시비가 많습니다. 대부분이 합당한 근거가 없는 부당한 지적들입니다. 대통령의 말에 대한 시비의 여러 유형을 정리·분석하여 반론합시다.

말이 많다는 지적에 대하여는 이미 글을 보냈습니다.

유신 독재 시절, 5공 시절, 매일 저녁 9시 뉴스만 열면 대통령의 모습과 말씀이 보도되었습니다. 그들은 막강한 공권력과 일사불란한 통제 체제를 가지고도 많은 말씀을 했던 것입니다. 말을 하지 않고는 국정을 수행할 수가 없었던 모양입니다.

그 시절에는 모든 언론이 꼬박꼬박 받아쓰기를 했습니다. 대통령이 말이 많다는 비판은 언감생심 생각도 못했습니다. 그런데 노무현 대통령에게는 말을 가지고 시비를 합니다.

노무현 대통령은 요즈음 말이 많아진 것이 아니라 항상 많은 말을 했습니다. 매일 여러 가지 회의와 행사를 했고, 그럴 때마다 많은 말을 했습니다. 국민에게 중요하다 싶은 정책을 공들여 다듬어서 국민에게 전달하고자 그 많은 말을 한 것입니다. 우리 언론은 대통령이 중요하다 싶어서 한 말은 대부분 전달하지 않았습니다. 대통령이 실수를 하거나 누구와 싸움이 생길 만한 말을 하면 그것만 전달했습니다. 그것도 거두절미하고 말의 일부만을 상대방에게 전달하여 싸움이 될 만한 말을 받아 내고 싸움을 붙였습니다. 싸움이 될 만한 말은 주로 정치에 관한 말이고 보니 결국 대통령이 정치에 관련한 말만 하면 언론보도에 대통령의 말이 많아지게 되는 것입니다. 그러면 야당에서는 국정에 전념하라는 말이 나오고, 언론도 대통령이 말이 많다, 갈등을 너무 많이 만든다, 국민을 피곤하게 한다… 이런 방향으로 흘러갑니다.

부당한 일이 아닐 수 없습니다. 그러니 대통령이 다시 사리가 그렇지 않다는 말을 하게 되고, 그러면 다시 말이 많은 대통령이 되는 것입니다.

대통령은 국정에 전념하고 있습니다. 갈등이 없는 정책, 갈등이 없는 정치는 없습니다. 사리를 밝혀 토론하는데 국민이 왜 피곤합니까? 언론이 그렇다고 하니까 그런 느낌이 드는 것이지요. 그래서 따라서 말하는 사람도 많아지는 것이지요. 자기들이 싸움을 붙여 놓고 국민이 피곤하다는 말까지 들고 나오는 것은 참으로 양심이 없는 행동입니다.

대통령이 실수나 싸움이 될 만한 말을 하지 않고 있는 기간이 얼마간 계속되면 언론은 몸부림이 납니다. 대통령의 침묵을 가지고 온갖 추측을 붙여서 갖가지 소설을 쓰기 시작합니다. 보도하기 좋은 싸움이나 시비거리가 없으면 사업에 지장이 있는 모양입니다. 말을 해도 탈이고 안 해도 탈이니 대통령으로서는 도저히 언론의 기분을 맞출 수가 없습니다.

언론은 정책에는 관심이 별로 없는 모양입니다. 좋은 정책에는 더욱 관심이 없습니다. 시비거리가 있는 정책이라야 관심을 보입니다. 그러니 대통령이 정책에 관하여는 아무리 많은 말을 해 보아야 도움이 되지 않습니다. 때로는 우리 언론이 정책에 관심이 없는지, 대통령의 말을 잘못 알아듣는지 의심스러울 때도 있습니다.

대통령의 말실수에 관하여 시비가 많은 나라이니, 도대체 그동 안에 대통령이 얼마나 많은 말실수를 했는지도 조사하여 기사가 될 만한지 검토해 봅시다.

그 밖에도 말에 관한 시비거리들을 모아서 정리하고 대응 논리를 만들어 브리핑에 특집으로 실어 봅시다.

2007년 01월 10일

개헌 반대론에 대한 반론

개헌에 관한 담화 당일까지 나온 반대론들에 대하여 반론을 준비한다.

1. 정략적인 의도에서 나온 제안이므로 반대한다는 주장이 아주 많다. 대개의 반대자들이 이 논거를 말한다. 대통령의 정략이 무엇인지는 아직 말하지 않는다. 아마 아직 모르는 모양이다. 아마 앞으로도 별로 뚜렷한 설명이 나오지는 못할 것이다. 누구에게도 유리하

거나 불리한 제안이 아니기 때문이다.

정략적 의도라는 주장 중에는 대통령이 정국의 주도권을 잡기 위하여 개헌을 내놓았다는 설명이 하나 있다. 어느 지식인의 설명이었다. 개헌이 통과되면 정말 대통령이 정국의 주도권을 잡게 되는가? 대답은 글쎄다. 혹시 그렇게 되면 안 되는가? 대통령이 정국의 주도권을 잡으면 무엇을 할 수 있겠는가? 야당이 입만 열면 노래하는 민생과 국정은 열심히 할 수 있을 것이다. 그밖에는 아무 일도 할 수 없다. 야당이 우려하듯이 대통령이 부당하게 선거에 간섭하면 급속히 힘이 빠질 것이다. 정국의 주도권을 가지고 죽기 살기로 싸우고, 낙담하여 우왕좌왕하고 하지만, 지나고 보면 물거품 같은 것이다.

결국 대통령의 정국 주도권을 걱정하는 것은 대통령이 일을 잘하게 되지나 않을까 걱정한다는 뜻이다. 공당과 지도자들이 그래서는 안 된다. 지식인은 국민들 앞에서 그런 말을 해서는 안 된다. 그런 생각이야말로 정략적인 것이다.

어차피 정치인들이 하는 일은 다 정략적 의도가 있다고 해 두자. 그렇다면 찬성도 반대도 다 정략일 것이다. 그렇다면 반드시 해야 할 일을 하자는 정략이 좋은가? 할 일을 못하게 하는 정략이 더 좋은가?

1. 시점이 부적절하다는 주장도 있다. 그러면 언제가 적절한 시기인가? 다음 정권을 말하는 사람이 많다. 왜 군이 대통령의 임기를 1년이나 단축하지 않으면 개헌이 불가능한 시기에 하자고 하는가? 그때에는 사실상 개헌은 불가능하다. 이번에 안 하면 개헌은 물 건너가고 다시 20년을 기다려야 할 것이다.

제안이 늦었다고 나무라는 사람도 있다. 더 일찍 내놓았더라면 정치권이 논의를 기다리지 않고 대통령이 너무 일찍 나섰다고 나무

랄 것이다.

남은 시간은 충분하다. 87년 개헌과 비교하면, 두 번도 더 할 수 있는 시간이 남아 있다.

1. 민생에 전념하라는 주장이 있다. 구닥다리 상투적인 트집이다. 잘못된 것은 고쳐야 정치가 잘될 수 있고, 정치가 잘되어야 민생도 잘 풀린다.

그리고 개헌 진행되는 동안에도 할 일은 다 한다. '멀티태스킹'은 일반적인 일이다.

1. 거듭 강조하거니와 대통령의 개헌 제안은 다음 대통령이 대통령답게 일을 할 수 있게 하자는 것이다. 결국은 다음 대통령을 위한 것이다. 요즈음의 정당 지지도를 가지고 보면 결코 지금의 여당에게 유리한 것이 아니다. 그럼에도 불구하고 개헌을 제안하는 것은 나라를 위한 것이다.

홍보에 참고합시다.

대통령의 말실수

정말 말실수인가? 언론이 만드는 것인가?

그동안 있었던 여러 가지 사례들을 모아서 정리해 보자. 그리고 다음의 이야기와 비교해 보자. 말이 되면 이야기를 만들어 보자.

내가 항상 당황하는 것은 현장에서는 분위기가 좋아서 오늘 이야기는 잘된 것 같다는 생각을 하고 기분이 좋았는데 막상 집에 와서 방송이나 신문 보도를 보면 어이없는 실수가 나온다는 점이다. 정말 문제는 내가 보아도 민망스럽게 보인다는 것이다. 전체적으로 내용이 좋고 분위기가 좋아도 한두 군데 약점이 될 만한 대목을 잘라 놓고 나머지를 다 생략해 버리면 그렇게 되는 모양이다. 내 잘못이다. 그러나 언론은 아무 잘못이 없는 것인가? 과연 공정한 것인가? 너무 재미를 좇는 것이거나 악의로 그렇게 하는 것은 아닌가? 옛날 군사정권 시절의 대통령들은 아무 약점도 없었던 것일까?

말버릇에 약점이 있다. 이것은 전적으로 내 책임이다.

고상하고 세련된 말보다는 보통 사람들의 일상적인 말투를 그냥 쓴다. 속어와 속담을 잘 가리지 않는다. 고쳐 보려고 해도 잘 고쳐지지 않는다. 그 자리와 듣는 사람들의 분위기가 좋을수록 사고가 잘난다.

특히 꼬투리 잡히기 딱 좋은 표현이 많다. 직설적으로 표현한다. 독설과 야유도 좋아한다. 상대가 있는 말이면 금방 싸움을 붙이기가 좋다. 비유도 많고, 역설과 반어적 표현을 좋아한다. 앞뒤 잘라 버리고 뜻을 왜곡하기가 딱 좋다. 모두가 내 탓이다.

그러나 항상 궁금하다. 언론은 항상 그래야 하는 것인가? 과연 국민들은 기분이 나빴을까? 품위 없는 대통령 때문에 마음이 많이 상했을까? 정말 부끄럽고 자존심까지 상했을까? 그냥 술안주감 정도로 생각하고 지나간 것일까?

글 참고 자료로 보냅니다.

참여정부 4년 평가 작업은 전 분야 전반적인 평가를 종합하여 2월 말까지 책으로 만들기로 한 것은 이미 진행 중입니다.

책 초안을 준비하면서 그 내용의 일부씩을 신년 연설, 국회 연설, 4주년 담화 등으로 나누어 발표하는 것이 좋겠습니다.

신년 연설은 전반적인 초안의 체계를 존중하면서, 주제별로 정책적인 노력과 실적, 성과 지표 등을 중심으로 국정을 설명하되, 야당이나 언론 등의 비판 중에서 사회적 통념으로 수용되어 꼭 반론이 필요하다 싶은 수준에서 반론을 붙이고, 이어서 2만 불의 의미와 미래를 향한 국가 전략을 2030으로 묶어서 제시하는 방향으로 가고,

2월 국회 연설에서는 개헌 발의를 중심에 놓고 그에 관련된 부분에 대한 설득을 주로 하되, 야당에 대한 적절한 공세를 포함하여 긴장을 높이고,

4주년에는 전체를 발표하되, 한나라당과 언론에 대한 강력한 공세는 이 때 모아서 몰아치는 방향으로 가는 것이 좋겠습니다.

1월 말에는 정책 기획위원 워크숍이 준비되고 있습니다. 이 워크숍에서 대통령이 4년 평가의 총괄 발제를 하고, 이어서 수석실별 발제 토론을 하는 방향으로 김병준 위원장과 정리가 되었습니다. 그에 맞추어 준비를 해 주시기 바랍니다.

국정브리핑팀은 총동원되어 또 다른 각도에서 보완을 해 주시기 바랍니다.

토요일 연설 회의에서 검토한 초고를 별첨으로 보냅니다.

별도로 과거 아일랜드의 이야기로 '감자 기근'이라는 말을 들었던 기억이 납니다. 아일랜드에 기근이 들었는데 영국이 도와주지 않아서 두고두고 원한을 가지게 되었다는 이야기였던 것 같습니다. 평화의 대목에서 인용할 가치가 있는지를 검토해 주시기 바랍니다. 아니라도 비슷한 사례를 생각해 봅시다.
남북 협력에 대한 한나라당의 그동안의 공격 논리를 정리하여 주시면 적절한 곳에서 쓸 수 있을 것입니다.

비서실장님,

총리실 개헌안 연구 기구가 만들어지고 개헌안 논의에서 2단계 개헌안에 관한 논의가 진행되면, 신행정수도 조항을 개헌안에 포함하는 방안의 정치적 유용성을 검토하고 적절히 활용하시기 바랍니다.

헌법을 개정해야 하는 이유에 관하여 여러 가지 많은 이유들이 있을 것입니다. 그러나 이번 개정안 발의의 이유는 다음과 같이 정리하는 것이 좋겠습니다.

1. 한국 정치의 혼란과 비능률, 그리고 개혁의 지체다. 그중에서도 개혁이 지체되면 변화의 속도를 다투는 시대에 국가 발전이 지체된다. 경우에 따라서는 국가 위기를 초래할 수도 있고, 그에 대해 효율적인 대응을 하지 못하여 위기를 키울 수도 있다. 지난 97년에도 그런 일이 있었다.

2. 혼선과 지체의 가장 큰 원인은 여소야대의 정치 구조이다. 여소야대는 책임지지 않고 비판하고 반대하는 권력이, 책임을 지고 일을 해야 하는 권력보다 더 강한 정치 구조이다. 법을 결정하고 집행하는 국회와 정부의 관계가 그래서는 결코 국정이 원만하게 수행될수가 없는 것이다. 세계 여러 나라의 사례를 보면 이런 이치는 아주 명료하게 드러난다.

3. 이런 구조가 생기지 않게 하는 제도는 내각제이다. 내각제에서는 여소야대의 정치 구조가 생길 수가 없게 되어 있다. 그러나 현재 한국 정치의 현실에서는 내각제 개헌 이야기는 옳고 그름을 떠나서 논의가 불가능한 상황이다. 부득이 대통령제 안에서 여소야대가 발생할 확률을 최소화하는 방안을 찾아볼 수밖에 없다. 대통령제 하에서 여소야대의 확률을 가장 낮출 수 있는 것이, 동시에 선거하고 대통령과 국회의원의 임기를 맞추어 주는 것이다.

4. 그렇게 하고도 여소야대가 발생하는 것은 어쩔 수 없는 일이다. 그 때에는 연정 또는 동거정부로 문제를 해결하는 것이 바람직할 것이다. 연정은 불안정하고, 동거정부는 효율이 떨어진다. 그러나 지금의 여소야대보다는 훨씬 효율적인 정부이다.

5. 4년 연임제, 대통령과 국회의원의 임기를 일치시키는 개헌에 대하여는 여야 지도자 모두 이미 여러 차례 주장한 바 있다. 일부 정당의 지도자들이 최근에 와서 주장을 바꾸고 있지만, 그것은 공명정대한 태도가 아니다. 국가를 위하여 좋은 일을 자신들의 선거에 유리하지 않다고 반대하는 것은 옳은 일이 아니다. 더욱이 선거의 유불리도 명백한 것도 아니다. 현재 일시적으로 유리한 위치에 있을 뿐이다. 그리고 개헌이 그들을 불리하게 할 것이라는 예측의 근거가 명백한 것도 아니다. 너무나 막연한 이익에 연연하여 국가의 대계를 반대한다면 그것은 참으로 명분 없는 일이 될 것이다.

다음에 하자고 한다. 우리 헌법상 대통령이나 국회의원의 임기를 특별히 줄이지 않고 개헌을 할 수 있는 기회는 20년 만에 한 번밖에 없다. 이번을 넘기면 다시 20년을 기다려야 한다. 대통령이나 국회의원 어느 쪽도 혁명적인 상황이 아니고는 임기를 줄이는 개헌을 수용할 가능성을 기대하기는 어려울 것이기 때문이다.

6. 대통령으로서는 지금의 이 개헌 시도가 성공할 것인지 실패할 것인지 예측하기 어렵다. 사람들은 되지도 않을 일은 하지 말아야 한다고 만류한다. 그러나 나의 생각은 다르다. 세상에는 안 된다고 한 일이 사람의 의지로 이루어진 사례가 무수히 많다. 옳은 일이면 하는 것이다.

나라가 혼란해질 것이라는 걱정을 하는 사람들도 있다. 나는 판단이 다르다. 나라가 혼란해질 이유가 없다. 법에 정해진 절차에 따라 토론하고 표결하고 그리고 결과에 승복하면 되는 일이다. 혼란스러울 일이 없다. 개헌 조항을 합의 수준이 높은 조항에 국한하여 단순 명료하게 하면 토론도 복잡하게 할 일이 없다.

7. 면책특권과 특별사면권의 남용은 이미 국민들의 비판이 높다.

이 조항의 개정은 국민적 지지가 높을 것이다. 토론과 여론조사 등으로 지지가 낮은 것이 확인되면 제외해도 좋을 것이다.

8. 그밖에 꼭 설득력이 있는 논리가 있으면 더 붙여도 좋을 것이다. 그러나 가급적 논리를 단순화하고 초점을 분명히 하는 것이 좋을 것이다.

이상과 같은 취지를 반영하여 주시기 바랍니다.

2007년 01월 08일

인사에 관하여 정리해야 할 소재들을 생각나는 대로 적었습니다. 인사수석실에서 준비하고 있는 책 자료에 반영하여 주시기 바랍니다. 그리고 이 자료와 그 이외의 자료들 중 연설에 쓸 만한 자료들을 정리하여 연설팀에 제공하고 따로 보고해 주시기 바랍니다.

0. 무엇을 다르게 했는가? 그 결과 무엇이 달라졌는가?

0. 이전에 문제가 되거나 잡음이 있던 현상이 해소된 것은 어떤 것이 있는가?

0. 공기업 등 산하기관 인사에서 前 정부에서 임명한 임원들의 임기를 존중했는가? 물론 정치적으로 국민의 정부를 승계한 정부라는 점이 고려되었을 것이다. 다음에는 어떻게 될 것인가? 일반적으로는 어느 것이 타당할 것인가?

0. 공모 인사, 추천 인사, 헌팅 인사의 장단점과 사례들

0. 엽관제는 어떤 논리로, 어떤 경우에, 어느 범위에서 허용되어야 하는 것인가? 현재 제도상으로는 어느 범위까지 제도화되어 있는가?

0. 포용 인사? 삼고초려?

0. 쇄신 인사 성공한 일 있는가?

0. 문책 인사의 문제점

다른 적절한 사람이 많지 않다. 사람이 생각처럼 그리 흔한 것이 아니다. 하물며 문책 인사를 자주 하면, 사람은 더 귀하다. 사람이 자꾸 바뀌면 일이 되지 않는다.

반기문 사무총장의 사례─ 참여정부에서도 대통령이 여론 인사를 했더라면, 문책 대상이 될 뻔했던 사람이다.

-부당한 문책인사 여론에 맞선 사례들

-지켜 낸 사례들

-지켜 내려고 하다가 일이 커져서 무너진 사례들

0. 검증에 관하여

-검증의 역사

-참여정부의 검증 시스템

-국회 청문회에 나온 검증의 기준들─ 질문, 보고서 거부 사례 등

-언론에 나온 검증의 기준들

-참여정부의 검증 기준, 실제의 적용 사례 등

대통령이 귀가 어둡다?

태영 씨, 얼마 전 중앙 언론사 국장단 초청 오찬 시, ○○일보 국장이 "대통령이 귀가 어두운 것 아닌가?" 하는 취지의 질문을 했지요. 질문이 아니라 여러 사람 보는 앞에서 대통령을 궁지로 몰아 보자는 속셈으로 시비를 한 것이지요. 내가 "대중매체의 시대, 인터넷 시대에 '인의 장막'이라는 것이 가능이나 한 일이겠는가? 특히 참여정부는 모든 언론 기사를 모니터링하여 수용과 대응을 하는 것이 '제도화'되어 있으므로 기사를 놓치는 일은 없다"고 설명하고, 마지막에 "대통령의 귀가 어둡다면 그것은 언론의 책임일 것이다"라고 대답해 준 일이 있지요.

'대통령의 귀가 어둡다', '인의 장막' 이런 이야기는 대중 미디어, 인터넷 시대에는 맞지 않는 일이지요. 나아가서는 386이 어쩌고 측근이 어쩌고 하는 많은 말들도 이런 비방의 아류이지요. 리더십에 관한 글로 정리해 두고 적절하게 사용합시다. 브리핑에 올리는 것도 좋겠지요.

또 다른 관점의 소재가 되기도 할 것입니다. 그 국장의 질문이 물정에 맞지 않는 질문이라는 생각, 그런 소재를 가지고 대통령을 물 먹이려는 발상인 듯 싶습니다만, 그 후에 곰곰이 생각해 보니 그 사람이 진짜 그렇게 믿고 있는 것 아닌가 하는 생각이 들더군요. 대통령을 미워하다 보니 최면이라도 걸린 게 아닐까 하는 생각이 듭니다.

어쨌든 글을 정리해서 적절히 사용 바랍니다.

사람사는세상 노무현재단

대한민국 제16대 대통령 노무현의 가치와 철학, 업적을 유지·계승·
발전시켜 그 뜻이 나라와 민주주의 발전의 중요한 토대가 되도록 하
기 위해 2009년 9월 23일 설립됐다. 노무현 대통령의 생애와 활동,
업적을 널리 알리기 위한 기념관 건립, 추모 시설 운영, 노무현 시민
학교, 사료 편찬, 기념 및 문화 행사 개최, 묘역 조성 지원을 비롯해
교육·연구·출판, 국제 협력 등의 사업을 펼치고 있다.

기록

초판 1쇄 펴낸날 2014년 4월 23일
초판 6쇄 펴낸날 2020년 5월 25일

기획	노무현재단
지은이	윤태영
펴낸이	조은희
편집장	한해숙
디자인	오진경
교열	김희란, 김진형
마케팅	박영준
온라인마케팅	정보영
영업관리	김효순
제작	정영조, 강명주
펴낸곳	주식회사 한솔수북
출판등록	제2013-000276호
주소	03996 서울시 마포구 월드컵로 96 영훈빌딩 5층
전화	편집 02-2001-5820 영업 02-2001-5828
팩스	02-2060-0108
전자우편	isoobook@eduhansol.co.kr
블로그	blog.naver.com/hsoobook
페이스북	chaekdam
인스타그램	chaekdam

ISBN 979-11-85494-36-4 03810

이 도서의 국립중앙도서관 출판예정도서목록(CIP)은
서지정보유통지원시스템 홈페이지(http://seoji.nl.go.kr)와
국가자료공동목록시스템(http://www.nl.go.kr/kolisnet)에서
이용하실 수 있습니다. (CIP제어번호: CIP2014010741)

큐알 코드를 찍어서
독자 참여 신청을 하시면
선물을 보내 드립니다.

 책담 다른 내일을 만드는 상상